尹文武 著

飞翔的亚鲁

中国文史出版社

图书在版编目（CIP）数据

飞翔的亚鲁 / 尹文武著 . -- 北京 : 中国文史出版

社 , 2020.12

ISBN 978-7-5205-2732-3

Ⅰ.①飞… Ⅱ.①尹… Ⅲ.①中篇小说—小说集—中

国—当代②短篇小说—小说集—中国—当代 Ⅳ.

① I247.7

中国版本图书馆 CIP 数据核字 (2020) 第 246187 号

责任编辑：金　硕

出版发行	中国文史出版社	
社　　址	北京市海淀区西八里庄路 69 号院　邮编 :100142	
电　　话	010-81136606 81136602　81136603 81136605（发行部）	
传　　真	010-81136655	
印　　装	阳谷毕升印务有限公司	
经　　销	全国新华书店	
开　　本	650×960　1/16	
印　　张	15.5	
字　　数	187 千字	
版　　次	2021 年 3 月北京第 1 版	
印　　次	2022 年 3 月第 2 次印刷	
定　　价	55.00 元	

目 录

序：头上天空，脚下泥巴

李晁

　　最初是谢挺老师在编辑部里提到一个人，自然，我们说人，就一定是作家，因那是带着发现的喜悦被讲述出来的。彼时，我刚来编辑部，看着自己的名字从作者变为扉页上的固定角色，多少还有些怀疑，以我的眼生对发现一个新作家还很有些茫然，喜悦即使经过前辈的渲染，也很难感同身受。我所知道的作家都是我曾明确知道的，这建立在阅读基础之上，在这方面，文学刊物与图书是一个可供无尽挑选的内容库，我以为可以这样一劳永逸地开展工作，时间却很快证明，我太天真了，那是一份难以获取的目标。而今回头看，每一次的发现有多重要就不言而喻了。

　　谢挺老师口中的那个人，就是尹文武，居安顺，在银行工作。简短的介绍换来的还是茫然。一个作家毕竟是与作品关联起来的，一旦不掌握作品，即使那人的简历长达一百页，我们也不会知道得更多。更因为编辑与编辑（同事）的作者有一种微妙关系，这几乎是一种友好的隔膜，也许不少行业都存在着这样的关系，但在编辑行当，这是一种秘而不宣的规定动作，即我们可以漫不经心到对彼此的作者不闻不问。好吧，恭喜谢老师又发现了一个有潜力的作者。

等到见面，那浅淡的印象从朦胧、从一个名字终于落实到了一个具体的人身上。那是 2013 年夏秋之交，杂志社一行人去安顺，在那里，我见到了后来被我们称为尹总或尹哥的人。规规矩矩的条纹短袖衬衫，黑色西裤，衬衫被沉稳的皮带仔细埋在不需收腹的腰部，一副银色细框眼镜架在鼻梁，脸不长，肤色介于白黄黑之间，其实就是黄。晃一眼看，和主编没什么两样，有着我们没有的精神和周正形体，一个笔挺的人。我们都太颓了。饭桌上容易见到一个人的真相，尹哥待人温谨，又不难发现眼神里的光，那是久居职场而又难以掩饰的突然置身同路人中的光芒，身份的自然切换，让吊儿郎当很不严肃的我们也有所感应，那感应便是轻松与融洽。不过，这也还是一个粗浅的印象，毕竟要说是一个新人作家，而我又没有拜读过作品，那以我的粗暴作态，一切又是怀疑的。

我想当然地以为文武老哥是写职场小说的。

事实证明，我又错了，正像我们接受他是一个安顺作家那样，其实他是贵阳息烽人，家离乌江边不远，这一地理上的拉近，倒不会让我产生"老乡"般的感觉，而是觉得，有一条大水在家门口，成为一个作家实在是水到渠成的事情，因那水是流向海洋的。这么说，自然有些强词夺理，但以我的偏执印象，最终与文武老哥的作品达成一致，那就是不断走向宽广，这宽广不是指题材的嬗变，而是指小说的内在质地，它显得扎实而又闪烁。

印象的作用正是这样，要么加深，要么递减，这印象是指作品。从早期的一系列小说，到眼下，作家的变化已被刊物所证实，这是实证的，倒不是说刊物有多么权威，而是指刊物背后的眼光，我想没人承认自己眼瞎，编辑毕竟只靠着这唯一的器官存活。

回到上面提及的地理环境，就不难解释我最初的错误判断，文武老哥的小说是"乡土"的，所涉人物也在城与乡之间，他们要么是久居山间的人，要么是进城混生活者，而唯独没有尹哥所置身的专业职场氛围。我曾就这一问题咨询过他，银行里会诞生多少故事多少人物，为什么不可以化身写出来？这正是我们陌生的呀。我不知道自己的想法是否过于简单，从实际来说，文武老哥面有难色，似乎一言难尽，这里的难度自然可以理解。人类酷爱对号入座，这传统由来有之，经久不衰便是明证。多少作家回到故里或置身熟悉氛围，总会被人指责是故乡或某一氛围的破坏者，当他们怀着抑制不住的好奇去阅读一位作家以熟悉背景展开的作品后，无一不会恼羞成怒，他们会以为这个那个人物就是我，一旦涉及"我"，涉及人性里的那份难堪乃至丑恶，前一天还引以为傲的作家瞬间就会沦为恶棍或者恶妇。从高光的杜鲁门·卡波特到门罗，无一例外。此外，作家的写作离童年不会太遥远，这是基因一类的顽固遗存，童年生活的烙印之深，是一生难以消磨的，大家从不同的原点辐射出去，不论一个人能走多远，都会被这原点所牵绊。迪迪埃·埃里蓬从故乡兰斯出走三十年，仍摆脱不掉故乡笼罩的阴影，不论他用多少谎言掩盖、模糊自己的过去与家庭，最终他不得不直面自己的成

长之所。羞耻，是他真正的出发地。《回归故里》正是一部坦诚的
供述，埃里蓬终于放下了自己所处的"知识阶层"来思索自己总要
摆脱的来路——"工人阶级"。在人类规则之下，是什么制造了差
异？这是我读完的印象，看上去说远了，但对小说家来讲，这样的
忧虑与障碍恰是自我得以树立精神坐标的基础，作家的叙述倾向和
对象，是不被后天的身份所动摇的，乃至是两者的结合产物，后天
身份带来的落差实则是一种断裂，无法填补，它属于顽强的自然的
一部分。那么，讲到这里，文武老哥为什么回避自己的从业环境，
就可以理解了。要我说，这也是最为质朴、最不投机的写作，事实
上，这更是一条显眼的有着广阔背景的窄路，因他会发现自己一出
手，就要和那么多作家、那么多作品去搏斗。传统路径的路最难走，
因要走出新意。

本卷小说集里的作品正是我对作家的集中阅读，我试图在本集
里寻找几个关键词，但我发现这是徒劳的，人物的生存场域自然有
其独特性，但放在更广泛的范围来考量，它仍是不同地区千千万万
人所面临的共同困境。由此看，地球仍嫌太小，人类到底是单一和
孤独的族群。我说的小说场域是指凋敝的山寨、破落的乡镇、萎靡
的城市，得出这一印象，并非我的主观意识，而来自小说的人物视
野，以他们的感受，世界看上去惶惑不安，内外失据。

《王熙凤》里的城市只不过是一处建筑工地，一个叫幸福小区
的地方，出来打工但仍不失进取之志的青年通过对"迎春楼"某
一扇窗隙的眺望付出了生命的代价。小说的侧重显然不是这个叫王
登峰的青年的命运，生命的突然终结也从来不是一种有效的呈现方

式，这一点仍可以与作者商榷，只有小说中透出来的工地野心勃勃的运转法则才是令我们毛骨悚然的存在。尹老板的精明布局正是世相的浓缩，他梦想开出的银行不过是另一台更大的压榨器，而窗帘的缝隙那么窄，窄到无法容纳一个青年紊乱的偷窥目光，多少蓬勃的生命力在面对尹老板的老谋深算时纷纷夭折，王登峰是唯一的例外。这例外也带来撕扯，这正是发现那一道暧昧的情色的光芒并被它持续吸引的时候，这是属于肾上腺素的，是青春最难以被制服的悸动，然而对于改变命运的强烈欲望来说，这一切又可以被抵制，因而"大红花"的奖励之于王登峰便是无效的。另一头，工友的生活仍处于紧迫之中，紧迫到没有人愿意睡懒觉，因"老家那边的人不允许"，短短的一句话，触及了小说背面的生活……凡此种种，小说的言外与巧妙便这般联合起来。如果换我来责编这篇小说，我也许会建议让王登峰活下去，未来的目标并不因死亡而终结，但也并不会因为肉身的存在而变得可以实现，或者说更容易实现。

《石房子》写的是一对老人，这样顽固的老头在乡间为数不少，两者的微妙敌对转化为攀比，你起高楼，我便要多起一层，这是心理层面的压制与胜利，狭隘到可笑，可它带来的是对生命的确认（现在说的"存在感"），又是一个人得以继续生活的理由，这理由来得简单直观乃至粗暴。曾是村主任的王山民要修石房子（坟墓），曾经的对手马培林岂能落后？王山民修两座，马培林便要修三座，作为一个孤独老人，一个人为何需要三座气派的石砌坟墓？简直毫无道理可讲，这是小说超离现实的意义。马培林说："我死后，一把土埋了就行了，修三个石房子，也不是我想用。大丫、二丫迟早会出嫁，就算了，你们兄弟正好三个，以后就留给你们用吧。"这是令人瞠目的安排。"马培林说的也是实话，谁住石房子他无所谓，反正王山民要修，他也要修。"这是一个人的心气，不论狭隘疯狂与否，人物的性格都展现得淋漓，至于随后接连的死亡，已不再重要，这只是让小说得以继续的手段与交代。最后看，石房子的气派与金丝楠木的棺木不过是炫耀的存在，就这一点来说，王山民的执着仍处于下风，马培林的看似跟风，绝不落于人后，其实并不是为了身后的自己，而只是为着一口气，在他眼里，眼下就是唯一的意义。

两篇小说对现实的贴近虽有这样那样的不完善之处，对于人物命运的安排，多少有些强行与随意，但这过程里作者流露出的却是关切，是对人物如何存在或何以存在的指向，是对处境的表达，又因粗粝的叙述让小说有种未经打磨的生涩。我以为粗粝感是一个作家原生的写作天赋，当然也可视作一种方式。在《近距离：怀俄明故事》里，安妮·普鲁正展现了一个小说家难得的粗粝之气，在《脚下泥巴》《荒草天涯尽头》《身居地狱但求杯水》《工作史》里，那种强烈粗犷的气息犹如西部荒原上的狂风，狠狠地拍打着读者的心。那是暴烈到不容细腻心思来展现人物的时刻，只有通过不断的行动，才能安放那些人物的躁动。安妮·普鲁曾自道"我多少是一个地理决定论者"，"地理、地质、气候、天气、悠远的过去和时下的事物塑造了人物，并且部分地决定了发生在他们身上的事情"。这一点，正是我在泛意义上的西部，具体来说是贵州，想要从作家笔下看到的东西，我想我看到了。

就这部集子来说，《拯救王家坝》《最快的行驶》《王胜利造梦》等作品，如果能少一点作者的小小机锋，磨砺出更为粗粝而又明快的风格，那将是极为可观的事情。

在这之后的小说《枪声》里，我们可以看到作家从熟悉的当下氛围，稍稍眺望了过去，这是一个发生在乌江边的故事，它涉及财主的生活，江上生涯，神秘的弹棉花客，他们彼此的交锋让小说透着历史的迷思，还有历史的无情转折对这一处封闭生活的改变。这个小说的出现，在作者原有的创作版图上开创了新的面貌，它甚至细腻了，看上去的机锋也变得更加微妙深藏，有着"谍"的味道，这是作家的一变，也是趣味的难以隐藏。

* * *

算起来，我和文武老哥相识也有七年了，这七年里因隔了两地，见面次数并不算多，碰面的场合也多是活动或偶尔的私人小聚，可一旦相逢，谈论最多的还是文学，你还能察觉出对方身上迸发出的对文学的热爱，说惺惺相惜并不为过，这激情一定是当场的。我知道，不少人对文学已有疲态或表现得疲态，不愿多说什么。这些年，也正是我们见证他蓬勃创造力的时期，比如哪里哪里又发表了一个小说，即便没有针对具体作品的讨论，但也就此得知他作为写作者的存在。我那几年写得骤少，也渐渐习惯自我对抗与妥协，可一见到尹哥，见到他身上看似平静实则暗流涌动的创作激情，也多少再一次鼓励自己。有两年，我们见得更少，后来听说他去了一个县支行做行长，那是他屁股不落座的时期。既然难得遇到，逮住他我就会问几个关心的问题，比如地方的债务、城市发展与金融的勾连等。我记得他的回答，没有我自以为的焦虑，以我的短浅目光是无法看透这一切了，因而回答相当于一针镇静剂。

尹哥任职的地方就是紫云，一个梦幻般的名字，它是苗族布依族自治县，有着我们熟知的格凸河穿洞风景，长达两万六千行的苗族长篇英雄史诗《亚鲁王》也是在这里被发现的。有一年我们前去采风，那是我第一次到紫云，格凸河上的悬棺让人想起肖哥江虹的中篇小说《悬棺》。当我这么提及时，尹哥指着岸边直耸的岩壁说，他来这里采访过。我顿时了然，山水因文学作品留下的印象是奇特的，风景的直观也不过是一种感官印象，文学作品的难度在于将人事完美地融入其中。那时，我哪想到有一天会读到一篇小说——《飞翔的亚鲁》。

我至今也没有问过《飞翔的亚鲁》的诞生是否与那一时期他在紫云的任职有关，我想答案是显而易见的。小说发表在《人民文学》2020 年第 2 期，作为短篇小说栏目的头条被重点刊出。小说的责编刘汀兄对我说过，这是篇好小说。有这么一句话就足够了。我读《飞翔的亚鲁》是在发表之前，还是初稿阶段，尹哥不常拿小说给我看，一旦他说有个新作要让我看看时，一定是自己满意的作品。我记得对初稿提过几个意见，就这篇小说我们做过简短的交流，等它再出现时，就是目前我们见到的版本了。

我很喜欢这个标题——《飞翔的亚鲁》。提到这篇小说的背景，我们不一定要对《亚鲁王》有一个清晰的认识，该说到的，小说里都浅浅地提到了，苗族的迁徙与征战，正是通过口口相传，被语言而非文字保留下来，这是了不得的事业。"在高溪，每家小孩的背扇带上都绣有象形符号，圆代表太阳，椭圆代表月亮，一横代表黄河，二横代表长江，那是祖辈迁徙的记录，再以歌的形式传唱，一辈传给一辈，源远流长。"已经足够了，这简短的描述，已是流传的另一种形式，现在我们赋予它艺术之名，实在是浅陋了。

小说从这么一个即将被扶贫搬迁的苗族山寨说起，豹子岩、月亮河、高溪、法那……这一系列地名串联起来的正是远古与当下的遇合，这遇合到了现在，又面临全新的情况，即人的生存方式的改变。小说里有一句"高溪的困境是什么？最大的困境就是我们不知道自己的困境"，人对故土的依恋，对现状的坦然，都蕴含其中，这是自然赋予人类的权利，因而当"贫困"这一字眼出现时，都显得过于刺眼。如果从经济角度来考量，这是现实的一种，可对灵魂与肉身的安放来说就是另一种，两者的遭遇正是当下的宏伟目标所要面临的问题。因而生涩的刘干事出现时，大家的目光是不信任的。可，还是要走。正如祖先的一次次迁徙，这是命定的基因，也是当代的迁徙史，而这一次并非躲避战乱与逃离不可预计的危险，而是要摘掉贫困的帽子。青马跟随着阿公来到了热闹的法那，阿公的存在是一个象征，由他接连起现在和过去，他是孩子们对祖先与历史的认知导师，可这又是一个"不安分"的角色，他在法那无所适从，他的眼中也没有生死，一切的死亡都是朝向东方的旅程，是回归祖先魂灵居所的必然之途。我不知道现代文明在试图解释生死时，会不会想到还有这么一处群落里有着这样超脱的视野？我最近阅读的安妮·普鲁的长篇小说《树民》恰让我想到了《飞翔的亚鲁》。原始的开发，印第安人的迁徙，乃至环境的败亡，给人心留下了多么大的漏洞。对于外来人来讲，这是文明的进展，可对自然生存的一方来说，它是带着破坏力的介入，它扰乱了自然与人的平衡，所以北美的发现、开发史，实则是带着浓重的血腥与原罪完成的。这一点又与《飞翔的亚鲁》不同，这是美好的愿景，搬迁的目的有多种，不仅为着消除贫困，它或许还是让不宜居住之地的人将自然还给自然。阿公的命运与挫折正是肉身与心灵归属的挣扎。真要仔细推敲，何为故乡？便是很难推导的难题，故乡的前面难道没有另一个故乡？这是肖哥江虹在写完《傩面》后的感叹，故乡正是无数故乡的叠加才对呀，我们到底要遵从哪一个？但人又是现实的，往前一步与退后一步，是我们所要面临的抉择，因而小说里的故土显而易见，但心中的故乡却遥不可及，所以阿公在高溪种下那些幼小的柏木，正是他对故土最为质朴的留恋与告别。小说的精神向度在此完成，诗性的跳跃将我们从简单的故事层面抽离，让我们仰望地活着，去面对此在此身的变化，这是小说带给我的触动。

让我们最后来看看阿公的吟唱，这是经作者整理加工后的歌声。

> 我们乘着岩鹰飞翔
> 我们乘着马匹飞翔
> 我们乘着鱼儿飞翔
> 亚鲁，我们都是飞翔的亚鲁……

布朗肖在写塞壬之歌的那篇《遇见想象》里有如此一笔："在这真实、普通、神秘、简单、寻常的歌中，是有点那么不可思议之处，人类一下子就能看出这点不可思议，无须真实，这歌凭着陌生的力量就能唱出来，那陌生的力量，说出来就是想象的力量，这歌，是深渊之歌，一旦流入人的耳朵，每个字都似深渊大敞，强烈地诱人消失。"这是极为精准的概括，可被传唱的《亚鲁王》却与塞壬之歌不同，它是飞翔之歌，是高山之歌，它不诱人消失，它只是召唤，对一个人身后灵魂的召唤，若没有这召唤，那些先祖的磨砺、开创的历史便会日益苍白，没有这歌，回归的路途无从说起，它会消失在千头万绪的当代生活中。

对于尹哥来说，这无疑是一个新小说，为他的小说写作开启了一个新的维度。我知道这有多难，每次要写一个新作品，往常的经验、教训通通变得软弱无力，你必须面对一个全新的开始，这是我常挂在嘴边的话，有人不认可，以为创作总是连续的，他们不会想到新维度的发生要经历多么大的煎熬。极端自信的克洛代尔写完《人质》后致信纪德："过去的经历没用，每一部新作都在提出新问题，让人自感新人一般，满是不确定和焦虑，另外还容易叛变……"同样的话通过克洛代尔之口，我相信要让人信服很多。

《飞翔的亚鲁》还有续篇，就是《阿公失踪》。刘干事依旧风风火火地出场，这犹如李向阳挎着盒子炮的出场让人莞尔。阿公的顽固在这里变得更为强烈，可他看待世界的眼光又那么洒脱高拔，"没有什么是固定的，也没有什么会永远地好"。这个倔强的老头在新的地方开始了全新的事业，熬柏油、养马蜂，无一不失败收场，最终他成为退守高溪、住在树上的人。阿公的秉性我们在前一篇里已瞧出端倪，只是没想到会来得如此决绝，可我要说，这不光是让人哀叹的，因为老头将他的智慧与顽强传给了新一代的子孙，犹如他曾经在高溪山上种下的那些柏木苗，终有一天，会有人理解他。

文武老哥最初的文学创作是写诗，可从他的小说里见不到诗歌的半点影响，直到《飞翔的亚鲁》的出现，一个小说家的诗人附身在这里完成，这不仅指向语言层面的表现，还有精神上的贯通，对短篇小说的理解，他在紧盯现实的小说里完成了一个难度系数谁也说不好的动作。目光的抬升，必然带来视野的宽广，这是值得欣喜的变化。可还有一路小说，在现实里，也完成了一种跨度，那是对时间、对事物变化的掌控，这就是《军马》。

《军马》的丰沛信息含量犹如一个中篇小说，这是我阅读后的印象。我也曾问过他，为什么不直接写成中篇？这是一个值得用中篇篇幅表现的作品。这观点和作者本人不谋而合。不过后来再想，这也只是一种幻象，小说的紧凑与内容已经表达完成，何须再填充延伸？小说的复杂度在本卷集子里是最高的，可以说是最不好写的一个，它考验一个作家对叙事的把握，对时代变化导致的荒诞结果的体察。

小说的时间跨度是一种见证与落差，在这不短的时间进程里，生产队对军马场军马的紧迫念想，换来的只是一次次落空，为此生产队付出了一个个的人，知青教师王宝才、赵牛倌、赵牛倌的女儿大槐，可以说为了接近军马，为了一次可怜的交配权，生产队简直不择手段，赔了夫人又折兵。王宝才首先铩羽而归，大槐这才通过赵牛倌的计谋顺利嫁到了军马场，可这层关系也没能为生产队的母马配上军马，这犹如城堡般的接近——落败，变化的只是其中的人物。王宝才因大槐嫁人而断了念想，一心上进，最终去北京念了大学，而大槐在嫁给军马场的配种工卓九后又遇到了军马场的兵——"秦皇岛"，这又是一次希望的开始……如此反复，直到军马场改制，转为畜牧场，西屯生产队才实现了自己多年的梦想——让雄壮的军马来到生产队助力生产。可谁也不会想到，军马的到来经历了一系列挫折之后会迎来更大的挫折。此时，大槐因为抑制不住对王宝才的念想，不论王宝才是否沦为一个精神坐标，大槐都毅然离家，走出了去往北京的第一步。故事的两条线索在这里会合，畜牧场一下将四十九匹军马换给了费尽心机的生产队，生产队组织了隆重的唢呐班去迎接……故事看到这里，似乎皆大欢喜，看到张队长了却凤愿，我们也很振奋，甚至替他长松了一口气。但时代的迅猛变化，包产到户很快让军马进入每家的户头，可这些漂亮的军马根本无法胜任农活，它们天生就不是干这个的料，它们徒有虚表，于是故事反转，没人想要这些不可一世的马儿了。所以，刚刚开怀的张队长又一次火烧火燎地奔向畜牧场，想换回自己的土马……

故事的反差，努力带来的徒然，时代风向的转变，都架不住事实层面的简单道理，没有一个人怀疑军马是不合适自己的（哪怕经历了一次赛马），这让众人热血的目标陡然瓦解，瓦解的还有那段历史本身。小说的寓言性正是在不知道寓言的情形下完成的。卡夫卡始终没有让 K 进入城堡，这是卡夫卡的寓言，但我们有没有想过，一旦进入了城堡，K 又会如何？他会不会发现历经磨难、熬尽心血进入的城堡根本不值一待，那里一无是处，比城堡外的村庄还要令人难以忍受？城堡的没有完成开启了我们对城堡真正的想象，这一可能的未完成，正是我在《军马》里看到的部分。

***

对不同时代的观察，对身处其中的人物的描述，告诉我们他们曾怎样生活，还将如何继续，这不仅仅是小说家面对世界的好奇，更是一种沉潜，这是审视后"穿越历史的运动"；从接受层面，一些小说（如《飞翔的亚鲁》）具有了这样一种指向，在身处变化的时代，在信息庞杂汹涌的潮流中，修复心灵将是我们不得不面对的功课。

希望我们都是写作中的新人。

庚子秋　于贵阳

注：标题来自汤姆·罗素的歌。

石房子

王山民决定修石房子那天是正月初八。

初七的晌午，儿子一家回县城了。王山民热了几个早上吃剩下的冷汤圆，吃了就睡了。刚迷糊，就听到"呜"的一声，又"呜"的一声，接着楼顶就"砰砰"地响了两下。王山民以为是哪个顽皮的小孩甩石头打房子，又想，四层的楼房，哪个小孩能将石头甩这么高？于是起床，开了火塘门，见对面的马培林家五个儿女正在房顶上放烟花。

王山民现在住的房子是从擦耳岩搬过来的。公路通了后，王山民在儿子的资助下，把擦耳岩下的木房推倒了，修了这幢砖房。王山民搬过来不到半年，马培林也在五个儿女的资助下把擦耳岩下的木房推倒了，在公路边也修了砖房。王山民的新房子在公路的南面，马培林的新房子在北面，两家正好相对。虽说是一南一北，其实中间仅距离六七米宽的公路。

王山民修的房子是四层，那时候，周边最高的房子是三层，王山民想，自己好歹也当过村主任，就修成标志性建筑吧。马培林后修，修了五层。

五颜六色的烟花在马培林家楼顶上一个劲儿地飞。正是因为马培林家楼高了一层，王山民得把头仰得很开，导致颈部不舒服，心里也不舒服。一整夜，王山民都没有睡着，肚子气鼓气胀，以为是吃汤圆撑着了，想呕，呕不出，想拉，也拉不出。失眠拉长了黑夜，心头记挂的是楼顶的两声闷响，漫长地等到天明，王山民急切地披衣下床，借着晨曦的微光爬上去一睹究竟，他看到了两根烟花纸筒的残骸，横竖躺在楼顶最南边的女儿墙下。王山民见过放烟花，但没有见过这种纸筒都能冲上天去的烟花，但撒落在楼顶的火药灰证明烟花砸在楼顶的线路没有错，从北向南，连纸筒翻跟斗的情景都可以想象得出来。这种烟花是马培林家二丫在县城转车的时候带回来的，因为里面装的火药多，冲出来的力量就大。据说这种烟花最初生产出来是用作拍电影的道具，可以当炮弹用，以假乱真，所以价格也不菲。

证据确凿，王山民动了粗口："妈的个逼。"随即把两个空纸筒先后向对面砸去。

毕竟上了年纪，第一个纸筒在空中划了一个不算大的弧线，最后掉在公路中央，马培林家灰熊以为大清早天上掉馅饼，睁开惺忪的睡眼扑了过去，反复嗅了嗅，确认不是骨头后，朝王山民家这边睁大了警惕的眼睛。

灰熊是马培林家的狗，从小好吃懒做，吃了睡，睡了吃，已经大腹便便，看起来凶猛威武，其实徒有外表，没有任何实绩证实其表里如一，几次差点被马培林抛弃。灰熊对来来去去的人历来视而不见，偏偏对王山民一家如同陌路，尤其与王山民势不两立。每次王山民从家中出来，灰熊都会又扑又咬，虽然从来没有咬着过，但动作基本到位，最终取得马培林的绝对信任。

王山民家这边的门窗都还是紧闭着，灰熊在公路中间转了一个圆圈，狗脑袋一片茫然，想不清楚纸筒来自何处。此时，另一个空纸筒如天降神兵，正好砸在它的头上。灰熊一阵惊慌，退回到五层高楼旁边的小木屋里。因受惊，嘴里发出如泣如诉的"呜呜呜"的声音。

王山民"嘿"地笑了一下，又"哼"地笑了一下。也就是几分钟的时间，王山民抽着纸烟出了门。在早晨的一片静寂中，灰熊很自然地把刚才挨的那一纸筒和眼前这个抽纸烟的人联系在一起，来了精神。农村有谚语，咬人的狗不叫。反过来说，就是叫的狗不咬人。严格来说，灰熊也只是虚张声势，做做样子。

马培林已经起了床，当初养狗的目的就是希望房前屋后有异常的时候吼个响动，当然后来的事实表明，这只灰熊完全做不了分内的工作，偶尔的叫声，只能说明王山民又出门了。马培林拉开临公路这边的窗帘，看到一个往公路东边去的背影。

刘家寨的刘石匠想不到春节期间生意也还这么好，此时他还在睡梦中，昨晚熬了通宵，在麻将桌上输了将近一千块钱。既然成了第一批走出刘家寨并且富起来的人，过年回老家，串串寨也是群众的基础需要，毕竟自己还有两个老人住在刘家寨里。刘石匠的石工活闻名遐迩，原因是他计算的石材尺寸能精确到和阮家坝做木工活的阮木匠不差毫厘，但他总算不准一百零八张麻将牌。昨晚输了钱后，刘石匠并没有沮丧，天刚麻麻亮的时候躺进被子里，想的是先睡瞌睡，当然也在想，自己既然在城市边缘赚了钱，回老家输点给父老乡亲也是聊表心意。

刘家寨也在公路边,离王家坝就一公里的路程。王山民此行的目的是去找刘家寨的赤脚医生把脉,顺顺肚子里的气。赤脚医生望闻问切后,自言自语道:"望的闻的切的怎么和问的有出入呢?"于是拿起听诊器,在王山民肚子上一阵滑动。"没有听出什么毛病啊。"赤脚医生又说。王山民站起来,直了一下腰,又拍了两下肚子,确实没有什么异样,就说:"日怪了,一晚上肚子胀得睡不着,怎么说好就好了呢?"他还不知道,自己把烟花纸筒砸到灰熊头上的时候,气已经顺了。

是的,就在这时,王山民有了新的决定,既然都到了刘家寨,就找刘石匠修个石房子吧。他心里想,老子就是要走在你的前面,让你牛日的跟风去。

王山民心里骂的当然是马培林。这对老冤家的仇恨不是一天两天结下的。王山民以前是王家坝的生产队长,土地下户时,又短暂地当了半年的村主任。选村主任的时候,马培林就是唯一的竞争对手。本来是等额选举的,马培林插一脚,就成了差额选举。王山民当选后,马培林还到处说王山民在选举中利用权力作假,未果后又告其贪污腐败。王山民后来把房子搬到公路这边来,对王家坝的人说:"惹不起,老子还躲不起!"王山民搬过来不久,马培林就像甩不掉的浓鼻涕,也跟着搬了过来。

王山民"啪啪啪"地敲响了刘石匠家的门,之所以敲得这么响,是因为有了修石房子的决定后,很兴奋。

都说魔鬼不打扰瞌睡人,刘石匠很生气,问:"哪个?"

王山民答:"是我。"

等于没有回答。刘石匠说："你的名字叫'我'？"语气明显不满。

"王山民。"王山民又答，怕刘石匠不清楚，补充道，"王家坝的王山民。"

刘石匠家的门开了，还欢快地"吱嘎"一声。

刘石匠一边扣衣服的纽扣，一边把王山民让进屋："是老村主任哟，快进屋坐。"

王山民有了一丝不易察觉的满足感：也不是大家所说的人人都是过河拆桥，还是有人记得我这个老领导嘛。

王山民坐下，还没有来得及讲来的目的，刘石匠却讲起了王晓宏如何关心家乡人的事，讲得动情，口沫满屋飞。

王晓宏是王山民的儿子。王山民当了这么多年的村、队领导，最大的成绩是把王晓宏培养成了大学生。他当生产队队长的时候，常常被会计使脸色，因为王山民没有读过几天书，算工分、分粮食的事他一概不通，有时把会计惹火了，算盘往地上一砸，说你能干你来算嘛。王山民立即哑火。忍辱负重的结果是知道了知识的重要性，所以土地下户后，家家户户都因农活繁重让子女辍学，只有王山民一心一意供儿子读书，上了初中又上高中，最后上了大学，毕业后分在县城工作。

刘石匠以前是修石房、石坎的，偶尔也打打石磨什么的。公路通了后，拉砖拉水泥方便了，修新房都采用砖混，这样不仅美观，成本反而还低；砌坎子也不用方石，一些碎石加上混凝土，最后水泥找平就行了；石磨更是没有了用武之地，都用机器打磨，哪还用得着人去一推一拉的。

一条公路让刘石匠失业。刘石匠心有不甘，想到丢了专业也可惜，几经周折，他在县城边开了家石厂，钢錾短暂地休息后重新被派上用场，也是修石房子，只是住的人从活人变成了死人。

石房子在这一带有两个意思，有活人住的石房子，也有死人住的石房子。死人住的石房子又叫"墓坟"。生活条件好了后，大家开始在坟上做文章，以前的坟都是一个土堆，靠代代口传确定坟的主人。有人开始立石碑，碑上刻有主人的名字，也刻上子孙的名字，这样就不会弄错，子孙也有面目。再后来，立石碑已经满足不了子孙日夜增长的虚荣需要，他们把土坟用砖石包起来，甚至在坟头上雕龙画凤，在坟前做个石院坝，雕一张麻将桌，或者象棋盘，配几张石凳、几条石躺椅，让死者去了那边不至于丢了爱好。

方向确定了以后，剩下的就是人的问题。刘石匠培养了几个小石匠，石厂算是开张了。生意越来越好，供小于求，得扩大经营。刘石匠让小石匠又培养了几个更小的石匠。石厂要扩张，厂房就要增加，土地的租金也要增加，每天还要增加十多个人的石料，流动资金就不足了。刘石匠找到了王晓宏。王晓宏的单位是县农村信用社，他正好管信贷。他到刘石匠的石厂去做贷前调查，厂房周围的树木以及公路上，石厂錾起的石粉染成白茫茫一片。规模小不了，王晓宏当即表态，给刘石匠贷了五十万。

刘石匠对王山民说："第三天就拿到款了。"

刘石匠把声音放低了一些，又说："你家晓宏一分回扣都没有要。"

王山民的石房子是正月十六开工的。刘石匠说："既然你儿子给我放款都这么及时，所以我给你修石房子也不会拖拉。"

刘石匠还说："放徒弟的假是到正月十五，否则开工日期还可以提前。"

王山民的石房子开工后，马培林也去找刘石匠，他要刘石匠修完王山民的石房子后，比照也给他修一个石房子，但要求比王山民的石房子高大。

刘石匠说："恐怕不行，王山民一下子修了两个，也就是说修完了你看到的这个，在它的旁边还有一个。"

马培林说："修两个？莫非死了后每个石房子住几天？"

刘石匠说："一个今后自己住，一个给老伴住。"王山民的老伴埋在坟山的背面，到时候把坟迁过来就可以了。

"哦。"马培林还是没有想通，两口子在世的时候住一起，去了那边莫非就要分居？但他没有再问，只是说，"修完王山民的两个石房子后，不要答应别人，我也修几个。"

刘石匠笑笑，算是许诺了。

马培林有五个子女，三个儿子两个姑娘，三个儿子分别叫大娃、二娃、三娃，两个姑娘分别叫大丫和二丫。五个子女依次相差一岁多点，王家坝人叫作一岁赶一岁的。大娃二十五岁的时候，最小的二丫已经十九岁，一同长大，一同进了城。现在五个子女还没有回城，他们习惯过完正月再走。马培林和五个子女商量，说要在坟山上修三个石房子。为什么是三个？马培林永远都是这样计算的，就是王山民的数字再加一，以前王山民家楼房修四层，他就修五层，现在既然王山民要修两个石房子，当然他就要修三个。

大娃不理解地问："爹，修三个搞哪样？"如果是修一个，大娃也许就答应了。

二娃顺了大哥的话："爹，我们在外面打工也不容易，都是血汗钱。"

三娃现实，说："爹，你想吃哪样你就买哪样吃，想穿哪样你就买哪样穿，活着的时候不享受死了享受有哪样用？"

马培林想，如果子女不答应，这次肯定就输给王山民了。他再次试探地看了看大娃，大娃没有接他的目光；又看了二娃，二娃也没有接他的目光；再看三娃，三娃觉得无聊透顶，直接去村街的娱乐室玩去了。

马培林把目光收回来，头耷拉着，说："我死后，一把土埋了就行了，修三个石房子，也不是我想用。大丫、二丫迟早会出嫁，就算了，你们兄弟正好三个，以后就留给你们用吧。"

马培林说的也是实话，谁住石房子他无所谓，反正王山民要修，他也要修。

大丫、二丫发话了："爹，哪有说这种不吉利的话的，你是不是疯了？"

王山民的石房子正修得热火朝天。两个小石匠在坟山上用钢钎敲起一块块的青石，又有两个小石匠用杠子把青石板抬到修石房子的位置，剩余的最后两位小石匠用钢錾一锤锤地打磨，一条条平行的錾纹像极了王家坝人穿的竖条花纹衣服。刘石匠在六个小石匠之间来回指挥。因为是现场办公，又是流水作业，效率很高。马培林的五个子女返城的那天，王山民的第一个石房子已经有了相当的规模。

石房子开工后，王山民每天至少要上山两次，早晚各一次是雷打不动的。就像装修房子，即使包工包料给装修公司，也是要时不时地过过眼，做到心中有数，也起到监督的作用。只要马培林家的灰熊呼天抢地地一叫，马培林就会走到窗前，拉开窗帘的一角，王山民的一举一动就都暴露在马培林的眼前。

这天王山民没有去坟山上，而是沿着公路往西边去了。有点反常，马培林迅速出门，也跟着朝西边走去，和王山民同速，保持一百米左右的距离。

王山民推开了阮家坝阮木匠家的门，马培林心想，莫非这个鬼老者要换家里的家具不成？继而算计王晓宏春节回家究竟给了王山民多少钱。难道国家工作人员的工资又涨了？马培林想。

王晓宏差不多每月回家一次，每次都将工资中的那么一点给了王山民。马培林的五个子女每年回家一次，也给马培林钱，但不多。打工的真就不如有正式工作的！马培林又想。

没过几分钟，王山民出来了，阮木匠也出来了。

他们俩又往西走，西边是撒把村，再过去就是麻山。麻山山大林深，野物多，麻山人都喜欢打猎。马培林折回身，想，两人不会是去打猎吧？

一连几天，王山民都往西边去。王山民一走，马培林也出了家门，马培林是去坟山上，看小石匠做石房子。王山民一个星期后又开始去坟山了。王山民去坟山，马培林反过来又往西去，他去阮木匠家。一个星期不知道王山民的行踪，马培林心里老不踏实。

阮木匠家院坝里已经多了两截双人合抱粗的木料，走近一看是金丝楠木，一问才知道是王山林买来请阮木匠做木头枋子的，其实就是棺材。这一带把棺材叫成木头枋子，把做棺材叫作给老人打家具。用柏木树做木头枋子已经是非常好的了，用金丝楠木做还没有听说过。马培林想，这鬼老者看来是豁出老本了。

三个月后，王山民的两个石房子修好了。马培林偷偷上去看过，正对公路的这个排场要大一些，看来是为他自己准备的。石房子前面有石院坝，还做了道院门，院门两边有两只石动物把守，马培林刚开始以为是石狮子，再仔细一看，越看越熟悉，竟然是他家的灰熊，只是个头比灰熊还大一些。只要走在王家坝的公路上，一眼就能见到王山民的这个石房子，巍峨地屹立在王家坝的坟山上，已经成了王家坝的一道风景线。有人说公路边看到坟堆堆很煞风景，王家坝人说简直是胡扯。

差不多就在两个石房子建好的时候，王山民的"家具"也做好了。家具用土漆漆过，头上刻有一条龙，龙身上涂上金色，很是威严。家具抬回王家坝的时候，放了一地的鞭炮，周边寨子的人没有见过这种材质的家具，出于好奇，尾随而至，远远看去，真像一条龙从阮家坝向王家坝游来。从这一天开始，王山民一天要做的事是这样的：早上起来，先去坟山上，把两个石房子前面的那块石板拿开；然后回家，做饭，吃饭，也睡午觉；午觉后的第一件事是打一盆清水，把毛巾洗净后抹木头枋子上面的灰尘，土漆漆的木头枋子，沾一点点灰尘都很明显，但只要一抹干净，明晃晃得刺眼，这也是土漆比洋漆更贵重的原因；太阳快下山的时候，他再去坟山上，把早上拿开的石板重新合上。

王山民的说法是："白天总得给家里通通风，晚上得关好门窗。"

只要听到灰熊的咬叫声，马培林就会沿客厅南北向无所事事地走动，到了南面的窗子边，拉开窗帘一角，看到的是王山民家，王山民一般此时正好走出家门不远。马培林慢慢地踱到客厅的北面，还是到了窗子边，拉开窗帘一角，目光从最近的可视范围慢慢地向坟山移过去，眼光移动的速度正好和一个走向坟山的老者的速度保持一致。中午王山民睡午觉的时候，马培林会下楼，去村街看半大小孩打台球，或者去娱乐室看王家坝的中年妇女打麻将。但他对这两样都没有兴趣，往往十来分钟后，他又回到自己家的客厅里。这个时候，王家坝最高的两幢楼房，静悄悄得好像没有一丝声息。

马培林的石房子是在六月份开工的，但进度很慢。马培林天天到坟山上催促，两个工人有了情绪："就这点人手，有什么办法？"留在坟山上做工的只有刘石匠的两个徒弟，刘石匠修完王山民的两个石房子后，和另外的四个徒弟回县城照料石厂去了。

大娃、二娃今年中途回家过一次。大娃、二娃回广东的时候，三娃也回来过一次。三个儿子先后共待了半个月。大娃、二娃是来买屋基，他们俩在法那街上买了三百平方米的地，两弟兄说娶了媳妇后要将家安在街上。马培林说一步一步来，言外之意是先搬到街上，离县城不就越来越近，进县城不就是顺理成章的事？！大娃、二娃回广东的时候，三娃回来了，三娃也是来买屋基的，三娃比大娃、二娃志存高远，屋基买在县城边上，离刘石匠的石厂很近。就是这半个月，王家坝人有了惊人的发现，马培林家整年都不拉开的窗帘终于拉开了，玻璃门窗也打开了，人们听到了凉风从马培林家南、北窗子之间穿过的"呼呼"声。人们还发现马培林又喜欢闲逛了，有时还会和打台球的半大小孩甩一竿子，有时会和打麻将的中年妇女开些玩笑，素的荤的都开。以前马培林是不开玩笑的，甚至连话都不爱说，简直不可理喻。

最先发现马培林家的玻璃窗和窗帘又拉上了的是李寡妇。李寡妇的外号是自封的，她男人也在城里打工，四年没有回家，她就说男人已经死在外面了，然后自称寡妇。李寡妇说话放肆得很。她将八筒打在麻将桌上的时候，说："猪咪咪，你们哪个要吃？"

这句流里流气的话是马培林几天前发明的，他把八筒叫"猪咪咪"，把二筒叫"人咪咪"。还别说，真形象。

李寡妇这句话没有引起哄堂大笑，大家不自觉地把头扬起来，想起来几天没有见马培林来娱乐室了。李寡妇回家的时候往马培林家这边瞟了一眼，才知道马培林家的窗玻璃和窗帘又拉上了。

马培林修石房子是先斩后奏，想生米煮成熟饭后子女不可能不管。这次他算错了，三个儿子中途回来，说法一致："如果老爹一意孤行的话，钱我们是不出的。"

这样，马培林的石房子就成了烂尾坟。

马培林每天大部分时间都无精打采地躺在沙发上，只有灰熊的叫声，才能焕发起他的精气神。

一连三天都没有听到灰熊的叫声，马培林心想，灰熊是不是被人药死了？下到一楼的小木房去看，居然三天忘了给灰熊添狗粮，但灰熊依然精神抖擞，眼睛死盯住对面的王山民家不放。那么，就是王山民这个鬼老者三天没有出门了。马培林穿过公路，到了王山民家坎子上，他想透过门缝看看王山民家里的情况。异味就从门缝里飘了出来，马培林恍惚了一下，又镇静了一下，随即发挥了当初作为王家坝最有力的村主任竞争人选的办事才能，叫来了两个人，合力推开了王山民家的门。

王山民早已断气，他的手还紧紧地抓住抹布，从木头枋子上的痕迹可以看出，他是站在条凳上抹木头枋子顶上的灰尘时摔下来的，头正好碰到条凳的角上。

王晓宏回到王家坝的同时，乡政府的干部也到了王家坝，他们是来给王晓宏讲道理的。他们说，殡葬改革，功在千秋，利国利民。这是政府的最新规定，子女有正式工作的，老人去世后必须火化。火化后当然就不需要木头枋子了，一个小土坛装起来送进了王山民生前修得最豪华的石房子里。火化后，体积自然比原来小得多，王山民住在里面应该宽敞得很。

处理完王山民的后事，王晓宏准备把他家在王家坝的家产一并处理掉——主要是他爹修的四层楼房，还有他爹做的金丝楠木"家具"和另一个石房子。王晓宏准备找个日子把母亲的坟迁到另一个石房子里，但四层楼房暂时是卖不出去了，王家坝家家户户都有小楼房。木头枋子找回部分本钱，最后打五折卖给了马培林。按市场价，金丝楠木的木头枋子价格在四万元左右，但在王家坝有价无市，马培林的五个子女在广东听到老爹的迫切愿望后，想起了母亲去世早、老爹一个人养育他们的不容易，每人汇来了四千元。

木头枋子从对面的王山民家抬回马培林家，虽然只隔了一条公路，但鞭炮还是放了好长时间，最后放在马培林家客厅靠东面墙的位置。

马培林把沙发的位置移到北面的窗前，同时把北面的窗帘拉开。马培林除了做饭和上卫生间，他都躺在沙发上，他的头下垫了三个枕头，正好可以看到王家坝的坟山，他的那个烂尾坟，也就是修了一半的石房子就在王山民的石房子旁。马培林的老泪流出来了，他用衣袖抹去，又流出来了，他又用衣袖抹去……抹着抹着，就懒得管它了，任它随意地流。泪流干后，马培林又看到了坟山，看到了王山民的石房子和自己修的烂尾坟。马培林索性不看了，想转过头，把脸面向沙发的靠背。王山民死后，马培林的身子骨一天不如一天，在逼仄的沙发上翻身已经很困难了，他站起来，就看到了金丝楠木的木头枋子，他又转过头去，对着坟山上的王山民说："你有石房子，但你没有好棺材。"

马培林的死法差不多和王山民一样，也是几天后王家坝人才发现的，灰熊到处找垃圾吃，人们奇怪，才知道马培林已经走了。马培林是死在金丝楠木的木头枋子里的，他的身下铺了被子。木头枋子的空间小，铺了被子后就更小，马培林是硬把自己挤进去的，进去后就再也没有出来。

马培林依然没有享用到木头枋子，政府又有了新的规定，所有人死后都得火化，乡政府的吉普车在王家坝来回开动，车上架上喇叭，喇叭里说，破除迷信，移风易俗。马培林家五个子女都和王晓宏一样，是讲道理的人，只是这次，金丝楠木的木头枋子再打折也没有人愿意买了。死人也是要追求完美的，马培林当然不能进烂尾坟，五个子女就在烂尾坟旁边埋了个小土堆。

三娃的房子修好了，三娃觉得木头枋子丢了可惜，就拉到县城去，锯成木板，打了一个衣柜、一张饭桌、一个茶几、八条凳子，然后漆上红漆，家里顿添喜气。识货和不识货的都惊叹不已。

办搬家酒的时候，五兄妹才又聚在一起。马培林死后，几兄妹各忙各的。那时，大娃、二娃在法那街上的房子也准备修了。想起三个哥哥有家或者即将有家，大丫突然有了不想再奔波的想法。她在三娃新房的附近找了间门面，开了美容店，也兼营洗脚、按摩之类。她希望小丫也留下来，两姐妹有个商量，有个照应。小丫对大丫的决定不以为然，对自己的青春还相当自信。她对大丫说："世界很大，我还想出去看看。"说完一个人独闯天下去了。

　　大丫的门面在城边，但做这种生意是越偏越好。刘石匠的几个小徒弟把每天修完石房子后剩余的力量和赚来的钱用在了美容院的姑娘身上，时间长了，大丫就看上了也姓刘的一个小石匠。刘小石匠就是在王家坝的坟山上修石房子的师傅之一。结婚后，刘小石匠说，待清明的时候，也该把岳父的石房子完善了。

《边疆文学》2017 年第 3 期

王熙凤

王登峰住的地方叫幸福小区。以前这里是坝阳古城，古戏台、财神庙、迎春楼、马帮客栈等地名尚能证明很多年前这里曾是这座城市最繁华的所在。史料记载：马帮客栈在民国时期是这座城市最大的宾馆，客房七十余间，往来贵阳和昆明的马帮在这里住上一夜，去财神庙求个保佑，去戏台看场地戏，再去迎春楼逍遥一回，路途上就多了些踏实，多了些回味，对艰辛的感受就会少一些。

刘辣狗和张东羊到这个工地的时候，坝阳古城还没有撤，他们俩去客栈、戏台、迎春楼看过，看到的都是时过境迁的冷冷清清。他们还去财神庙求神，据说财神庙求什么都灵验得很，他们俩主要是希望找到大钱，几个月了，大钱还是没有找到，也不知道去财神庙许愿是不是也像请客送礼一样，一两次是很难达到效果的。

老城区现在被改造成了幸福小区。幸福一期工程是前年建好的，就是在老城区边上紧挨城市主干道的沿路建了高房。二期工程拖了两年，今年年初才动工，原因是拆迁上遇到了一些问题。现在凡是与拆迁有关的都会有些问题。二期的 A 幢楼已经封顶，二楼一千五百平方米成了王登峰、刘辣狗、张东羊的住处。刘辣狗和张东羊比王登峰大五六岁，都是从一个乡来的。工地有民工一百来人，其他的住惯了工棚，也是不愿意搬来搬去。刘辣狗说，如果高楼卖出去了，就没有机会住了，今后买房的有钱人也算是步我们后尘，我们比他们还先享受。这说法得到张东羊的积极响应。王登峰是没有发言权的，初来乍到，一切都听刘辣狗和张东羊的。

　　幸福一期修的房子呈一条直线，这条直线和对面的另一条直线之间的主干道叫中华西路。二期的面积大，占了坝阳古城的三分之二，先修的 A 幢楼和一期的房屋垂直，王登峰、刘辣狗和张东羊住的二楼是一个长方形，当初他们把板房建在远离一期的那一头，那头靠着一个小山，挡住了一些风，冬天了，风的脾气很大，来来去去总是呼啦啦的。A 幢楼前面被政府规划成了另一条路，叫坝阳路，走势和 A 幢一样，也和一期的房屋垂直。那座小山也在幸福二期的范围，这些天被各种各样的机械挖着推着，黄烟滚滚。风把滚滚灰尘也带着到处走。王登峰、刘辣狗和张东羊又把板房搬到紧挨一期的这一头，三人把长方形的两个长边用空心砖封了一部分，距离比板房长一倍左右，这样既能挡住一些风，又能挡住一些灰尘。王登峰睡靠山墙的这边。刘辣狗和张东羊是不愿意睡靠山墙这边的，主要是风大，山墙的这边也封了半人高的空心砖墙，这是按王登峰的要求封的，再高了光线不好，这幢房子还没有通电，王登峰要看书，只能依靠自然光。

　　吃罢晚饭，刘辣狗和张东羊约王登峰去迎春楼逍遥，王登峰说有事，不去了。都知道王登峰在扯谎，在这座城里，一无亲二无戚的会有什么事呢？张东羊对王登峰有些不满，说和我们一起降低了你的身份不是！刘辣狗倒不在意，说他不去就算了。然后和张东羊下了楼。整个工地都知道王登峰喜欢看书，这本来没有什么不好，但在人人都不看书的地方看书，就是不合时宜。

尹老板今天发了上一个月的工资，王登峰、刘辣狗和张东羊三人都无一例外地得到了一张"大红花"的奖励券。这是尹老板的新发明，他在很多场合都说要将这项发明申请专利，不能让那些头脑简单的暴发户偷师学艺。民工都不知道尹老板的名字，但只要知道姓氏是不影响称呼的，他们每天吃饭用的餐券上有尹老板的签字，奖励券上也有。尹老板应该是专门学过签字的，只签一个"尹"字，一笔画，这就很艺术。尹老板是个粗中有细的人，今天第一次和王登峰有了交流。尹老板其实是特意等着王登峰的，因为王登峰领到的现金最多。财务每月发工资都必须由尹老板签字，每月民工能领到多少工资尹老板最清楚，财务部门用的公式是这样的：日工资乘上实际上班天数。民工只要进了城，工作起来都是很自觉的，上下班比公务员准时多了。除了各工种的领班，其他民工用公式计算的部分大同小异，当然这是理论值，实际上不是这么回事，工资中有很多的减项。

尹老板立志要做一个中国最有人性的老板。王登峰不知道这样的老板算不算人性，但刘辣狗和张东羊说尹老板不是那种无商不奸的人，是最有人情味的。刘辣狗和张东羊在外面很多年了，好多工种都干过。王登峰是第一次出门，没有比较，不好说。

尹老板把一期已经建好的幸福大厦二楼按功能隔成了几个区域。有食堂，名字叫尹氏饭庄，整个工地的人都在尹氏饭庄用餐。民工先不用付钱，次月初从工资里扣。饭庄隔壁设有小炒部，是给民工开小灶用的，想吃顿红烧肉或者白片肉了，去小炒部，按规定的价钱付上等面值的餐券即可。饭菜都不贵，和外面比较起来价格还要低一些，所以说刘辣狗和张东羊说的也是实情。小炒部隔壁是便利店，卖些小吃和廉价的烟酒，和外面超市的价格也差不多，方便大家嘛，都是干体力活的，每天喝二两烧酒，解解乏也是必不可少的。便利店里的东西也都是可以用餐券换的，不然还叫什么便利店！便利店旁边是娱乐室，其实就是麻将室，如果想玩扑克的，把麻将收起来换上扑克即可。在娱乐室打麻将或者玩扑克都是带彩的，大小不等，大家都是知道的，这年头玩什么都得带点输赢。尹老板不管这些，只是每桌按小时收费，每小时二十元，要花水电嘛，收点费也是合情合理的。这个费用也可用餐券代替。娱乐室再往里走，就是按摩室，按摩和喝二两的意思差不多，都是解乏。按摩室的名字就是以前这个老城区妓院的名字，叫迎春楼。名字挂出来，民工都明白了，也有不明白的，比如刚来这个工地的时候，王登峰就不明白。每天到尹氏饭庄吃饭，都在同一层楼，时间长了，耳濡目染，王登峰就知道迎春楼的经营范围了，是挂羊头卖狗肉。早餐和中餐还好，走廊尽头静悄悄的，少了想法，晚饭后，你的眼光迈都迈不过去。去那里的民工也不扭怩，就像是去工地干活那样，理直气壮。那些服务员呢，就站在走廊上，拉拉扯扯，嗲声嗲气。手脚是那个柔和哟，像没有骨头一样，声音也是那个柔和哟，如棉花一般。这个时候，民工们潦草地吃罢饭，喝二两烧酒，腿不自觉地就朝走廊尽头去了。

尹老板把他开的食堂、便利店、迎春楼等称为附属设施，他对大伙讲清楚了的，说我一个房开公司，赚钱得靠主营业务，就是修房子卖，所有的附属设施都是为了方便大家，不赚钱的，有时还是赔本生意。民工心里都有一杆秤，也到城市的旮旮角角去比较过，比较来比较去，还是尹老板的附属设施划算，而且还少了几块车费钱。

尹老板的奖励办法被他称为尹氏激励机制，民工听不懂这些，有几个老一点的民工是从人民公社走过来的，说不就是发大红花嘛。尹老板说，对对对，就是大红花。工地上的民工只要一个月内满勤就能得到一张名叫"大红花"的奖励券，这对民工来说不难，因为干民工这行不是旱涝保收，干一天得一天的工资，所以没有人愿意去睡大觉。老家那边的人不允许，都眼巴巴地等你的工资打回去生活，领班也不允许，各个班种都有工作进度。所以次月结算工资的时候，每位民工几乎都能得到一张"大红花"。

"大红花"有指定的消费地点，就是迎春楼，消费一人次就用一张券。"大红花"不像餐券那样标有面值，但大伙都会计算，对于工地上一些未婚的年轻人来说，一月一张"大红花"显然不能满足蓬勃向上的身体，有时想把那股蓬勃劲压下来，就只能用人民币去解决，就得花去一百五十元。这样等量换算，一张"大红花"就是一百五十元。民工一天的工资是一百元，一天的生活费是二十元，这还不算去小炒部开小灶和去便利店买烟酒的，所以去一趟迎春楼就花掉一百五十元对一些老点的民工看来，是最不划算的买卖。老民工是过来人，对迎春楼经营的那些东西兴趣不大，说既伤身体，还花金钱，是损了夫人又折兵的事。老民工每月拿到"大红花"会存起来，然后卖给更年轻的民工。虽说等量换算下来，一张"大红花"是一百五十元，但实际也还要不违背供求关系。刘辣狗和张东羊深谙此道，发工资这天"大红花"是最多的，理论上最便宜。所以刘辣狗和张东羊离开王登峰后并没有急吼吼地去迎春楼，他们去工棚找几个年纪大的民工。以前他们俩就收购过"大红花"，以七十元一张的价格收购，这样一算，凭空就赚了八十元，相当于干一天的纯收入。今天刘辣狗的收购生意没有以往顺利，原因是几个老民工要现钱，说赊账的话必须按一百五十元一张，一分不少，这叫赊三不如现二。老民工也算是在外面混了多年，知道供求关系的道理，刚发"大红花"，人人都有，就烂贱了，卖不出好价钱，等放到月中，一般能卖一百至一百二不等。刘辣狗和张东羊早上发了工资后就把钱往家寄了。张东羊家屋里的来电话催了几次了，说家里要吃喜酒，礼钱都没有，都在等米下锅。自从来到这个工地后，刘辣狗和张东羊寄回家里的钱明显少了，并不是说尹老板在工资上克扣，没有这样的事，都说了，尹老板是个有人性的老板，相反来说，尹老板不仅不克扣，开的工资还比别的工地高一些，好多工地还是一天八十元，多点的最多也才一天九十元。尹老板开工资也是最及时的，好多民工就是冲着尹老板的这点好来的。拖欠民工工资虽说现在已经上纲上线，实际上也还是在拖，拖的时间长了，拖没有了的也有。刘辣狗和张东羊的钱不是拖没有了，蛋糕就那么一小块，给迎春楼凭空切去了一部分，拿回家的当然就少了。刘辣狗屋里的为这事还在电话里和他吵过架。

　　尹老板这个工地最大的好处是，只要有力气，有没有钱都能活下去，生活费也就是餐券，是公司提前发的，次月结算，如果一个月未满就用完了，还可以到公司财务去赊。当初尹老板发明此项激励机制的时候，老板娘还颇为不满，说尹老板这些年吃饭撑憋了，菩萨心肠能找到钱？那是竹子开花、骡子下崽的怪事了！第一次结算的时候，尹老板用事实回敬了老板娘，老子憨还是你这个木头婆娘憨！其他工地的民工朝尹老板的工地涌来，陆陆续续，源源不断，尹老板也是来者不拒，多多益善，民工多了，就是干活的人多了，工期相应地就短了，融资的成本跟着就少了。好多老板找不到钱就是工期拖长了造成的，融资都是要付息的，工期越长，付的利息就越多。这种机制还有一些赚钱的地方，说起来有点复杂，尹老板就没有给老板娘讲。

迎春楼的消费是不允许赊账的，这也是尹老板的规定，所以迎春楼不能用餐券抵账。尹老板以前也是民工，知道民工在这方面的消费是无底洞，如果放任自流，一个月的工资远远不够，这就相当于资不抵债，拆了东墙补西墙，窟窿会越补越大，这是风险的根源。但不赊账就会遏制消费，这和尹氏激励机制的核心又不吻合，这就有了矛盾。尹老板自有解决办法，他的解决办法证明他确实不是一个头脑简单的老板。民工只要每月满勤就能得到一张"大红花"，拿着"大红花"就可以到迎春楼免费消费，这就好比发烟给你抽，抽上瘾了你得自己去买。尹老板确实是一个有人性的老板，去迎春楼的民工每月消费满十次，尹老板又奖励一张"大红花"，这是对忠实顾客的优惠大酬宾。为了有可操作性，迎春楼有专门的服务质量反馈券，有服务员的签字栏，也有顾客的签字栏，当然签字只是签上工号号码，所以尹老板的民工都有固定的工号牌，好多人还不明就里，说像个犯人似的。

王登峰在财务部的工资册上签完字，尹老板就说话了，你是王登峰？王登峰说，嗯。尹老板威严的脸上露出了不易察觉的微笑，小伙子挺节约的嘛，干民工是要耗体力的，不能亏了身体。王登峰这月领了两千四百元现金，每天工资一百，一个月是三千，扣除每天二十元的生活费一月共六百元，正好二千四百元，也就是说王登峰除了吃饭，没有其他消费。尹老板对他的激励理论已经着迷，该机制的理论核心是刺激消费，载体是支付循环。换句话说，他希望在他那里领工资的人领到的工资都用其他消费抵消，这样就减少了现金使用，也减少了融资成本。尹老板是一个追求极致的人，他最大的理想是能开一家银行，这样，他的循环支付就再完美不过了。这样的好处还有一个，就是从报表上看，到处都在开支，体现在实现的利润上就少了，上交的税款也就少了，实际上开支很少，那些减少的利润成了他腰包里的纯利。他比照农夫山泉的说法，说他是利润的搬运工。

尹老板通过刘辣狗和张东羊了解过王登峰，他说，小伙子，你还准备去高考？王登峰还是说，嗯。尹老板说，人生不是只有高考一条路嘛，行行出状元嘛，像我，高考也失败，现在还不是混得风生水起。尹老板说的是实情，他当初高考失败后进了城，用小恩小惠笼络了老家的一伙人，成了包工头，一步一个脚印，成了今天的尹老板。王登峰没有想过成为王老板，他想的是考上北京的学校。尹老板把"大红花"亲自递到王登峰的手里，这是最高待遇了，工地上的民工得到的"大红花"都是财务发的。王登峰此时想明白了，尹老板就是一个有人情味的人，他没有看懂这最高待遇后面是最高层次的鼓励。他接过"大红花"，嘴唇翻了翻，有句话在嘴边鼓了鼓，他想请求尹老板用"大红花"抵生活费，这样他每个月的收入就会多一百五十元。王登峰就是这点不好，害口实羞的，刘辣狗和张东羊收购"大红花"的时候，他也想卖给他们，但也不好意思开口。

王登峰是九月份来工地的。高考时数学拖了后腿，灰溜溜地回家干了一个月的农活，他认命了，父母已老，已经供不起他了。他上高中的学费，是他在广东打工的三姐给的钱，现在三姐结婚了，再给钱三姐夫就不情愿了。就在他把年轻力壮准备完全交付给土地的时候，他收到了女同学的明信片。女同学考上了首都的一所大学，不好也不坏，但她在天安门照的那张照片绝对是好的。明信片是女同学自己做的，照片就印在明信片上，头发像波涛一样汹涌。收到明信片的第二天，王登峰就进城找刘辣狗和张东羊，王登峰目标明确，干到明年三月份，就去复读参加高考。

王登峰已经有四张"大红花"了。王登峰得到第一张"大红花"的时候，刘辣狗和张东羊就要带他去消费，同一个地方来投奔自己的兄弟，当然要好好照顾。王登峰不去，他希望那张"大红花"能换成现钱，如果明年也能考上首都的大学，他也要去天安门看一看毛主席，这样他和女同学就平等了。当初他们在县中学读高中的时候就是平等的，现在距离拉开了，他得尽快弥补回来。所以王登峰的每一分钱都要从长计议，用钱的日子还在后头呢。

迎春楼就在王登峰那间板房的对面，从板房的那扇正方形的窗子，正好能看到迎春楼的包房。板房的窗子本来是用来采光看书的，现在多了一个用途。A幢晚上本来也没有电，王登峰的精力都集中在对面的迎春楼上。迎春楼的窗子都有很厚的窗帘，一丝光都很难透出来，但也有百密一疏的地方，窗帘杆的正中位置有一个固定杆子的塑料圈，从两边把窗帘拉到中间后就会被塑料圈挡住，窗帘就会隙有一条缝。从王登峰这里看过去，刚好能看到迎春楼第二间包房里面的丝丝点点，就是这犹抱琵琶半遮面的丝丝点点让王登峰有了许许多多的想象空间。王登峰没有做过男女之事，对这方面的知识来自书本和影视，这怎么说也只能算作纸上谈兵，所以刘辣狗说王登峰那玩意儿是不是没有长成熟，这句话也让王登峰自己产生了些许怀疑，自己对去迎春楼相当排斥，那么是不是在这方面有哪样不正常呢？王登峰每晚对迎春楼第二间包房的着迷程度超过了他大清早起床看书。那条隙缝让他度过了许多难熬的黑夜，那条隙缝让他产生了许许多多的联想，那条隙缝是他王登峰的专有资产，已经姓王了，他把那条隙缝称为"王熙凤"。

王登峰通过"王熙凤"看到各色人等，胖的瘦的，高的矮的，但都只是基本的轮廓。至于长成什么样，皮肤是好还是坏，他一概不知。甚至说他看到的只是冰山一角，包房里的床在里角，从包房进去经过那条缝，或者从床上起来再经过那条缝，都是稍纵即逝的事情，更多的内容只能靠丰富的想象。有一天，那间包房的窗帘拉得潦草了一些，隙缝开得大了些，王登峰看到了一个比较矮小的女子，她正和一个民工挑逗。王登峰突然就想到了他的三姐。村里的人闲言碎语中会时不时说到他的三姐，意思是说他三姐在广东是做那一行的。那时他正读高中，每个月三姐会按时寄钱回来。有一次没有钱了，他给三姐去了电话，过了几天，他收到了三姐的汇款，五十元，这是他三姐汇得最少的一次。又过了一天，他又收到了三姐的汇款，这次是八十元。他的眼泪就出来了，他知道三姐其实在那边也很不容易，他每用一分钱，心里都会疼着。高考失败后，他安慰自己，终于不用花三姐的钱了。三姐几个月前结婚了，结了婚的三姐还鼓励他去复读。但他知道，再用三姐的钱，三姐夫会不高兴，三姐就会受气。

从尹老板那里拿到"大红花"出来，王登峰见到了这个矮小的女子。民工都叫她小桃子，说明她和民工们都混得很熟了。小桃子不仅矮，还瘦，脸白掐掐的，像大病了一场那样，长得一点也不像王登峰的三姐，倒有几分像他在首都上大学的同学。小桃子手里拿了一大堆"大红花"，她是到公司兑换钱的，这也是公司的规定，每月迎春楼把收到的"大红花"拿到公司财务来兑换钱（当然她们兑换钱的时候也有许多减项，比如吃饭的，比如在便利店买零食的），这些"大红花"又被公司奖励给满勤的民工。

王登峰故意在财务室门口等小桃子，他说："哎。"

小桃子也说："哎。"

就算打过招呼了。小桃子对王登峰的印象不错，因为其他民工虽然也被有的人瞧不起，但对迎春楼的，他们还是有高高在上的优越感的，打招呼都带有轻蔑和不怀好意。

小桃子没有见过王登峰，她说："新来的？"

"来几个月了。"王登峰通过那条隙缝见过小桃子很多次，又说，"我手头有四张大红花。"

王登峰等小桃子就是为了"大红花"的事，既然没有别的销路，小桃子也许是一条路子。

"哦，怎么不用？"小桃子说。

王登峰没有直接回答小桃子，而是说，你这个年纪应该去读书。小桃子说，读什么书，学的东西都还老师了。小桃子长得确实不像他的三姐，但王登峰就是觉得像，当初他三姐成绩也不错，但家里根本供不起两姐弟一起读书，三姐就打工去了。两人快分手的时候，王登峰把四张"大红花"递到了小桃子的手里，小桃子退了回来，说你在我这里消费，我就正大光明地收你的"大红花"。王登峰说你拿去公司兑钱嘛。小桃子说，帮你兑钱？王登峰说也可以这么讲，兑了钱后给我多少都行，如果你需要的话不给也行。

晚上王登峰还是通过板房的正方形窗子观察对面，这次观察的目的不同以往，他是不希望看到小桃子的身影。张东羊中途回来过一次，他来找王登峰借"大红花"，他的那张已经消费了，消费完还意犹未尽，被迎春楼的服务员左磨右缠地又消费了一次。迎春楼是按次数收券或收钱的，张东羊已经没有券了，得付现金，现金已经寄回家了，没有办法，来找王登峰借。王登峰说没有。张东羊生气了，说我看你就是小里小气，借了又不是不还你，况且你又不用，放着又不下崽，简直是浪费。王登峰见张东羊生气了，就赌咒，说如果我身上有"大红花"的话我就从这个窗子滚下去，不得好死。话说到这份上了，张东羊气冲冲地扭头走了，走的时候回头恨恨地又骂了一句，谎话连篇的，你真的会不得好死。

张东羊走后，王登峰通过那条隙缝就看到了小桃子。她是和一个民工一同走进第二间包房的。王登峰失望极了，但又还存有一丝希望，就是希望小桃子和那个民工不要干那种事情。两人一晃眼就看不见了，因为那条隙缝的可视范围有限，王登峰觉得视角有问题，头往板房正方形窗子左边移，看不到，又往右边移，还是看不到，卧在床上从正方形的下边往上看，看不到，又站在床上往下看，还是看不到。不知不觉地，头就拱出了正方形窗子。

民工们知道工地上死了人是第二天一大早，警车接到报警后迅速出现场。张东羊中途赶回宿舍，差点脱不了干系，好在工地的看门员证实了张东羊走出宿舍的时间，那时看门员正好给家里打电话，张东羊和他打了招呼。通过高科技确认，王登峰死在张东羊走之后，而那段时间没有任何人再来过 A 幢。

警察在 A 幢二楼王登峰住的板房里搜到了五本书，高三年级的语文、数学、物理、化学和英语，数学书里有一张明信片。警察初步做出了王登峰自杀的判断，高考失败后对生活灰了心，而明信片的那个人可能是在王登峰心灰意冷的时候，又给了他当头一棒。王登峰死时眼睛睁得很大，警察尸检的时候，他的眼睛还在鼓着，眼珠子似乎还在转来转去，好像在探寻什么。这是警察疑窦丛生的地方，自杀的人，眼睛应该是悲观的，是迷茫的，是失去信心的。

刘辣狗和张东羊对王登峰自杀深信不疑，他们一直觉得王登峰阴不溜秋，话也不多讲，怪怪的。刘辣狗说连迎春楼这种地方都不感兴趣的男人对生活有信心才是怪事。张东羊多了一份心事，他更坚信王登峰是自杀，因为他说过王登峰不得好死。只是他咒王登峰的时候有个前提，所以希望在警察搜查的遗物中能得到什么证实，他确实没有听到王登峰身上有"大红花"的任何消息，这让他的心里好受一点。

警车叫着赶到幸福小区的时候，小桃子正在酣睡，做这行的都是晚上工作白天睡，她睡的就是二号包房，迎春楼的服务员都睡在包房里。小桃子听到警笛声后就醒了，迎春楼的服务员对警笛声比较敏感。小桃子睡眼惺忪地从窗帘的隙缝中看到王登峰的死样，那时警察正好从死人的位置向四面八方瞭望，当警察的眼睛转到迎春楼的时候，小桃子迅速把窗帘拉拢起来，那条隙缝被她用头上的夹针别住了。小桃子想，王登峰给她的那四张"大红花"兑换成现金后真的不用给他了，为此，小桃子多少有些不安。

《清明》2017 年第 2 期

寻找张龅牙

汪向阳年纪轻轻就有了面瘫的征兆，左脸上的肌肉经常不分时间地点毫无规律地扯动。这天早上，扯动的肌肉又带着眼睛一起跳动，节奏就像钟表的秒针那样，咔嚓、咔嚓、咔嚓……凭着这些年的经验，眼睛一跳，就会有意料之外的事情发生。

到了单位，部主任安排采访任务，要他去屯县，汪向阳很不情愿。社会和科教文卫部经常有突发新闻，造就了主任的急性子。汪向阳性子淡，在市里就不愿意下县，下了县又不愿意急匆匆回来，这自然和主任"速战速决"的工作方式不合拍。

在去屯县的班车上，屯州市交通广播电台已经播出了独家新闻：

> 今天，屯县发生了一起银行抢劫案。屯州市商业银行屯县支行屯山储蓄所员工王新枝、吴丽丽赤手勇斗歹徒，王新枝身负重伤。警方三十分钟成功破案。有关情况还在进一步调查中。

据悉，这是今年屯州市商业银行发生的第二起抢劫案。

"供认不讳"是汪向阳在派出所听到的使用频率较高的词，这次也不例外。办案警官对神速破案夸夸其谈。犯罪嫌疑人名叫张龅牙，办案警官说，张已经对这起抢劫案供认不讳。当然，汪向阳来屯县不是听警官普及成语知识的，派出所只不过是他要找的信息源头。

汪向阳在派出所的审讯室见到了张龅牙，他的嘴皮被两颗小虎牙微微地顶凸起来，好像随时都有话要说。其实张龅牙的话很少，不管汪向阳问什么，千篇一律的一个"是"字就从他嘴皮里硬挤了出来。

受害人叫王新枝。汪向阳到医院的时候，王新枝正好提着吊滴上卫生间。王新枝瘦，个子高挑，感觉就像一棵豆芽菜，穿在身上的蓝白竖条纹的病号服显得空空荡荡。汪向阳很好奇，这个弱不禁风的女子怎么敢赤手勇斗歹徒？王新枝的母亲也在，她的情绪好像还没有调整过来，有惊恐，有只是虚惊一场的庆幸。王新枝很健谈，看不出她受到什么惊吓，听说汪向阳是记者后可高兴了，她问："我可以上报纸了？"

王新枝的高兴劲与挂在手上的那些叮叮当当的输液器件很不协调，明眼人都知道，能够自如地上卫生间，当然谈不上什么重伤。汪向阳说："当然，如果不出意外，你还将成为大家学习的楷模。"王新枝扑哧一笑，脸上的两个小酒窝不露声色地凹下去了。这时，门嘎吱一声开了，马行长进了房间。王新枝住的是温馨病房，这种病房只住一个病号。王新枝的母亲站起来，请马行长坐。那会儿，汪向阳还不知道来人就是屯州商行屯县支行的马行长，他转过头，对马行长笑一下，算打过招呼。

马行长说："你是日报的记者？"

汪向阳点头。

马行长又说："有什么问题都可以问我。"

"我是有几个问题？"汪向阳心里咯噔几下。

马行长用批准了的那种语气："你随便问。"

汪向阳说："但我想问当事人。"然后把头转向王新枝。

马行长也把头转向王新枝，有些愠怒地说："受了重伤就不要随便乱动。"

王新枝已经躺回床上，静静地，真是一动不动。输液杆上的液体慢慢滴进她的手背。汪向阳的问题是在班车上就想好的，都是老套路。什么"你当时怕不怕啊""你当时是怎么想的啊"，等等。可能是马行长在场的缘故，王新枝的回答也好像是彩排过，和经常在电视上看到的一样。当记者两年多，汪向阳对这种现象已经见惯不怪，现在的采访越来越没有意思，问和答都是一个模子套出来的。说实话，对汪向阳来说，采访有时候就是例行公事，并没有指望当事人有石破天惊的回答。

县电力公司也是汪向阳要例行公事采访的地方。根据警方提供的消息，张龅牙是县电力公司的员工。汪向阳在电力公司吃了闭门羹，一个领导模样的人说："我们公司根本没有什么张龅牙。"张龅牙是外号，学名叫张忠洋，这个领导模样的人说："我们公司也根本没有什么张忠洋。"然后以自己要开会为由，让保安把汪向阳打发走了。

所有的信息证实，张龅牙就是县电力公司的合同工，合同制员工也是员工。汪向阳的倔脾气就是这个时候被激发出来的。汪向阳想，犯罪前的张龅牙是县电力公司的张龅牙，犯罪后的张龅牙就不是县电力公司的张龅牙了？他先是骂自己，记者真他妈的不是人干的！继而又在心里说，不是人干的也要干出人的模样！这样想的时候，汪向阳已经把部主任的三令五申抛在脑后了。《屯州日报》有四个版，一版要闻，二版经济，三版社会、科教文卫，四版广告、副刊。年初的时候，报社要提两个副主编，考察人选为要闻部、经济部、社会和科教文卫部主任，66.7%的概率，最后还是汪向阳所在的社会和科教文卫部主任毫无意外地落选了。之后，部主任在部室逢会必讲，社会和科教文卫部的人是配盘的，干的就应该是配盘的工作。

汪向阳给部主任打了电话，说了采访情况，说"采访情况"是为了说"下一步的采访打算"，汪向阳接下来的任务是要寻找"谁才是犯罪嫌疑人张龅牙？"。

表面上看，汪向阳好像是给部主任汇报工作，实质是向部主任请假。一般而言，电话请假就是告知一声的意思，准不准假都是要请的，有霸王硬上弓的味道。部主任对手下"将在外军令有所不受"的做法不悦，急性子又来了，说："你是采访'两会'啊？"这话当然是讽刺，《屯州日报》除了一版的会议新闻，很少有超过六百字的报道，字数很大程度决定了采访的深度。汪向阳已经听出了部主任想表达的意思：社会版就那么点容量，你能弄成《南方周末》？

就像多年不打针吃药的人一旦进了医院皮都会脱一层一样，淡性子的人一旦有了犟脾气，就是牛都很难拉回。汪向阳就是这样的，他对部主任说："我就是这么想的，深入采访，写深度报道，《屯州日报》不用，我就给《南方周末》。"

要说吴丽丽也是这起案件的受害者，但仅仅是精神层面的。吴丽丽也很健谈，汪向阳后来才知道，银行代办员都很健谈，面试的时候有这方面的要求，服务行业嘛，健谈的员工当然更有利于工作的开展。

吴丽丽告诉汪向阳，早上她和王新枝一起签收完钱箱，就到储蓄所二楼换行服。她说："你们知道，我们银行职员都是穿统一工作服的。换好衣服，我肚子痛，就去上卫生间，下到一楼，见王新枝和张龅牙已经躺在地上人事不省了。然后我就报了警。"

汪向阳一直低头记录，健谈的人讲起话来是滔滔不绝的，记的人很难跟上，所以，吴丽丽说一会儿，得停下来等。汪向阳把吴丽丽说的记完了，习惯性地把笔在桌子上敲了一下，然后夹在食指和中指之间，指关节抖动，笔在五指间就顺时针旋转起来，再抖动，笔又逆时针旋转起来。这是他长时间玩笔玩出的花样，也算是对吴丽丽的提醒。吴丽丽似乎已经开始总结："真是知人知面不知心！"

汪向阳问："这话怎么讲？"

吴丽丽说："昨晚我们还和张龅牙在一起，今天他就对我们下毒手。"

汪向阳问："你说的'我们'是指你和王新枝？"

吴丽丽点头。

汪向阳又问："你们和张龅牙很熟？"

吴丽丽说："岂止熟，如果不是发生这档子事，我们都是把他当朋友的。"

汪向阳说："那么你们储蓄所上下班的规律他都是知道的了？"

吴丽丽说："那还用讲！"

屯山储蓄所所在的这条路叫解放路。屯县是个小城，只有两条十字交叉的主干道，南北向的主干道叫北京路。交通路是一条与北京路垂直的出城道路，已经不属于主城区范围。解放路的背面是屯山，这一面的房子都依山而建，修建房屋把有一定弧度的山坡挖平后，形成了人为的悬壁。每幢房子后面都抵悬壁修了隔断，形成了相对独立的长方形院落。汪向阳跟着吴丽丽到了案发的储蓄所，这个储蓄所共有两层，每层两间房，挨路边的那间是储蓄所对外营业的场所，挨后面长方形院落的那间用于堆放凭证。案发地点就在堆放凭证的这间。

吴丽丽带着汪向阳到了储蓄所的二楼。储蓄所二楼和一楼的结构一样，成了当班员工的换衣间。吴丽丽说："我们在这里换好衣服，王新枝先下楼，就发生了这样的事情。"

储蓄所左边的这幢民房是张龅牙家，张龅牙就是翻过隔断尾随王新枝在凭证间实施抢劫的。

汪向阳又到医院采访王新枝，他去的时机不错，正好马行长不在。王新枝的说法和吴丽丽完全一致。她说："送钞车到的时候，天还没有大亮。"屯县金融机构的钱箱都是由金盾押运公司统一押送，县城虽小，金融网点却不少。运钞车逐一运送，有的网点钱箱到的时间就早，有的就迟。

王新枝还说："我们提了多次意见，希望押运公司送钞线路按周轮换,也就是说,这周先送这家网点,下周先送另一家网点。"当然,如果每周轮换线路,对于押运公司来说,管理要求就会更精细,管理成本相对就更大。押运公司是独家经营,又有公安背景,当然不会听一个小储蓄所的。

吴丽丽对押运公司的做法直接是抱怨:"全县二十多个金融网点,总是先送我们,所以我们比别的金融网点坐柜的人都起得早。"

张龅牙唯一的作案工具是一种化学物品,叫乙醚。《现代汉语词典》对乙醚的解释是:无色透明液体,有特殊刺激气味,极易挥发,易燃、低毒,主要作用为全身麻醉。

警方说,乙醚把王新枝麻醉了,也把犯罪嫌疑人张龅牙麻醉了。

汪向阳向办案民警提出疑问:"如果我们站在犯罪嫌疑人的角度思考,没有枪支、刀具、棍棒等伤害性的作案工具,要是受害者反抗怎么办?"

办案民警对汪向阳的问题很不屑,哈哈哈地笑出了声:"我管他怎么办,天网恢恢疏而不漏,我们的任务是只管抓人。"

同样的问题,汪向阳又问吴丽丽。吴丽丽说:"可能他就不想伤害哪个吧?!"

汪向阳说:"抢人有抢人的逻辑,他这是抢人吗?"

吴丽丽说:"和我们在一起的时候,也看不出他是干坏事的人。"

犯罪嫌疑人张龅牙,难道也不是吴丽丽所认识的那个张龅牙吗?只有一种解释,就是张龅牙想钱想疯了,狗急跳墙。

汪向阳到交通路了解张龅牙家的情况。小城有小城的好处,就是加上适当的信息提醒，都知道谁是谁。就像此时，街坊并不知道张忠洋，一说解放路的张龅牙，街坊就说开了，你们问的是余羊肉家的老么啊？我们都是看着他长大的。他爹早死了，他上面有两个姐姐，先后都嫁到浙江去了，在屯县，他现在唯一的亲人就是余羊肉了。他家以前穷是事实，不然他大姐也不会跟着一个来屯县收购茶叶的浙江人跑了。他二姐也是他大姐介绍嫁到浙江的。

但是，现在他家不穷了。张龅牙这娃儿乖啊，长大了就帮余羊肉在街边开羊肉汤锅店，赚的钱都修了新房了。街坊说。

吴丽丽也补充："他母亲在我们储蓄所都存有五十万定期存款。"因为贷款利率远远高于存款利率，所以有大额存款的人一般不会傻到去贷款的地步。这样分析，张龅牙家实在还算是殷实的人家。

汪向阳问吴丽丽："你们平时钱箱里有多少钱？"汪向阳认为抢劫的动机与钱的多寡是有很大关系的。现在还有一种可能，就是储蓄所里有或者犯罪嫌疑人认为有超过其预期的钱款。

吴丽丽说："交通路偏僻，客户少，现金量也很少，基本保持两个钱箱合计八万元左右。"

汪向阳问："张龅牙知道这些吗？"

吴丽丽说："应该知道吧，我们钱多的时候就要调回支行，他都见过几次。"

加上固定资产至少上百万身家的人为了八万元左右去抢劫，怎么想都不合理。街坊印象中的张龅牙，是犯罪嫌疑人张龅牙吗？

采访至此，汪向阳已经江郎才尽，想象力捉襟见肘。如果不是马行长邀请他参加支行周六的案防分析会，他周五就准备回屯州了。女朋友在乡小学上班，也是周五回屯州。上周汪向阳采访义务教育，在县区待到星期六，晚上回家的时候女朋友就很不高兴。汪向阳哄女朋友的方式方法同样有限，当时他已是饥肠辘辘，绞尽脑汁才想出一招，在女朋友脸色还来不及拉下来之前，一个饿狗扑食，才暂时缓解了女朋友对他的不满。明天回去晚了，如果没有新花样，估计又要挨女朋友的冷屁股了。汪向阳想。

现在汪向阳才知道，马行长是主持工作的副行长，职务和支行的业务一样，多年来一直停滞不前，马行长把这一切都怪罪为薄弱的地方经济。大家猜测，出了案件，马行长这次可能连"主持工作"也保不住了。马行长也是做好下台的准备的，他说，就死马当作活马医了，万一坏事又变好事了呢，不就成了现代版的"塞翁失马"了？

马行长召开案防分析会是要有个向总行交代的态度，叫汪向阳列席也是想集思广益。马行长要汪向阳提点意见。汪向阳有了要做个人样的想法后，提问题也尖锐多了：一是运钞车线路的规律性是不是让犯罪分子有可乘之机？二是先接钱箱后换行服是不是违反规定？

马行长对汪向阳提的第一个问题表示无从回答，那是押运公司的事。对汪向阳提的第二个问题的解答是，接到钱箱的时候，前面的卷帘门并没有开，所以并不存在风险。

汪向阳问："犯罪嫌疑人不是从后面进入银行实施犯罪的吗？"

马行长说："凭证间就是普通的杂物间，和营业室是两回事。"

马行长的说法是想证明支行在管理上并不存在明显漏洞，后来这一说法帮了张龅牙很大忙。马行长说，凭证间和营业室之间虽然有通道，但通道安装有联动防盗门，这种防盗门有两扇，两扇之间仅有一个人站立的空间，人进入第一扇防盗门并关好后，第二扇防盗门才能打开，并且一有异常，联网报警器会自动报警，所以也并不存在风险。张龅牙的辩护律师后来在法庭上说，以张龅牙对银行的了解，在凭证间而非营业室作案，主观上并没有抢劫银行的意愿。抢劫银行或是抢劫个人，量刑的标准大不相同。

汪向阳问："屯州商行一年内发生两起抢劫案，难道就没有必然联系吗？"

马行长说："有没有必然联系要看有没有张龅牙这样的人，所谓不怕贼偷，就怕贼惦记。"

这又说到张龅牙了。其实马行长讲的这个张龅牙并不就是犯罪嫌疑人张龅牙，说的是"偶然"，是"机遇"的意思。

汪向阳回到屯州后已经不再想张龅牙的事了，但是张龅牙用非常规制造了一个大"蛋糕"——案件发生后的半年时间里，相关人等都在尽情分享。马行长因为采取得力措施，把银行损失降到最低限度，如愿从主持工作的副行长升任行长。汪向阳也是这起银行抢劫案的受益者，这起案件让汪向阳出稿七条，分别是通讯《屯县盛开"英雄花"》，消息《屯州商行屯县支行案防会找准风险薄弱点》《"英雄花"两年揽储 1.2 亿》《"英雄花"参加全市巡回演讲》《屯州商行拨付 100 万专项资金解决屯县支行安保硬件设施》《12·16 抢劫案嫌犯获刑三年》《"英雄花"转为正式员工》。汪向阳当初准备写深度调查，回屯州后，又被根深蒂固的性格打回原形，稿子就成了现在的样子。这些稿子，除了通讯和一条消息算社会新闻外，其他的几条消息都是银行的一般类新闻，只能算经济新闻。经济类新闻应该是由经济部的记者采写，因为这个案子一直由汪向阳负责，所以他就越俎代庖了。这起案子带给汪向阳的最大好处是，他调到了经济部。从三版的社会和科教文卫部调到二版的经济部，是干记者默默追求的晋升通道，干到要闻部才有更多的机会提任中干。

从汪向阳采写的稿子中大家应该知道，受益最多的当然是王新枝。汪向阳算是喜忧参半，叫工作上得意，爱情上失意。汪向阳调到经济部后，采访有时也懒得出去了，稿子都是通过各单位传真来的工作简报加工而成。女朋友这时候就提到了她工作调动的事情。

女朋友问："你都调到经济部了，我的调动呢？"

女朋友希望调到城区，退一步，调到离城区近一些的中心小学也行。她当初认识汪向阳的时候，想记者是"无冕之王"，是无所不能的。汪向阳经常采访教育口，多次说到和教育局很熟，给了女朋友很多期待。

汪向阳环顾左右，说："不是要等机会嘛。"

女朋友说："张龅牙都让你调动了，你就不能让我调动？"

汪向阳调到经济部后，除了脸上的肌肉跳得更勤以外，其他行动是越来越迟缓。女朋友说："如果你真努力了，调不动我也认了。"

事实上，汪向阳左脸上的肌肉扯动也还是有一定规律可循的，被骂的时候扯动是肯定的，但这时候不识时务的扯动有挤眉弄眼的意思。女朋友突然就恶心起来，说："你照照镜子，你除了面瘫，还心瘫！"说完扬长而去。

吴丽丽是唯一没有受益的当事人，或者说，不仅不受益，反而受损了。屯州商行有规定，代办员转正有名额限制。换句话说，王新枝转正了，吴丽丽转正的可能性就更小了。

就在王新枝转为正式员工没几天，吴丽丽来屯州散心，到了屯州后，她就想起了汪向阳。吴丽丽不是把汪向阳作为朋友想起来的，而是作为敌人想起来的。

汪向阳知道，吴丽丽还是一如既往地干着代办员的工作。吴丽丽说："都是你们这些吹牛不打草稿的记者害的！"

汪向阳等着吴丽丽继续说下去。

吴丽丽说："你们一吹，她就成'英雄花'了，我就什么都不是了，警还是我报的呢！"

汪向阳说："人有时不就需要那么一点点运气吗？"

吴丽丽说："那么她两年揽储 1.2 亿也是运气？我告诉你，我们整个支行存款才 1.8 亿，三分之二都是她抓的，那么其他人干什么去了？"

两人陷入短时间的沉默，最后还是吴丽丽打破僵局。她说："现在有一种办法可以弥补我，我要你和我谈恋爱，你是受益者，我跟着也受益了。"

吴丽丽也是突然冒出这种想法的，心情不好的人有什么想法都不意外。但汪向阳意外，他和女朋友分手后，毫不犹豫地来和吴丽丽见面，是有这方面期待的，但吴丽丽直截了当地说出来，他还是不知该如何表示。

吴丽丽问："你不敢？"

汪向阳确实被她的气势镇住了，他说："有什么不敢的？"语气都有着打肿脸充胖子的心虚。

汪向阳和吴丽丽谈恋爱这段时间想：如果转正的是吴丽丽多好啊！换一种思路又想：如果吴丽丽是王新枝多好啊！

屯州商行还有规定，代办员请假超过十五天的都算自动离职。这规定也没有什么不妥，哪个单位都不愿意请个得不到人用的临时工。吴丽丽还是临时代办员，所以今后结婚生子就存在请不了假的问题。汪向阳由此及彼地想到转正了的王新枝。王新枝不是已经结婚了吗？他被这种想法吓一跳。

再次提到"寻找张龅牙"的是王新枝。

这天，汪向阳接到王新枝的电话，她说："我离婚了。"顿了顿，又说："你能来趟屯县吗？"

可以想象，接到王新枝的电话后，一向散淡的汪向阳还是有些兴奋的。问题是吴丽丽也在屯县，汪向阳答应后想了几种应付吴丽丽的预案，以备不时之需。

汪向阳想象和王新枝见面的地点是酒店，最终约定见面的地点是王新枝家楼下，汪向阳觉得去她家也不错，反正她已经离婚了嘛。

到了她家门口，王新枝从楼上下来，右手提了一只塑料桶，桶里装的是棉质品，最上面的是被套。汪向阳还看到她的左手提了铝制品的套装饭盒，仅凭汪向阳的个人经验，他想象不出即将发生的事情。汪向阳跟着她走在交通路上，这条大道是通向屯山的唯一道路，汪向阳担心晚上是不是要住在屯山顶。如果是夏天，住屯山顶还是不错的，屯山上有很多松树，地上有很多松针，像铺了一层黄色的地毯，天气好的时候，就有许多驴友在屯山顶露营。但现在是十月份，天气已经开始凉了。

汪向阳对交通路很熟悉，"12·16抢劫案"就发生在这里。王新枝带汪向阳去的是张龅牙家。

王新枝推开张龅牙家的门，张龅牙的母亲朝门的方向看过来，其实她什么也看不到。张龅牙被抓后，老人天天以泪洗面，眼睛就哭瞎了。老人左手扶着藤椅的边沿，右手在空中从上至下螺旋式地抓了几下，在拐杖的支撑下站起来。

王新枝跑过去扶住张龅牙的母亲，把饭盒拿出来，给她喂饭。张龅牙的母亲吃完饭后，王新枝又去给她换被套、床单，塑料桶的下面是洗干净的老年人的衣服，也是张龅牙母亲的，王新枝叠整齐放在她的床上。

王新枝在一楼里间换被套的时候，透过打开的房门，汪向阳看到房屋后面的院落，那里曾经是张龅牙家摆放锅灶的地方，开店的家什已经覆满岁月的尘土。以前张龅牙和母亲都住二楼，一楼的两间房是羊肉汤锅店的门面房。张龅牙进去后，他母亲心灰意冷，羊肉汤锅店也关门有些时日了。由于眼睛不便，老人现在搬到一楼，家务都是请家政公司打理，现在她就把王新枝当成家政公司的服务员了。

出了张龅牙家，汪向阳问："他母亲瞎了后就是你亲自照顾？"

王新枝说："他母亲眼睛没有瞎之前，见到我就生气！"现在，王新枝每天要照顾老人的三餐，还要每周给她换洗衣服，每半月给她换衣被子。

汪向阳说："你上班的时候怎么办？"储蓄所一上就是一整天。

王新枝这就提到了"寻找张龅牙"的事，她说："我今天是请你帮忙，告诉他，我等他，再苦再累也值得！"

　　要寻找张龅牙其实很简单，他就在定县的监狱里。王新枝偷偷去看过两次，第一次见了面，那会儿，王新枝刚结婚不久，张龅牙用嘴皮把两颗龅牙死死包住，不管王新枝问什么他都不答。第二次，张龅牙直接不见王新枝的面。

　　王新枝又说："如果他同意，我就辞职。现在可以告诉你了，他坐牢为的是我。但是我每上一天班，比他坐牢还难受。"

　　这话让汪向阳有些蒙，但他现在想的是其他方面，他问："你怎么就想到我了呢？"潜台词的意思：好事怎么就不考虑我呢？

　　王新枝说："'12·16抢劫案'在坊间被说成是强奸案，我都被人指着脊梁骨骂了一年多了，在屯县还有谁能帮我呢？"

　　回屯州后，汪向阳又把答应王新枝的事忘了，也不是忘了，一天拖一天，反正就是没有付诸行动。

　　张龅牙在监狱表现很好，减刑半年，最终坐了两年半牢。出狱前一周，监狱把消息告诉屯县公安局，虽说张龅牙在狱中表现很好，但狱警是知道他对王新枝的恨的，消息最终到了王新枝这儿，要她做好张龅牙报复的防备。

　　王新枝提出辞职，她不是怕张龅牙报复，她已经想好了，准备盘一家家政公司，张龅牙出来后，两人共同打理。现在最急的是要把自己的心声尽快告诉张龅牙。王新枝又一次请求汪向阳帮忙。

　　张龅牙的头发已经长起来了，对马上释放的人，监狱不再要求剃头。

　　张龅牙见到汪向阳的第一句话是要汪向阳请他吃碗粉。监狱里面有条小街，有卖牛肉粉的，有卖辣鸡粉的，最终汪向阳请张龅牙吃羊肉粉，他家以前是开羊肉汤锅店的，想让他吃出点想家的味道。

"看在你请吃粉的份上，你想采访什么尽管说。"张龅牙以为汪向阳是来采访的，喝了一大口汤说。

汪向阳说："你母亲的眼睛不好使了。"

张龅牙答得很镇静："她的眼睛是老毛病。"

汪向阳说："你母亲瞎了，你知道是谁照顾不？"

张龅牙又喝了一大口汤，说："是王新枝。"

汪向阳说："她现在就在等你。"

张龅牙说："她不是结婚了吗？"

"离了。"汪向阳说，"目的就是为了等你。"

张龅牙说："我给你讲个故事吧，你还记得那天是哪一天吗？"

汪向阳说："2004 年 12 月 16 日。"

张龅牙说："我要说的是头一天，也就是 2004 年 12 月 15 日。"

汪向阳等着他说下去，那年九月，屯州商行所属的定县支行也发生了一桩抢劫案。

汪向阳说："不会与你也有关吧？"

张龅牙继续说他的："定县抢劫案的受害者也是临时代办员，转正的文件 2004 年 12 月 15 日下了。"

汪向阳说："所以你就如法炮制地帮助王新枝。"

张龅牙把最后的汤喝尽了，说："也不完全是。那晚我和王新枝、吴丽丽在一起，她们俩对转正的那位员工羡慕死了，我说转正有这么重要吗？王新枝说，当然重要。吴丽丽就开玩笑，如果哪个能帮我转正，我就嫁给谁。王新枝说，我也是。她们俩说得都很认真。"

汪向阳说："所以第二天你也不是特意要抢王新枝？"

张龅牙说："碰巧而已，看谁的运气好。"

汪向阳说："这样做，你后悔过没有？"

张龅牙吃饱后更精神了，说："两年半换一个正式工作有什么后悔的？"顿了顿，又说："有些人努力一辈子也可能找不到一个正式工作。"

这点汪向阳很了解，如今的吴丽丽就是这样，比王新枝早进银行两年，还是临时工。

汪向阳说："对犯罪你就没有一点忏悔吗？"

张龅牙说："为什么要忏悔？我危害了社会，还是伤害了谁？不是还有一大堆人因我受益吗？"

汪向阳脸有些红，他也是受益者之一。他起身，准备拉着张龅牙一起回屯县。张龅牙继续坐着，没有走的意思，见汪向阳起身，他问："没有其他要问的了吗？"

从定县到屯县有一百多公里，汪向阳想，有的是时间继续聊。

张龅牙说："我是不回屯县的。"

汪向阳很吃惊，从那里出来的人，没有不想回家的。

监狱外面只有一条大道，来来往往的车辆为了不同的目的嗖嗖嗖跑着。大道往东，是屯州，再往东，是沿海，这是张龅牙要去的方向。本来汪向阳也可以和张龅牙一起回屯州，但汪向阳还是准备去屯县，屯县在西面，汪向阳和张龅牙只好分手。

汪向阳带回了张龅牙不能原谅王新枝的关键问题。他问王新枝："你既然安心等张龅牙，为什么又匆匆结婚了呢？"

王新枝说："不是又离了嘛！"王新枝转正后，嫁给了县电信局的副局长，叫卓平，卓副局长调到屯州市后，说关系不好就离了。

汪向阳说："张龅牙认为是两个问题，结是结，离是离。"

王新枝说："如果一直等张龅牙出来结婚，不是把知道这件事的人都当憨包了吗？所以我结婚就是为了离婚。"

汪向阳说："这样对卓局长公平吗？"

王新枝说："有什么不公平的，卓平不是现在也有新欢了吗？他就是一个花花公子，我和他结婚的时候他已经是二婚，他不会为谁等待的。"

汪向阳说："你找一个二婚的人结婚又离婚，再和出狱的张龅牙结婚，大家看来会合理一些？"

王新枝说："我每上一天班，都感觉自己在弄虚作假。"

如果张龅牙能听到王新枝的这些话就好了，此时，他已经坐上了去广东的火车，他手里还没有手机，就算今后有了，如果他不愿意主动联系，就很难找到他了。

张龅牙最后对汪向阳说的话，汪向阳不想对王新枝说。汪向阳最担心的还是张龅牙的母亲，张龅牙坐上东去的班车后，汪向阳问："你走了，你母亲怎么办？"

张龅牙说："不是有王新枝嘛。"

汪向阳问："你就这么肯定她会照顾你母亲一辈子？"

张龅牙说："她会。"

汪向阳说："为什么？"

张龅牙说："我为她坐了两年半的牢，她就不能为我照顾我母亲？"

又一次提到"寻找张龅牙"的是吴丽丽。

吴丽丽向马行长提出辞职的时候，汪向阳正在单位的电脑上百无聊赖地玩"斗地主"，吴丽丽辞职的决心来自王新枝，王新枝转正了都能辞职，自己为什么就不能呢？按照屯州商行两年左右才转正一名代办员的惯例，再考虑二十多家支行之间的平衡，恐怕再努力十年也不可能转正。吴丽丽辞职前也准备和汪向阳商量，后又想，既然下了辞职的决心，就没有商量的必要了。

吴丽丽到达屯州的时候，汪向阳又在家里的电脑上玩"斗地主"。家里的电脑桌就安在客厅，汪向阳说为了方便，看电视、玩游戏可以两不误。

吴丽丽开门、关门，汪向阳对她的突然到来有些吃惊，但他当时就想幽默一把："来查岗？"

吴丽丽说："我辞职了。"

汪向阳说："王新枝辞职，你也跟着辞职？"吴丽丽说："王新枝辞职是为了开公司，我辞职是为了和你结婚。"吴丽丽又说："我不能因为一个代办员的工作永远不结婚吧？"

汪向阳说："结婚又不是小孩过家家，得好好想想！"

吴丽丽说："我就知道你会这么说，告诉你，我来是和你分手的！"这话吴丽丽是早想好了的，之所以辞职前不告诉汪向阳，是因为她当时真是这么想的，如果汪向阳能爽快地答应结婚，她就留下来，否则她就出去打工。

吴丽丽说完，进卧室收拾她的几件衣服。

汪向阳问:"你去哪里?"汪向阳汲取了和前女友分手时的教训,如果当时他多问一声,前女友也许就不走了。

吴丽丽说:"去找张龅牙。"又说:"你肯定想,我怎么会找到张龅牙?我告诉你,我找的也许是张龅牙本人,也可能不是。"

汪向阳问:"我就不如一个刑满释放的人吗?"

吴丽丽把头扬起来,说:"你看看你自己!"汪向阳以为她会和前女友那样,说他面瘫。

吴丽丽说:"你能为爱不计后果吗?你又能为恨义无反顾吗?你不会,但张龅牙会!"

吴丽丽一骂,汪向阳左脸上的肌肉又扯动了。吴丽丽还不解恨,说:"你还不如代办员这份工作,至少代办员让我觉得如鸡肋,食之无味,弃之又可惜!"

汪向阳的眼睛也跟脸上的肌肉一起跳动,他感觉就像站在哈哈镜前,整张脸都扭曲了。

《飞天》2017 年第 5 期

铃声悠扬

油菜花一开，雨季就来了，先是毛毛细雨，后来是中雨，到了清明的时候，就有了大雨。大雨过后，是晴天，太阳一天毒过一天，弯子人就改穿单衣了。

哑巴穿上单衣的那天，吴大跟着刘媒婆去张瞎子家商量结婚的有关事宜。

天气转好的时候，也是刘媒婆生意最好的时候，好像适龄青年的心思，也是在春风拂面的季节春暖花开。不过这些年，年轻人一茬一茬地进城去，刘媒婆已经没有多少服务的对象了。年前的时候，张瞎子在刘媒婆面前说到他家幺女的事情，这才让赋闲在家的刘媒婆决定重操旧业。

张瞎子说，他女儿张小群的姻缘在西边，不会超过两公里的范围。这话的暗示性不言而喻，从张瞎子家往西看，两公里范围内仅哑巴一家。哑巴家住的这个地方叫弯子，是村所在地，以前有二十多户人家，渐渐地，寨上的人先后搬到东面紧挨省道的坎下去住了，仅哑巴家没有搬。建房造屋是需要花钱的，还要花劳力，哑巴一个妇道人家，独自带着一个儿子，从哪方面讲，都没有这个能力。

哑巴的儿子吴大，小学毕业后就没有再读书，他的胡须在风吹雨打中渐渐茂密，说话的声音也变得莽声莽气，这是一个男孩走向成熟的标志之一。按理，这个时候的吴大完全可以跟着其他人去打工的，但吴大不能去，他走了，他的哑巴母亲就没有人照顾了，这倒不是说哑巴生活不能自理，相反，吴大还是哑巴一手带大的，吴大是怕他的哑巴母亲被人欺负，话又说不出，不就成了弯子人常说的"吃哑巴亏"吗？

相反，张小群倒是想去打工，但张瞎子不许。张小群有两个姐姐，读完初中先后去了江苏，起初在厂里上班，上着上着就嫁到当地了。两个姐姐回弯子探亲，说话的口径高度一致，说弯子比江苏落后多了，西部比东部发展缓慢。这是常识，张小群也是知道的，但经两个姐姐的口说出来，就有了鼓动性，所以张小群读完初中也不准备再读了。她的想法张瞎子清清楚楚，他拿出招牌动作，掐指一算，对张小群说："你的姻缘不在东边。"

张小群不乐意了，顶撞了她爹："不在东边，那么在哪里呢？"

在弯子一带，盲人基本就和"摸骨算命"画上等号。张瞎子不全瞎，是睁一只眼闭一只眼的那种，所以张瞎子是可以和"摸骨算命"撇开的。既然有一只眼睁着，就不影响看的功能，和常人就没有什么两样，当然张瞎子看人看物的时候，头习惯性往右拐，左眼狗咬耗子一般把右眼的事都做了。

张瞎子算命的灵感来源于民兵打靶，睁一只眼闭一只眼瞄得更准，那么是不是算命也算得更准呢？小试牛刀后没想到竟会声名鹊起。弯子人说，张瞎子用睁着的那只眼洞察一切，然后又藏在闭着的那只里面，所以在前途未卜之时，弯子人喜欢找张瞎子算上一算，提前知晓命运，努力把握命运，让人生不留缺憾。

张小群质问她爹："难道我的一生就走不出弯子了吗？"

张瞎子左手拇指分别在食指、中指、无名指、小指上掐上一轮后说："是的。"语气斩钉截铁。

张小群的犟脾气来了，一甩头说："你骗得了别人，骗不了我，我马上就走，看能不能走出弯子这个鬼地方。"

"慢着，"张瞎子喝了一声，把火膛门关了，头艰难地转了半个圆，语气就转得和蔼了，说，"我再算一算，看有没有改。"

张瞎子的名声就是靠"改"字树立起来的。既然先天的运势不可逆，那么后天的弥补就至关重要。这听起来好像很矛盾，事实上很有道理的。用什么来弥补？当然是婚姻。如果一个人的运势不好，找个运势好的人结婚，运势不就往好的方向发展了！

这次张瞎子还是没有脱离这个老套路，又分别在食指、中指、无名指、小指上掐上一轮，不过这次换成了右手，说："也不是没有可能。"说完看着他的幺女，张小群也看着她爹，两人都不说话，都像是拼耐力似的。张瞎子赶忙公布了答案："结了婚可以。"说完把头扭回到原来的位置，这是妥协的姿态，张小群的脸色才好看了。

张小群的犟脾气是惯出来的，张小群有癫痫病，弯子人叫"羊儿风"，她一旦瞪眼不说话，基本上就是犯病的信号，所以张瞎子一直都让着她。

张小群想着的是进城，至于和谁结婚的事想得不是太多。

张瞎子对张小群的命与其说是算出来的，倒不如说是思考出来的。张小群初三还没有念完，就想着去她大姐、二姐那儿，但是这大女儿、二女儿早就放出话来，说幺妹如果固执己见要去江苏的话，犯病的时候她们可管不了。所以张瞎子想，再想进城，也得结婚后，有个男人照顾才叫人放心。

每次牵线搭桥，刘媒婆都会到男方家说女方家的好话，又到女方家说男方家的好话，遇到裹搅的人家，多费口舌是难免的。职业使然，刘媒婆的三寸不烂之舌就这样练就出来了。同样的，张瞎子靠一张嘴吃饭，也非等闲之辈。所以在弯子，都说刘媒婆和张瞎子是两个口才最好的人。王家奶奶不知道事情的来龙去脉，对刘媒婆的这次媒约极不看好，都是一个寨子的，知根知底，你能把哑巴家说得好上天了不成？

当年张瞎子初出茅庐的时候，弯子人就请他算过哑巴的命运，找一个命运最不济的给他算，还不如说是对张瞎子的考验。

弯子人都知道，哑巴是爬上一辆农用车来到弯子的。下车的地方就是现在张瞎子家紧挨省道的、这个叫坎下的地方。当时司机停车是为了小便，可哑巴以为车不走了，也跟着下车了，结果下了车，车又开走了。这时候，弯子小学的铃响了，当——当——当——，当——当——当——清脆悠扬的铃声，回响在半山腰……

张瞎子听到铃声，灵机一动，就说哑巴的前世就是个教书的。

后来的事实证明张瞎子说得有一定道理。

哑巴到达弯子小学的时候已经天黑。

哑巴是在下午听到放学的铃声。她听到铃声后就开始朝着铃声的方向走，但是弯子小学已经放学了，铃声响过一阵就没有了。没有了铃声的指引，哑巴走得盲目，走一走，停一停，停一停又走一走，中途还到过路边的田埂上歇脚，此时田里的油菜花开得正艳，田埂上一些不知名的野花也开得正艳。这让哑巴回想起多年前的一个早晨，父亲给她穿上新衣，她以为她会和村里的同龄小孩一样走进村里的学校读书。那时候她家院坝边的那株桂花开了，父亲特意折了几朵大的桂花戴在她的头上，她跟在父亲后面高兴极了。父亲带着她朝着村小相反的方向走，不久就坐上了去县城的中巴车。然后，她是在一个农贸市场走丢的。她先是到处找父亲，没有找着，然后又坐在农贸市场卖蔬菜的水泥平台下等，父亲还是没有来。她不知道是不是父亲故意丢下了她……

哑巴触景生情，开始折野花，折了几朵大的红花和黄花戴在头上，再折，折了一把又一把，天就黑了。初春的风很大，铃声就是这个时候再次响起的。弯子小学的铃是由半截铁轨做成的，挂在值班室和教学楼之间的一棵洋槐树上，那里是风口，风一吹，铃就碰到洋槐树干，铃声就响了。

敲铃的看门老头是一个秃顶，常年穿着蓝色卡其布的中山装。老头见校门口出现一个哑巴，就给了她一碗饭。哑巴吃了，老头又给她添了一碗，哑巴又吃了，但这时饭锅里已经空了。这两碗饭是老头准备的第二天的午饭，一个人吃饭吃不了多少，所以老头喜欢晚上把饭菜多做点，吃剩下的作为第二天的午餐。老头想，不就是一顿饭嘛，就算好事做到底，又给哑巴煮了一碗面条，没想到哑巴吃饱后就不走了。晚上，老头烧了一盆水给哑巴洗净后，哑巴就睡到了老头的床上。后来的很长一段时间里，张瞎子的那只独眼准确地看到，敲铃老头房间里的灯关得比以前早了，瞎子这时候想的是，这个秃顶艳福真是不浅。

看门老头是半年后突然销声匿迹的。消失之前，老头教过哑巴认钟。值班室里有一个时钟，老头怕哑巴不懂，又画了很多图教她认，其实画的每一张图都是敲铃的时间。老头一共画了十二张图，弯子小学一天上六节课，上下课各敲一次铃，一天就要敲十二次。老头说他要上街买些东西，让哑巴按照图上的时间敲铃，哑巴按照老头教的敲了，一整天，哑巴都很高兴，只是全校的师生很不习惯，一个挺着大肚子的人敲铃，怎么看怎么别扭，尤其让学生受不了的是，哑巴敲铃千篇一律。老头敲上课铃快一些，敲下课铃缓一些，敲放学铃是慢悠悠的。无论急或缓，都要让铃声在空中完全散开来，再敲下一次。这样的铃声才会悠扬，才会婉转。哑巴把十二次铃都敲得急促，铃声全都闷在了一起，显得沉重，让学生一整天都处于紧张状态。

这次刘媒婆到哑巴家为张瞎子的幺女说媒。既然是张瞎子主动叫刘媒婆做的媒，张瞎子家这边的口舌自然免了，刘媒婆担心的是怎么对哑巴说，就算你有天好的口才，又能和哑巴说些什么呢？刘媒婆无奈之下转而直接向吴大说明了来意，没想到从小和哑巴生活在一起的吴大也是闷葫芦一个。

弯子人嫁娶是讲究家族威望的，吴大能娶张小群，也算是捡了个大便宜，做这次媒比想象得却要容易。办酒的招客师是王家奶奶担任的，老是老点，但威望犹在。王家奶奶的威望是来自她有一个当屠户的亲家和一个同样当屠户的儿子，弯子人每次去买肉，都会少收一两块钱，还有要想吃笼猪肝或者要对腰子，只要王家奶奶一个电话，就能搞定。所以王家奶奶当招客师，安排人做事是最顺畅的，都是求王家奶奶的时候多，现在王家奶奶张罗事，大伙多出点力气也算是还点人情。

说起来，王家奶奶有如此高的威望还得感谢张瞎子。

王家奶奶的儿子叫王社会，当兵复员后大家一致认为他会吃公家饭，那时候乡政府的工作人员大多是转业军人。王社会有一天在乡上惹了祸，他把一个少妇睡了，少妇的男人当然不依，扬言要砍人。那男人虽然是个软蛋，但是老婆被人欺负了，总要发出点声音的。大家的理解是，软蛋的嘴这么硬，不过是找个台阶下而已。王社会不害怕，可是当他再次去睡那少妇的时候，被软蛋连砍了两刀。遭了血光之灾后，王家奶奶找张瞎子算命，王家奶奶也是病急乱投医，也不管还没有站稳脚跟的张瞎子是不是有名气。张瞎子把王社会的年庚生月推理了半天后说："王社会的一生就败在一把刀上。"这说起来也是事后诸葛亮，王家奶奶急得团团转，那怎么办呢？张瞎子意味深长地说："还需刀来改。"然后就什么都不说了。

王社会养好伤是两个月后的事情，他拿着一把弹簧刀去乡街找人报仇，途经卖肉铺的时候，屠户说："王社会，报什么仇，人都被抓起来了。"王社会眼露凶光，不说话。屠户又说："跟我杀猪算了，杀人犯法，杀猪不犯法，还能找钱。"屠户倒不怕王社会玩刀弄枪，要比刀法，谁又能比得过杀猪匠呢？杀猪是个狠活，屠户差的就是这种有血性的人。

王家奶奶知道这事后，想起张瞎子的话，硬是叫王社会去学杀猪了。王社会杀着杀着就当了屠户的女婿，结婚后仍然从事屠宰行业，生意做大了，现在已经做到县城里去了。

吴大和张小群结婚一周后，张小群要她爹履行承诺，她要进城去。就像之前张瞎子想的，张小群要进城，就得有人照顾她，所以吴大也得进城。吴大要进城，哑巴谁来照顾呢？

哑巴家现在还住在小学里，她家一共有三间小平房，第一间是以前的值班室，第二和第三间是以前老师的办公室，村小撤销后，三间房都被哑巴家用上了。小学还有一段围墙，正对教学楼的地方开有一个进出口，有两扇大铁门以前晚上是不关的，可自从有一个晚上有人敲她家的门，又转到房子后面敲窗户，想来试探守活寡的哑巴，吴大就在大铁门上了锁。

此时，张小群去意已定，而吴大还在犹豫。张瞎子对女婿、女儿发话了，说："你们就安心去吧，还有我呢。"吴大对岳父说："你把家搬回弯子吧，你和我妈挨得近一些，有什么事有个照应。"

吴大和张小群走后的第二天，哑巴就去地里割油菜籽，仿佛是，油菜花刚谢，油菜籽就胀鼓起来了，很难受的样子，一粒一粒的，都想往外蹦。此时的油菜籽其实还没有瓜熟蒂落，还很青涩，哑巴把油菜割了，就是不希望菜籽粒蹦出来，菜籽粒是很小的，蹦到土里就收不起来了，一场或几场雨后，那些蹦到土里的菜籽粒就长出芽了，所以哑巴得在油菜荚还青涩的时候把油菜割了，这时候的菜籽粒想蹦却蹦不出来。

哑巴种的地，都是年轻人进城后丢荒了、哑巴就捡起来种的。哑巴一块地一块地地割油菜，全部割完后，先割的已经晒干了。哑巴带上一张床单，铺在地里，把已经晒干了的油菜籽小心抱在床单上，用脚踩，用手揉，把想蹦出来或不想蹦出来的菜籽粒都弄出来。

蹦出来的油菜粒实在是太多了，装了七十多个蛇皮口袋，哑巴还专门做了一辆板车，这种车有两个车轮，比自行车轮更宽一些，也更大一些。轮子上面的木板是几块拼成的，粗粝，厚实，所以运送货物的时候没有承重上的担忧。木板的前面有两个把手，哑巴就着把手拉。板车的重心在轮子的后面，遇着要刹车的时候，哑巴就会放把手，车就会往上翘，车后面有一根尾杆，这时候尾杆就戳在地上，摩擦大了，车就刹下来了。

虽然村小撤销了，但哑巴还坚持每天打铃，那半截铁轨，除了被敲的那一小部分，其余的都锈迹斑斑了。哑巴开始种地后，不再按老头画的时间敲铃，当然也还是有一定规律的，就是早上起来敲一次；然后下地，中午回来敲一次；下午下地的时候敲一次；晚上收工回来再敲一次。一天四次，这是雷打不动的。张瞎子家的老房子在村小对面，搬回来住后，离哑巴家就不远了，张瞎子不用眼睛看，只要听铃声就知道哑巴什么时候下地了，什么时候又回来了。

吃过晚饭，张瞎子喜欢在弯子到坎下的路上走一走，到了坎下的时候，他会打开新房子的门，楼上楼下地看一看，都说房子要有人住，不然就会生霉，很容易坏掉。房子是用大女儿和二女儿打工挣回来的钱修的，一楼一底两层，八间房。有时候张瞎子想，如果他老婆不走的话，两套房子两个人分别照看就好了。他老婆生下张小群后很现实地跟着一个骟猪匠跑了。那时候张瞎子的算命天赋还没有显露出来，他老婆也还没有看到幸福生活的曙光，骟猪匠那把亮晃晃的骟猪刀，每天都弄回很多猪睾丸，弯子人叫"猪蛋"，据说张瞎子老婆喜欢吃"爆炒猪蛋"。

张瞎子回到弯子的时候一般很晚，走到哑巴家门口，张瞎子会习惯性地站一下，紧挨大铁门的三间小平房静悄悄的，大铁门的锁已经锁上了，张瞎子知道哑巴已经睡了，只有风在空荡荡的教室和洋槐树之间呼呼穿过。

有天晚上，铃声一直未响，张瞎子就一直待在家里，一晚上都没有去坎下那边。三集《还珠格格》都放完了，还是没有听到铃声，张瞎子觉得不对劲，关掉电视，在夜风的裹挟下到了哑巴家门口。大铁门果然开着，张瞎子又去敲哑巴的门，因为弯子里流传"十哑九聋"的故事，张瞎子每敲一下，心就跟着跳一下，头还不自觉地往大门这边看一下。小平房在大铁门左边，所以往大铁门这边看的时候，张瞎子的头得往右拐，两个方向兼顾，头就甩得像拨浪鼓，显得紧张和局促。

以前寨子里牛马被盗的时候，也请张瞎子算过，张瞎子一般不说话，只说大致方向。这次张瞎子还准备掐指算一算哑巴去哪里了，再想，又没有其他人在场，摆弄煞有介事的招数不过是多此一举。其实不用算也知道，就两个方向，不是东就是西，东面是出村的唯一通道，西面就是哑巴家栽种的油菜地。张瞎子就是在寨子和油菜地中间的坡坎脚找到哑巴的，她的周围横七竖八地躺着扎好口的蛇皮口袋，张瞎子猜测，一定是哑巴的板车拉得太多了，下坡的时候没有刹住车。

哑巴摔得不轻，不然的话，就算连滚带爬，也早该回到家了。那晚是张瞎子背着哑巴回到家的，张瞎子准备叫辆农用车把哑巴送到医院，哑巴死活不依。张瞎子对哑巴这样节约不理解，哑巴栽种油菜多年了，当初弯子人都认为哑巴是挣钱为儿子娶媳妇，现在儿子儿媳都进城了，挣这么多钱今后也带不进坟墓。

哑巴的脚骨折了，腿红肿得厉害，几天后，张瞎子再把她送进医院的时候已经晚了，须得截肢。三个月后，哑巴再回到弯子的当天，哑巴做的第一件事就是叫张瞎子把那半截铁轨取下来，重新换了一根长的铁丝把半截铁轨挂上去。重新挂上去的半截铁轨，就算哑巴没有了双脚也够得上。

张瞎子把哑巴的板车改装了，也是两个轮子，成了轮椅。哑巴轮椅的活动范围基本就固定在操场上，小平房和操场之间有一个半尺高的坎子，轮椅上不去，每天晚上哑巴要回房间睡觉的时候，张瞎子得扶上一把。哑巴已经够不上大铁门锁的高度了，但她还是坚持晚上锁上大铁门，这个活儿自然就落到张瞎子身上。张瞎子第一次锁好铁门正要走，哑巴"呀呀呀"示意张瞎子赶快把钥匙从铁门钢柱之间的缝隙丢进小平房的坎子上。哑巴用废旧衣服做了一副手套，很厚，外面还补了一层胶皮。哑巴做这种手套也算是熟门熟路，当初她在县城行讨的时候，在平板车上趴行戴的就是这种手套。那时候的每天早上，她的脚会被老板用纱布包起来，洒上猪血，弄得就像现在这样残废的样子。

哑巴爬过来捡钥匙，张瞎子心想，何必呢，但转念再想，这样也好，免得寨上的人到处"翻话"。弯子人把嚼舌头说成"翻话"，每个人"翻"的时候都会添油加醋，"翻"到最后事实就"翻"没了，留下的都是一些与事实相悖而又耐人咀嚼的情节。年轻人进城了，留在寨子里的除了嫩娃细崽，就是老弱病残，而后一个群体正是喜欢"翻话"的主体，张瞎子不得不防。

张瞎子早上也要扶哑巴去操场，但他没有大铁门的钥匙，而且哑巴又不能来开门，所以张瞎子得翻大铁门，毕竟年龄不饶人，张瞎子翻过去后已是满头大汗，他当时就下了决心，如果哑巴再不给他钥匙的话，他就不来照顾她了。但事实上，张瞎子一天翻得比一天早，每天翻过铁门的时候，张瞎子就去敲哑巴的门，哑巴穿戴好后，才爬过来开门。有天张瞎子敲哑巴门的时候实在是太早了，哑巴开门后见天还没有亮，又到床上去了。见哑巴不准备出来，张瞎子意欲进去，哑巴不许，张瞎子发挥了手脚健全的敏捷，哑巴也不吱声，顺手拿来一根荆棘树木做成的棍棒，一副要打人的样子，张瞎子吓得知难而退。

逢赶场的日子，张瞎子一般都会去赶场，算命这个行当在进城的大潮环境下已朝不保夕，坐等上门已经是不行了，有一只闭着的眼睛作为招牌，再加上熟人的一传十、十传百，一上街生意没准就来了。最关键的是，趁赶场天去会一会刘媒婆。两人这些年像一个流水线的两个部位，相互帮衬，相得益彰。一个专算姻缘，有人就把张瞎子的那只独眼叫作"姻缘算"，算好了，刘媒婆就及时跟进，两个三寸不烂之舌几乎垄断了整个乡的婚姻上下游市场。尽管这些年，因为打工，自由恋爱占了很大比重，但张瞎子算出来的婚配也远远在其他算命先生之上。

这天哑巴也去赶场了，这是她截肢后第一次赶场，她是坐轮椅去的，坐农用车回来的，农用车上还拉回来上万块钱的塑料制品，当然也还拉回了她的轮椅。前些年天干，哑巴的油菜籽收成不多，这次医脚就把她的全部积蓄花完了。今年雨水足，收成好，张瞎子还想哑巴的这些钱怎么用，哑巴截肢后，这季的油菜籽还是张瞎子帮她卖的，有六千多斤，卖了一万多块钱。这下可好，拉回来这些塑料制品，这一季的收成就等于没有了。

哑巴还是每天继续打铃，晚上的这次是在睡觉前，这次铃声一响，张瞎子再有什么重要的事都得放下，他知道哑巴要睡了，得去扶哑巴回房间。张瞎子一天的事情才算结束。

可是，今天晚上哑巴一直没有打铃，张瞎子就躲在家里看电视，最近他看的是《新白娘子传奇》，入迷了。两集电视看完后，才想起还没有扶哑巴回房间。过去一看，哑巴正在操场坝上铺塑料地板，另外滑滑梯、游乐组合家具、体能拓展家具都已经被卖家安装好了。张瞎子很奇怪，一个哑巴，莫非还能开幼儿园？哑巴见到张瞎子很高兴，她比比画画，张瞎子不知道哑巴为什么这么高兴。张瞎子示意哑巴要睡没有，哑巴用手左左右右地摇，意思是还没有。张瞎子想，哑巴不睡，自己也不能睡，就又走着去坎下的新房子看看，好几天没有去那边了。就是这天晚上，王家奶奶以一个长者的身份对张瞎子家长里短地唠叨了一番。

王家奶奶对张瞎子说："你这辈子做了无数的好事，就没有想想给自己也算一卦？"王家奶奶说的好事，就是张瞎子促成的婚姻。王家奶奶还说："我知道你什么都会算，但天天爬大铁门也不是个办法。"

看来自己翻铁门的事，早被弯子人"翻话"了。张瞎子什么都没有说，这个时候能说什么呢？说什么都不是一个算命先生应该有的矜持。张瞎子知道，这些老弱病残为什么喜欢"翻话"，有年老话多的因素，也有为弱者抱不平、维护正义的因素。同病相怜，老弱病残喜欢站在弱者一方。这么说，弯子人已经觉得他不地道了，天天翻铁门，是倚强凌弱，是欺负一个不会说话、比自己更残疾的残疾人。

王家奶奶继续她的语重心长，这也是她提出来的解决办法，说："和哑巴结合在一起有什么不可呢？是互相依靠，是亲上加亲。"王家奶奶还说："哑巴是一根筋，就想着她以前的秃顶，你得打消她这个念头。"王家奶奶说的这些，张瞎子其实也想过。

张瞎子理了光头的那天晚上，哑巴照常敲铃，以往哑巴一敲铃，张瞎子会立即赶到，把哑巴扶进房间，算完成一天的功课。可是这天出现的是一个穿着中山装的秃顶，他嘴里含着一个斑竹根做的烟斗。以前敲铃老头就喜欢含着烟斗抽叶子烟。秃顶就在大铁门门口转悠，哑巴看到他的时候，他也转过身，朝着东边的省道方向去了。哑巴"呀呀呀"地追上去，大铁门锁了，她出不去，以前的大铁门都是张瞎子锁的，那是哑巴快睡觉的时候，张瞎子锁了会把钥匙丢到小平房门口来。哑巴还是"呀呀呀"地叫，这次她是叫张瞎子。哑巴深信，只要学校开课，老头就会来敲铃的。她不明白，各种设施都弄好了，老头为什么还要走呢？她好希望张瞎子这个时候出现，把老头追回来。

张瞎子戴着鸭舌帽到哑巴家的时候已经是几小时后，还没有等哑巴问，张瞎子就说见到敲铃老头了，他也用手比画，说老头比以前更老了。张瞎子指指哑巴的脚，还是用手比画，意思是说，老头见了你的腿，就不想留下来了。这个时候已经很晚了，弯子的老老小小先后都睡了，哑巴又一次敲响了那半截铁轨。她敲一次，要等山中的回音响过后，再敲第二次，铃声余音绕梁，惊起夜鸟的鸣叫，敲着敲着，两行清亮的液体从眼角跌进一片黑暗中。

第二天张瞎子去扶哑巴到操场，哑巴还是像往常一样，第一件事就是敲响洋槐树上的铃声，张瞎子失望极了。只是从那天以后，哑巴不再要求张瞎子锁大铁门，有时候风大，两扇铁门会被弄得叮叮当当地响。

张瞎子头顶的头发长满的时候，幼儿园收到了唯一的一个学生，那是吴大和张小群的孩子，小孩还未满周岁。哑巴在操场上放着一张课桌，桌上放了影碟机和电视机，小孩高兴的时候，哑巴就放碟子给小孩看，电视上教"a"，哑巴跟着教"呀"，电视上又教"o"，哑巴还是教"呀"，电视上再教"e"，哑巴仍然教"呀"，张瞎子担心，这样教下去，小孩会不会也成哑巴？

《青年文学》2017 年第 6 期

王胜利造梦

村主任王二喜背着双手在扒岩香的马路上踱步，突然就看到了从中巴车上下来的王胜利。王二喜打了个冷噤，心咯噔了一下，这牛日的怎么就没有战死疆场呢？站在村主任的角度去考量，一个转业军人的到来，必将对自己的位置造成极大的威胁。

村主任问："回来了？"

王胜利答："回来了。"

村主任又问："打过几次仗？"

王胜利心想，和平年代，打什么仗！

"那么在部队都干些什么呢？"村主任再问。

王胜利遗传了他爹诚实的优良品质，当然也没有撒谎的绝对能力，就实话实说了："养猪。"

村主任弯下腰去，烟斗往脚上磕了一下，把还没有吸完的叶子烟抖在马路上。这是村主任的标配动作，只要他把鞋底亮出来，把烟斗举起来，就是打发走人的意思。王胜利还不知道这个动作的寓意所指，但既然村主任已经对他心不在焉了，他也就没有心思继续聊了，两年来对家的思念，心思都在擦耳岩。在部队养成的习惯，就是走在回家的泥土路上，他也是迈着正步。村主任就在他转过身去的背影里，对他刚刚过去的两年军旅生活做了简单明了的总结："在家不能养猪？还当啥子兵！"

就算是像王铁锤这种公认的老实人，对儿子那天在懒人岗上的表现也不满意：对待村主任这种人，有必要说得那么实在吗？也正因为王铁锤是老实人，他也没有在村民的是非判断中找村主任的不是，他认为扒岩香人的说法荒谬至极，村主任的一句话就能让一个人犯病？那他是神仙下凡了。

那天见着王胜利背着背包回来的人很多，季节已经是初冬，该收的粮食都收进屋了，该荒的地也荒了，离春耕又还有一段距离，闲下来的扒岩香人都喜欢去懒人岗上闲扯，手头宽松点的，会从中山装的上衣口袋里掏出皱巴巴的块把钱，在菊花家小卖部打半斤烧酒喝。菊花家卖的是散装的便当酒，度数不高，但价格仍然和法那街上卖的五十三度苞谷酒一样，两块钱一斤。这些人就把那天的回忆昏昏戳戳地说给王铁锤听，说王二喜的那句话好像把王胜利镇住了，去擦耳岩的路上，王胜利确实像只斗败的公鸡，垂头丧气。

王胜利转业回来的前几天，人们并没有把他那天的垂头丧气和他犯的病联系起来，平庸了一年的村民站在懒人岗，喝着便当酒，红光满面地对未来做出猜测：不久的将来，这个叫王胜利的退伍军人，极有可能取代村主任王二喜。村民的想象力都是有例子为依据的，乡综合治理办公室的王大树抗美援朝回来后，不也是先当村支书，后来才去乡政府的。说起来，王大树还是文盲一个，王胜利呢，嘿嘿，高中生呢。

　　王胜利回到家后就躺在他的房间里，头下面依次是十指交叉的一双手掌、他从部队带回来的军用棉被、已经有些发霉的枕头。这样，身体就有了一定的倾斜度，看起来就像在对某个问题深思熟虑。王胜利翻来覆去想的是村主任的那句话，他觉得对极了，他准备抛洒的热血在两年多的养猪生涯中热了又冷，冷了又热。他想明白了，不读高三补习班是一个错，去当兵是错上加错，在炊事班养猪是大错特错。

　　五年前，王胜利怀揣县一中的高中录取通知书坐上通往县城的中巴车，扒岩香人就做过猜测：扒岩香也该出个干部了。作为村级权力中心的所在地，扒岩香实在乏善可陈，到目前为止，抬得上桌面的最大人物竟是王大树，但扒岩香人没有沾到综治办主任的任何好处，相反，王大树的每一次衣锦还乡，都会让寨上难得的、不多的欢畅消失得无影无踪。这些欢畅是几个掉了牙的老者在菊花家娱乐室玩手搓麻将笑出来的。王大树的理由是，作为乡综治办的最高领导，有责任也有义务在老家除旧习、树新风。再说王二喜，他是迄今为止扒岩香走出来的二号人物，按理，一个村管八个村民组，而村主任又产自扒岩香这一组，怎么也该享受近水楼台的便利。事实上，自从王二喜登上村主任宝座后，他就像一位在村里潜伏很深的特务，对乡计生办极度言听计从，天衣无缝地配合着把全寨超生男女追得狗跳鸡飞。又比如那些带着大把大把钱回来的打工娃儿，准备偷偷在自己家房前屋后修几间砖墙房的时候，土管所的吉普车总会及时地赶到，将违章建筑消灭在萌芽状态，如此等等。

　　多年来的审美疲劳，让扒岩香人有了新的期待。如果扒岩香真能出一个想家乡之所想的人，被禁止打麻将的几个老者，还有为了超生东躲西藏的年轻人，掰起粗黑的手指算了半天：也只有王胜利有这种可能性了。

王胜利确实朝着父老乡亲众望所归的方向努力着，高中三年，他甚至没有睡过痛快觉，为了减少影响学习的种种因素，他省吃俭用租了一间地下室，床是由八块空心砖头做的，每两块砖头作为床的一个支腿，四个支腿横着放两块木板，再顺着与木板垂直放两根木头。一般而言，木头上怎么也该放张竹篾做的"床巴簧"，这样睡起来平整而舒服些，但王胜利只在木头上放两张纸壳。两根木头之间的距离正好是他身体的宽度，还没有睡着的时候，还是很稳的，但凡做梦受到惊吓，身体一动，床上的木头就会跟着滚动。两根木头朝反方向滚的时候，木头之间的距离就超过了身体的宽度，人就会和纸壳一起自由落体。当然王胜利会从地上爬起来，但不论是深夜或凌晨，他都不会继续去睡了，而是走到租住屋外的路灯下，温习书本。努力的结果是每次月考都能挤进班里的前三名，连班主任老师都说，王胜利离上大学就只差高考这个形式了。王胜利的想法和班主任老师的想法基本一致，所以他盼望高考的来临比盼望王铁锤给他寄生活费还要强烈。高考真正来了的时候，王胜利兴奋得睡不着，这不奇怪，平时他也经常睡不着。第一天最先考的是语文，他拿起《语文》书复习，翻了几页，就看不下去了，觉得都是懂了的，然后抱着书眯了一会儿，这次真是睡着了，而且睡过了头，醒来跑到考场的时候，考试都进行了四十多分钟了。结果可想而知，少考一门的王胜利背起背包，打道回扒岩香。

王胜利完全可以复读一年的。王胜利的三年高中，王铁锤没有少花钱，以至于把修新房的预期无限延长，现在只有他家还住擦耳岩，其余人家都搬到交通更便利的懒人岗的马路两边了。王胜利以这样的方式让王铁锤的钱打了水漂，王铁锤差不多气得吐血，他对准备复读的王胜利说："谁能保证你明年考试的时候不睡着呢？"

大家都知道，农村人改变命运的道路有且只有两条，一条是读书考学校，次之是当兵。王胜利的两条道路都还没有被堵死。他娘叫他给王铁锤认个错，把家里的那头牛卖了，再读一年，说到底他爹说的都是气话。那会儿，卖牛真是不错的选择，其时正是改革开放叫得最响的时候，村里男女老少都摩拳擦掌地涌向伟人在南海边画的那个圈周围，地少有人种了，牛的作用锐减，但价格又还没有完全降下来。

王胜利的娘常年奔波在家务和田间地头，因为长时间背背篼的缘故，背有点驼了。驼背娘不说卖牛还好，一说卖牛，王胜利感觉一家人都生活得像牛一样辛苦。他没有向王铁锤认错，他对驼背娘说："我去云南抛洒热血得了。"王胜利听说云南那边不太平静，自卫还击被我们打败的那位小兄弟很不老实，三天两头地朝我们放冷枪。他还打听到，今年到他们县招的兵就是去云南。

王胜利家住的是木架房。他看着被烟尘熏黑的楼板，有种时间如烟般一晃而过的缥缈感。楼板和墙体之间形成了一个立体的交叉角，角上有一张不算缜密的蜘蛛网，一只蜘蛛睁开忧虑的双眼，表达了对主人突然归来的不可理喻。此时的王胜利正用剪不断理还乱的思绪，对自己二十几年的人生进行梳理，得出的结论是：站在时间这张网里，自己就是一只蚊虫而已，怎么努力都是枉费。

　　王胜利睡了一个星期后，驼背娘对王铁锤说："你不去看哈娃儿。"整天睡在家里发呆，连驼背娘都觉得不对劲。王铁锤走到王胜利的房间，说："闷在家里不是个事，出去走走吧，上上街？"对待不对劲的儿子，王铁锤全是商量的口气。

　　王铁锤说过后，王胜利真起了床，走出家门，但他不是上街，他是去猪圈，打扫猪舍。晚上驼背娘喂猪的时候，他又把猪桶抢了过去，提到猪圈边。王胜利转业带回来一个录音机，他折回屋把录音机放在猪圈门口的石台阶上，把猪食倒进石槽，然后就开始放歌。驼背娘喂有两头猪，一头准备卖来贴补家用，一头准备过些时候杀来过年。王胜利问驼背娘："为什么不多喂几头呢？"驼背娘说："就我和你爹两个人，喂两头都忙不过来。"王胜利说："喂得这么少，连个班长都不如。"

　　接连几天，除了有一次去法那街买八四消毒液，王胜利的日程都是这样安排的：早早地起床洗漱；打扫猪舍和院落，消毒；然后煮猪食、喂猪，喂猪的时候就放音乐。刚开始，驼背娘没有把问题想得那么严重，想在部队待过的人，生活就应该不一样的。那些天，王胜利翻来覆去听的都是：猪头猪脑猪尾巴，从不挑食的乖娃娃，每天睡到日晒三竿后，从不刷牙从不打架……这首歌当时叫《猪的梦想》，后来被改成《猪之歌》。录音机放，王胜利也跟着唱，唱的时候笑，唱完就哭，一把鼻涕一把泪的。驼背娘不用听懂歌词，已经猜到了王胜利的情况，晚上又对王铁锤说："你还是带娃儿去医院看哈嘛。"

　　王胜利完全可以不去炊事班养猪的。在新兵连的时候，王胜利训练得特别刻苦，心想，真上了战场得靠本事，可不是闹着玩的。王胜利也确实得到了新兵连长的赏识，新兵连结束，他被分到警卫连做勤务兵。新兵连长掏心窝地告诉他，好好服务领导，以后提干的机会多得很。王胜利不知道领导还要服务，也不知道怎么服务。新兵连长告诉他，就是要灵干一些，提前想领导需要什么，领导想喝茶了，就给领导端茶，领导想抽烟了，就给领导点火。王胜利来当兵想的是上战场，对给领导端茶倒水不感兴趣，他对给他掏心窝的连长说："如果想提干当官，我就不来了。"王胜利这话也是掏心窝的，要想当官，复读一年高三，考大学实际得多。领导当然要惩治一下这种不识好歹的新兵，王胜利就这样去了炊事班，干了养猪的活。王胜利当然没有安心养猪。如果高中时候的梦想是考大学的话，现在王胜利的梦想就是上战场。他多少次对自己说，不上战场打仗，还算什么兵呢！

养了差不多两年的猪，王胜利只有两次最接近上战场的机会。

第一次连长都让他们写了遗书，说如果现在不写，上了战场也许就没有机会写了。连队的人对待上战场表现成一张哭丧着的脸，那些天只有炊事班的人最高兴，当然王胜利的高兴劲简直无法形容，没有经过任何过渡，从一个最让人瞧不起的岗位一下子和大家平起平坐了。被拉到前线后，才被告知是去重拍电影《高山下的花环》。这次上的只能算疑似战场，就算这样，王胜利也没有得到拿枪演戏的机会，还是干炊事班的活，给剧组端盒饭。

第二次队伍集结的时候，连长没有叫大家写遗书，因为有了上一次的经验，王胜利和其他战友的看法不一样，他觉得这次是真正上战场了。然而，这次也只能算上半次战场，离真刀实枪的干仗还是差了那么一点点。队伍拉出去后是抗洪抢险，云南天旱了两年，终于下雨了，但一下就是一个月，澜沧江、怒江都出现了特大洪水。王胜利之所以把这次算半次战场，是因为他没有再干炊事班的活，他加入了抗洪的队伍，扛沙袋，堵洪水，还解救了八名围困老乡，其中有一位还是"大肚子"，解救出来后的当晚就生了，后来报道里称那小孩为"抗洪宝宝"。这半次战场，王胜利是立了战功的，战友都说，王胜利回去后肯定会被重用，不再养猪了。

抗洪结束后，班长似乎也有一些暗示。回到部队驻地，连队就用打牙祭的方式犒劳官兵，这就要杀猪，因为这次多杀了一头，班长就叫王胜利帮忙。都说"养猪的人不杀猪，杀猪的人不养猪"，当了差不多两年兵，王胜利最怕杀猪，把自己精心养大的猪杀了，自己总会难过。但班长不是商量的口气，是命令，当兵的天职就只有执行了。炊事班有杀猪兵，杀猪兵抓猪的耳朵，王胜利抓猪的后腿，放在案板上的时候，王胜利的职责应该是把猪死死地按住。王胜利养猪，喜欢给猪抓挠挠，猪也会有烦躁不进食的时候，王胜利一抓挠挠，猪就很舒服，吃得就好。王胜利按住猪的后腿，按着按着就给猪抓挠挠了，猪好不容易有了使力的机会，就顺势给了王胜利一脚，这一脚踢在王胜利的头上，把王胜利的退伍时间整整"踢"前了一年。

当然，从猪的那一脚到王胜利退伍整整间隔了一个秋季，这三个多月的时间里，王胜利还是继续养猪，只是比以前更沉默了。

炊事班的养猪场在连部后面的大山里，王胜利在无数个夜晚的寂寞思考中，有了正在干一番大事业的幻觉，现在自己和一个连排长有什么区别？他不停地壮大他的队伍，心想只要努力，养上两三百头，自己就该算营团长了。猪是养给连队吃的，每天有相对的定量，王胜利用他曾经在路灯下背诵的数学公式计算达到目标所需的时间。他是这样算的，如果一周连队吃五头猪，他就增养十头左右小猪仔，为了减少杀的头数，他就想了办法让猪长肉，每头猪的肉多了，杀的头数相对就少了。他在思考中发明了音乐养猪法，就是喂猪食的时候放音乐，猪吃得好，长得也好。王胜利做过统计，不放音乐养，猪每天长一斤半肉；放着音乐养，猪每天长两斤肉；先放着音乐养，后突然中断，猪就绝食，不但不长肉，每天还会减少三斤。所以他开始音乐养猪后，就不敢中断。录音机是他花了近两百块钱买的，后来班长以资鼓励他在炊事班养猪做出的成绩，贴了零头。他只有一盘磁带，带子里只有一首歌，就是《猪的梦想》，养猪场的猪听着这首歌，吃得摇头摆尾。这段时间，王胜利除了不爱说话，爱哭也爱笑。给猪喂食的时候，他放歌、听歌，然后就笑。连队把他喂的猪拉去杀的时候，他就流泪，就哭。

王胜利在炊事班的层层上报中提前退伍了，退伍前部队给他做了一次全面体检。

王铁锤在驼背老婆的催促下，把王胜利带到市里的三〇二医院，这家医院因神经科而远近闻名。

王胜利不想去医院，他在部队的时候就是从医院回来就退伍的。王铁锤问："你想当兵不？"虽说王铁锤是老实人，但为了儿子的康复，也会不得已地说点谎话，他顺着儿子的思路走，说："上次体检可能是搞错了，现在去纠正过来，让你再回队伍。"

王胜利果然很配合地把自己交给神经科医生。

医生的诊断和在部队医院体检没有出入，那头即将被杀的猪求生本能的一脚让王胜利精神错乱，想法从此脱离现实。这种病症平时还好，一旦被敏感的东西刺激，就会朝着万劫不复的方向狂奔而去。

"吃药也只能是缓解，治标不治本。"看着惊惶的王铁锤，神经科医生滔滔不绝地说，他给出专业的建议，"尽量顺从病人，最好是在现实中插入他的思想，散播他的思想，满足其不着边际的臆想。"

王铁锤一阵云里雾里后就想起了刘家寨的造梦师。刘家寨也属于扒岩香村，所以往来还是频繁的。尽管王二喜给造梦师定性为封建迷信，但不影响扒岩香一村八寨对造梦师的崇敬。造梦师与村主任不成人之美不同，总是让人美梦成真。具体来说，就是你想当官了，他就让你当官；你想发财了，他就让你发财；你想死老婆了，他就让你死老婆。当然这些都只能是在梦里。但造梦师说了，人睁眼闭眼活一生，不都是一个梦吗？

因为造梦师帮人完成梦想，又不会造成他人的利害得失，所以找其帮忙的人不少，特别是子女去了沿海一年半载不回来的，父母不知是死是活，就去找造梦师做一场法事，晚上做关于子女的梦，然后，造梦师指挥着梦的走势，完成父母与远去的子女间想说的话和想做的事。

造梦师做的法事叫"心心相印"。王铁锤又担心王胜利不配合了，他说："我让你带一支队伍打仗行不？"王胜利把衣袖往嘴角一横，清口水转移到袖子上后，很高兴地给他父亲来一个标准的立正和敬礼。王铁锤又说："但今天事事都得听我的。"王胜利点头。

　　和王胜利背靠着背，造梦师双手先握成拳头状，然后两个中指慢慢伸直，左手手背朝下，手腕朝上，右手手腕朝下，手背朝上，左右手高低错落，右手中指围着左手中指转圈，口中念念有词。

　　完成后，造梦师对王铁锤说："准成。"当兵的人都挺胸收腹，两人背靠背的时候很巴适，越巴适当然效果越好，造成梦的可能就越大。

　　我们这群小屁孩就这样加入了王胜利的"队伍"。造梦师的逻辑是，白天喜欢做的事都有可能在晚上的梦中出现，这和神经科医生说的"插入思想、散播思想"差不多。王胜利想的是打仗，我们就打仗。

　　正是寒假最冷的时候，我们在家是有任务的，就是放牛，冬季牛主要是吃谷草和玉米秸秆，但大人要我们每天把牛放养一下，这样牛才不至于掉膘。我们把牛赶到山上，就和王胜利踏正步，这是一支队伍必需的基本功。我们从扒岩香往法那乡街上踏，踏到差不多的距离又踏着正步回来。我们死心塌地地跟着王胜利，基于三方面的考虑：一是我们那里实在没有什么娱乐活动，王胜利给我们带来了快乐，因为我们这些小屁孩从大人嘴里多多少少知道了王胜利脑筋不管事，就是神经有问题了，所以跟着他特别滑稽可笑；二是王胜利有军帽，我们没有，跟着他可以抢他的军帽戴，谁抢到都有一种自豪感；最重要的是最后一条，只要我们跟着他，每天就可以从王铁锤那里得到两颗水果糖。为此，菊花家小卖部放在柜台上的几个玻璃瓶经常断货，那些玻璃瓶就是装水果糖的。

　　我们每天一大早就去王胜利家，领水果糖，然后听王铁锤给我们训话："你们绝不能得过且过，必须认认真真地跟王胜利首长训练，锻炼身体，保卫祖国。"王铁锤是说给他儿子听的，以假乱真，以期达到王胜利做梦的效果。

我们跟着王胜利踏了十来天的正步，说明这十来天王胜利都没有做梦。王铁锤跑去问造梦师咋回事，造梦师也觉得奇怪，问王胜利白天是怎样强化训练的？王铁锤说了。造梦师批评王铁锤，假都做得不像。王铁锤回来和驼背老婆总结，关键是自己家与军营天壤之别，他家的猪圈紧挨正房，王胜利每次训练完回家后，都会听到猪叫，猪一叫，王胜利的病情就加重。

王铁锤把家里的两头猪卖了，把家搬到村小里。村小两年前就停办了，很多年轻人去城市后，把小孩也带走了，生源少了，村小就并给了中心小学。村小有操场，有篮球场，和军营比起来还是很像的。王铁锤还把教室隔成了小间，叫成"营房"，他还特意去菊花家小卖部买了几个塑料盆，这些盆是当作洗脸盆和洗脚盆卖的，驼背用来盛饭菜。做好的饭菜盛在盆里，端到操场，放在两根并在一起的条凳上。条凳是配八仙桌的，有一米多长，五寸宽。王胜利训练完回来，驼背娘就站在条凳后面，喊："开饭了。"王铁锤走在前面，王胜利排队跟在后面，依次打菜打饭。

十多天的训练结束后，我们就"上战场"了。我们打的第一场"战争"是"地雷战"，用"剪刀石头布"的方式分"解放军"和"敌人"，赢的先选人，输的后选。王胜利的组必须要当"解放军"，另一组就只好当"敌人"，王龅牙被选为"敌军"的司令，他在我们这群小孩中年龄最大，打架也最凶。

"敌人"先埋雷，扒岩香下面有条河，叫扒岩香河，河对面是山，叫五峰山，扒岩香河从上游下来，到达村寨的时候向外凸着拐了个弯，长年累月的冲击泥沙在河与五峰山之间形成了有层次的平坝，以前是田，种水稻，后来种成了苞谷，再后来就荒了。前两年，乡里鼓励村民改种经果林，王二喜带着老弱病残挖了坑，说是栽核桃，每栽一株，乡里补助四元钱，因为这笔钱迟迟没有到位，村民就不干了。"敌人"就是在村民挖的坑里埋地雷，地雷就是自己拉的尿和屎，用柏木枝盖起来，为了掩人耳目，"敌人"也在一些没有坑的地方盖上柏木枝，然后"解放军"去找雷。找雷本来是很容易的，但找雷的人喜欢自作聪明地猜哪些柏木枝下没有雷，然后还自以为是地往上面跳，有的"解放军"就掉在坑里，衣服裤子都糊了屎尿。把所有柏木枝揭开，雷就算都找到了，就要排雷，方法是无论敌我，都在雷坑里栽树，树还是柏树，五峰山就是柏树林，柏木籽掉在地上后长了许多小树苗，就是我们的树种。新栽的树需要淋水，王胜利把王龅牙叫过来，问："你们投降没有？"王龅牙答："投降了。"王胜利就说："既然你们都投诚加入了我们的队伍，就是一家人了，现在我们成立生产建设兵团，属于半军半农，每人都必须到自己家把脸盆拿来，端水给小树浇水。"

"地雷战"打了一段时间，春季就来了，那些打工的人也回来了，扒岩香又热闹了。王胜利对我们说："光打仗也不行，还要纠风。"我们就成立了纠风队。我们每人都做了一把"枪"，王胜利的"枪"是柏木做的，我们的"枪"是纸壳做的。我们把红领巾拴在手臂上，意思是红袖套，然后扛着"枪"跟着王胜利去纠风。纠风队成立不到三天，我们就抓住了人民队伍里的败类。春节期间，懒人岗上有人开始卖炸洋芋，铁皮做的煤火炉上面放一铁锅，锅里放菜油，洋芋切成小块后放在锅里炸好，用竹签穿起来蘸辣椒面吃。

做炸洋芋的工序很简单，因为每家每户都种有洋芋，所以买的人并不多。我们每次经过懒人岗的时候，都会看到很多放在锅沿边铁丝网上没有卖完的炸洋芋。那天我们巡逻到懒人岗的时候，炸洋芋已经卖完了，我们都好生奇怪。王胜利一直往前面走，我们就在后面跟着，穿过寨上的小巷，后来在刘寡妇家的床上把村主任王二喜人赃俱获，七八串炸洋芋还摆在刘寡妇床前的柜子上，柜子上还有一包葵花籽和一包花生，也是村主任在懒人岗买的。

王胜利说："看你鬼鬼祟祟的，就知道不是干好事。"

村主任这会儿口气非常软和，刘寡妇对此相当生气："这么大一个官，还怕一个疯子？"

王二喜边对王胜利傻笑，边讨好刘寡妇："和他说得清吗？闹出去，还怕别人不知道不是。"

刘寡妇一把把王二喜推下床："我都不怕，你还怕哪样？"这话后来成了扒岩香的口头禅，男人想开女人玩笑的时候，都说这句话。

村主任孙子也是我们队伍中的一员，那天抓他爷爷的时候也在场，被村主任以站错队伍打了一耳光。

纠风队最出彩的一次行动是抓赌，那些去沿海打工的年轻人把带回来的钱在菊花家二楼进行"二次分配"，王胜利带着我们冲进去，推开门就喊"不许动"。屋里有"打金花"的、"挖豹"的、打麻将的、猜单双的……都是在大城市见过世面的，当然对王胜利不予理睬。问题是输了钱的觉得晦气，要揍王胜利，一交手才知道他两年兵没有白当，准备揍他的人反而都受了伤，要找王铁锤出医药费，后来被乡派出所罚了款。这件事让我们特别涨士气，也让王大树很高兴，他回扒岩香后说，可惜王胜利神经上有问题，不然是可以申报他为全乡综合治理模范的。

当然，纠风队也直接导致了我们队伍解体，因为经常惹祸，大人都不允许我们和王胜利一起玩了。王胜利每天还是背着他的木头步枪，走在冬季的凄风冷雨里，显得特别孤单。

后来我们还打了一场战斗，队伍是王铁锤付出每人五颗水果糖的代价召集起来的，我们猜想他家的两头猪一定卖了不少钱。因为王胜利的病情一直没有好转，从造梦师那里传来的消息是王胜利一直没有做梦，王铁锤准备做最后一搏。

这场战斗命名为"争抢1215高地"。

王铁锤用王胜利的录音机在法那街上录了很多的枪声和吹号声，他亲自加入队伍分组打仗。大家还是采用"剪刀石头布"的方式分队员，王胜利的队伍还是"解放军"，他爹王铁锤的队伍成了"敌人"。

五峰山自然有五座山峰，1215是最高峰，据说海拔有一千二百多米，王铁锤就把它定为1215高地。王铁锤的队伍先去1215高地的另一面，王胜利的队伍从这面进攻，队员跟着王胜利先匍匐前进，过完扒岩香河，王胜利喊："冲啊。"王铁锤派的人就放"嘀嘀嗒嗒嘀嘀"的进攻号。王胜利喊："给我狠狠地打。"录音机就放枪声。王铁锤的队伍也反击，但"解放军"都打不死，"敌人"却一片一片地倒下去。

这是最精彩的一次战斗，但是王胜利的病还是没有好转，反而比以前更重了。这次战斗让我们回味很久，只有王龅牙说屁意思都没有，我们都认为他是因为在这次战斗中没有一官半职不高兴说的气话。王铁锤的加入让王龅牙的"敌军司令"职务自然免除,破天荒成了"解放军"战士,那天我也破天荒第一次加入"敌人"的队伍。

王龅牙说那天的战斗扫兴得很。他们把我们全部"消灭"后回到懒人岗,遇着村主任王二喜,村主任赶着他家的三头猪悠闲地走在扒岩香的马路上。村主任问王胜利:"仗打完了?"王胜利铁青着脸,村主任又说:"还是去养猪吧,你看我家的猪不听歌都很肥。"王胜利的脸色越来越难看,村主任还没完,他说:"赶快把家从村小搬回去吧,我还没有告你家占用国家财产呢。"

开春后,我们都到乡中心小学上课去了,因为路途遥远,大人们在法那街上租了房子陪我们住,对王胜利的情况就很少了解了。樱桃花开,谢了,桃花开了,也谢了,然后是李花开了,清明节就到了。五峰山下有很多祖坟,这天有很多人去祭祖,噼噼啪啪的鞭炮声响个不停,在家躺了好长时间的王胜利又来精神了,跑到马路上吹号,其实是一只唢呐,那是王铁锤找一个唢呐匠买的,唢呐匠那时候也打起背包准备进城去了。王胜利吹了半天也没有人跟去,他又喊:"开战了,给我冲啊。"还是没有人去,天黑的时候,王胜利回来,一定是折腾了一天饿了,奄奄一息的样子。驼背娘把饭给他端来的时候,天是完全黑尽了,对面又有了噼噼啪啪的声音,这次不是鞭炮声,而是森林火灾发出的燃烧声。五峰山上以前是原始森林,这些年年年都会发生火灾,因为是石山,每烧一回,烧的地方水土流失,就长不出大树了,露出嶙峋的石头,就像一块块补丁。王胜利又来精神了,又吹号,又呐喊,还是没有召集到人手,这次他没有带他的那把木头枪,他把他家的猪食桶带走了,还有他家扫院坝用的竹枝做的"大丫扫"。

后来我们再也没有见着王胜利，扒岩香人一致的说法是：他造梦去了。

《解放军文艺》2017 年第 6 期

拯救王家坝

张屯秀和王高原在田里薅秧。他们家的秧苗已经转青，正是狠劲儿吃肥长个儿的时候。张屯秀和王高原分别站在两沟秧苗的中间，右脚以左脚为支点，逆时针薅，又顺时针薅，所到之处，烂泥翻起来，田水开始变浑，有气泡从浑水中冒出来，发出吱吱吱的声音。薅秧是王高原的主意。王高原放弃除草剂而采用人工薅秧，张屯秀以此判断他是一个吃苦耐劳的人，而且是种庄稼的行家里手，并进而得出他不愿出门打工是明智之举。

张屯秀和王高原是一年前结婚的。张屯秀的男人去深圳打工后，捎话回来，说不准备在王家坝过了，再次回来的时候就和她办了离婚手续。王高原的女人也是去沿海打工，打着打着就成了别人的老婆。在"姻缘算"的撮合下，张屯秀和王高原见了面。"姻缘算"是个独眼龙，都说她用睁着的那只眼把远远近近的姻缘看得清清楚楚明明白白，然后又藏在闭着的那只里面，淡定地等着所求之人。张屯秀问王高原："为啥不跟以前的女人进城呢？"王高原扭扭捏捏地回答："农村有啥不好的，想吃豆就种豆，想吃瓜就种瓜。"就是冲这一句话，张屯秀拉了一下王高原的手，出了"姻缘算"家堂屋门，表示答应了。张屯秀和男人离婚的时候，也扪心自问，为什么不跟着他去打工呢？然后自个儿回答了，答案和王高原说的居然完全一样。

王高原腿长，薅着薅着就冲前了。他有意识地停下来，左瞧瞧右看看，把混杂在秧苗里的稗草扯出来，往公路边的田坎丢。就这样，王高原看到了从镇上回来的沈姨妈。沈姨妈也看到了草帽下面两张勤劳的脸。她说："你家两个不要太辛苦了，粮食能收不能收还没准呢！"

张屯秀说："瞧沈姨妈说的，莫非还有土匪来抢不是？"

跟着沈姨妈一道从镇上回来的，还有一条拟在王家坝建工业园区的消息，土地收储的草案都出来了。沈姨妈觉得该把这条消息提前告诉张屯秀和王高原，力气有的是用处，不能白白浪费掉。

沈姨妈平时工作的重点是计划生育、妇检、安全套的发放等有关男女的事情，突然弄出这么大一个主题，不知是好事还是坏事，心里一直在打鼓。傍晚的时候，沈姨妈挨家挨户转了一圈，征求意见，一个个散淡的目光后面，都是莫衷一是的结果。她最后去张屯秀家，张屯秀和王高原两口子已经薅完秧回来了。她把希望寄托在王高原的身上，说："你是王家坝唯一在家的男人了，给个看法。"如果剔除几个七老八十的老头和十几个细娃嫩崽，裆里长鸟的也确实只有王高原了。虽说王家坝的女人平时叽叽喳喳，关键时刻还是男人更能说到点子上。

张屯秀接了话："高原一不当村主任，二不当支书，能有什么看法。"又说："你应该问哈娃儿噻。"

　　沈姨妈第二天就去了县城，找在医院上班的儿子去了。自从儿子考上大学后，哪怕是酒后的胡言乱语都被她当成颠扑不破的真理。

　　因为心急，沈姨妈是坐早班车去儿子家的，颠颠簸簸到达县城的时候已是中午，做了一上午手术的儿子问："土地收储了用来做什么？"

　　沈姨妈答："建工业园区。"沈姨妈很有倾向性地把工业园区的规划描述一番。沈姨妈在镇上工作人员的办公桌上见过规划图纸，红线、绿线勾勒出的都是王家坝美好的未来：错落有致的高楼矮楼，交相辉映的青山绿水，日照高林，曲径通幽……

　　累得不耐烦的儿子反问："如果家门口修一条高速公路是好事还是坏事？"

　　沈姨妈说："当然好了，你回家就方便了嘛。"

　　儿子说："有了高速路，出门都有一根横杆拦着，想过就得交买路钱。"

　　沈姨妈跟不上儿子的思路，这也是她最自豪的地方，青出于蓝胜于蓝嘛。可沈姨妈毕竟也是管着上千村民的领导，并没有被学富五车的儿子弄昏头，她说："那么搞工业园区就是不好喽。"

　　儿子说："这些企业一进来，跟着来的就是支气管炎、肝炎、肺炎，接着就是肝癌、肺癌、鼻咽癌。"

　　儿子故意把工业园区说得很恐怖是有目的的，父亲前些年病故了，他在县城站稳脚跟后，想把固执的母亲接到城里来。

　　沈姨妈的想法完全被儿子颠覆了。挖机、推土机、碾压车、大货车排成长龙挺进王家坝的那天，沈姨妈一改在上级面前唯唯诺诺的形象。她本来是没有这么大的勇气的，也就是说她很纠结，不知道该怎么办。但儿子已经说了，工业园区来了，癌症就来了，死亡离大家就不远了。既然死都不怕，还有什么可怕的呢？她率先坐在开在最前面的挖机前，说："你们把王家坝废了之前，先废了我吧。"说完自己都觉得终于扬眉吐气了一回。

以前王家坝就吃亏在沈姨妈的软弱上，比如怕超生，结果是死的人比出生的人还多，弄得全寨人胆战心惊。懂点算术的人都知道，只要时间足够长，递减都是有极限的。

沈姨妈豪气了，村民们又不知道该怎么办了。

沈姨妈说："饿死胆小的，撑死胆大的，我们不能再吃亏了。"

守家的妇女养尊处优惯了，看不到实质性的希望，仍在磨磨蹭蹭。沈姨妈又说："都是女人，哪有女人害女人的。就算顶不住，一闹补偿款也会多一些。"这话说到女人们的心窝上了，因为沈姨妈怕乱搭乱建，王家坝人的居住面积总比其他村寨小。工业园区一建设，就有可能涉及拆迁补偿，王家坝人都觉得吃亏大了。

王家坝几位老弱病残和一群妇女闹事的消息，经由镇里上报到县里。见惯不怪的县领导听完汇报后认为是小菜一碟，立即打消了启用特警的想法，要求镇上自行解决。镇上通知所属中小学停课一天，教职员工加上镇政府的工作人员，几倍的人头堵在王家坝人静坐的公路两头。

沈姨妈知道这是一场消耗战，心想光脚的还怕穿鞋的？她哪里知道，镇上采取的是轮换战术，不到两天，王家坝人就败下阵来。先是沈姨妈昏倒了，被镇上事先准备好的救护车送到了县医院。主心骨不在了，其他人作鸟兽散。

沈姨妈是饿昏的，一瓶葡萄糖从她手背流进体内后，恢复了精神，想着重任在肩，爬起来欲火速赶回。抬头先看到儿子儿媳，然后就看到了院长。沈姨妈后来才知道坐在病床前的这个"大肚子"是院长，他不是来看望自己的，是找她儿子谈话的，说现在医院正在搞轮岗，准备将她儿子换到传染科去。儿子学的是外科，转传染科就有点欺负人了。沈姨妈的儿媳也是医院的职工，是护士。院长说，现在有挂点帮扶的名额，准备把这个光荣的名额给她儿媳，这样，她儿媳就要去乡下，至少待上一年半载。

沈姨妈当晚去到儿子家，她知道问题的症结所在。涉及儿子一家的前途，她软弱的性格又暴露出来了。儿子也给了她台阶下，儿子说："身体都这样了，先疗养观察一下再说。"镇上以同样的理由让她长期休息。

到薅二道秧的时节，工业园区已经开始建设了。张屯秀和王高原又去薅秧。

张屯秀说："薅吧，薅吧，薅一次就少一次了。"

王高原说："那就薅吧，当是在田里玩儿。"

张屯秀家的田有两亩，薅完后，太阳就落坡了。田的前面还是田，再前面就是王家坝河。夏天到来后，每天做完农活或家务，张屯秀和王高原会去河边，把脚伸进河里，河水凉悠悠的。刚嫁到王家坝的时候，每到热天，寨上的中青年男人都到河里去游泳，小孩也去河里玩水。现在好了，稍大一些的孩子，要么去镇上或县城，读小学或中学；要么跟着父母进城，读打工学校。稍小一点的孩子，在父母一而再再而三的叮嘱下，被爷爷奶奶外公外婆严加看管着，生怕去河边有个三长两短。中青年男人呢？年轻一些的，带着女人双双进城；年纪稍大的会保守一些，把家甩给老婆，独自进城了。张屯秀和王高原很喜欢现在的这种状况，他们俩都不是爱热闹的人。夏天的这条河，都归他们俩了。

两人今天在河边坐了好长时间，想到即将要被挖掉的两亩田，心静不下来。张屯秀提议游泳，说游一次就少一次了。他们俩沿河的上游走，河两边是垂柳，走到一个小瀑布的地方，是一片斑竹林。水从两米多高的地方飞落下来，冲出了一个很深的水凼。张屯秀脱掉衣服，王高原也脱掉衣服，张屯秀在前面游，王高原在后面追。王高原一会儿就追着了，张屯秀一用劲，像条鱼一样滑脱了。王高原打个猛子，钻进水里，又钻进张屯秀的两腿间，往水面扛，张屯秀就被王高原甩在浅水里的鹅卵石上。

两人正在兴头上，一股浑水拌着大量黄泥"轰"一声冲下来，正好砸在王高原的屁股上。王高原叫了一声，张屯秀也叫了一声，几只田鸡被惊起，它们往惊叫的反方向飞，一会儿又折回来。两个"泥人"知道，挖机已经挖到上游的河沟边了。

王高原说："以后游泳的地方也没有了。"

张屯秀听出了王高原的扫兴。以前农村有水田，也有旱地。春天，旱地种苞谷，水田栽水稻。冬天，旱地栽小麦，把水田里的水放干，种油菜。后来，旱地退耕了，年轻人就进城了。明年连水稻也没得种了。张屯秀想。

王高原说："既然王家坝已经没有活可干了，那我还是出去打工吧。"

张屯秀说："你不是不喜欢打工嘛。"

王高原说："那有什么办法呢，总不可能一家两个人都坐在家里吃闲饭吧。"

沈姨妈重新以村民的身份回到王家坝，已经是三年后的事情了。她刚在懒人岗下车，张姨妈就像是迎接流亡归来的国王一样跟过去："你回来就好了。"

沈姨妈还不知道张姨妈已经是现任村主任，说："我来了有什么好？"

张姨妈说："村主任还是你来当了。"张姨妈上任后才知道，当村主任没有什么搞头，待遇基本没有，压头的活还不少。

沈姨妈说："村主任是选的，你叫当就能当啊。"

张姨妈说："你看这样行不。我挂名，你来抓实。我当名誉村主任，你当执行村主任。"

沈姨妈想这还差不多。沈姨妈在儿子家住了三年，就像坐了三年牢，别说指挥人，连说话的对象都没有几个。刚开始的时候，偶尔冒几句，儿子儿媳也没有说什么，时间长了，刚开口，儿子就打断："都是些陈芝麻烂谷子的事，说着也不嫌累！"唯一的成就是把孙子带进初中了。把孙子带进中学也宣布自己的使命完成了。孙子上初一的第一天就不准大人接送，说同学们都在笑话他。

沈姨妈沿着工业园区走了一圈，又走了一圈。表面上看，王家坝好像热闹了，房子多了，来来去去的人也多了。实际上，王家坝人生活的空间越来越窄了。王家坝的公路呈东西向，以前，路的北面是田坝和王家坝河，现在是水泥厂、重钙厂、黄磷厂。河的南面是擦耳岩，王家坝人曾经都住在这里。公路修通后，人们陆陆续续把在擦耳岩的木房子推倒，在公路两边修起了砖混。现在这里是铝厂和塑料厂。也就是说，王家坝左左右右的地方都属于工业园区，活动的公共区域就剩一条公路了。沈姨妈还发现，就是这条公路，也不完全属于王家坝人。每到晚上，公路上就会出现一些陌生的走得懒散、漫无目的的男男女女。

再回到以前的样子是不可能的了，胳膊拧得过大腿？沈姨妈现实了，唯一担心的是，在家的空巢女人会弄出不好的名声。可按她的思路，现在的王家坝就像进了保险箱一样。虽说王高原不是惹是生非的人，但仅有的一个中青年男人也进城了，一群女人能弄出什么是非来呢？

可现在突然钻出这么多年轻男人，他们是工业园区的工人、技术人员，也有进进出出联系业务的人员，王家坝人统称他们为外来人员。沈姨妈预测，天长日久，这些年轻力壮的外来人员与独自守在王家坝的年轻媳妇，一定会擦出有伤风化的火花。

沈姨妈在县城三年还学会了一件事，就是跳广场舞。一台电视机、一个影碟机就可以团拢一帮人，这两样东西她家就有。王家坝人把男女做好事称为表演娱乐节目。沈姨妈想，用一种娱乐项目转移对其他娱乐项目的兴趣，不失为一种好的办法。

广场舞的场地设在懒人岗，这里是中巴车的停靠站，地势较高，水土流失后成了一块荒地。提倡全民健身后，镇上出钱在这里修了篮球场、乒乓球场，还建有健身场，购置了手臂支撑器、坐蹬器、太极揉推器、肩关节康复器、腰背按摩器、伸腰伸背架，等等。以王家坝常住人口的现状，这些花花绿绿的设施仅仅只是摆设。

沈姨妈叫人把乒乓球桌搬到篮球场，把家里的电视机和影碟机放到乒乓球桌上，再接上电，广场舞的设施就算齐全了。刚开始几天，大家还是按视频里播放的动作做，或甩手，或踢脚，或蹦跳，或双手搭在前一个人的肩上，跟着音乐节奏转圈。开始跳广场舞后，工业园区的男男女女在公路上散步时会停下来观看，然后男男女女站在篮球场边，也跟着节奏跳，但他们不跳广场舞，而是恬不知耻地男的抱着女的或女的抱着男的跳交际舞。这种舞蹈更吸引王家坝的妇女，她们用窃窃私语和哈哈哈的笑声抛弃了沈姨妈的良苦用心。

沈姨妈气不过，准备抓典型，杀鸡儆猴。懒人岗有一棵上百年的大槐树，沈姨妈没有费多大劲就发现了大槐树下两个鬼鬼祟祟的人影，其中一人就是王家坝的高子蕊。不知是有意还是无意，自从男人进城后，高子蕊就喜欢穿裙子了，就连冬天，在棉毛衫、棉毛裤外面，她会套一条毛裙子，让不足九十斤的身体更加显得瘦骨嶙峋。沈姨妈以资深过来人的经验判断，这个高子蕊的内心，可能和她裙子上面的大红牡丹一样，有红杏枝头春意闹的意思。

沈姨妈问高子蕊："干什么呢？"

高子蕊回答："跳舞。"

沈姨妈说："跳舞应该在篮球场上跳啊。"

高子蕊说："在篮球场上跳的是你们的广场舞。"

沈姨妈说："一群人跳还不如两个人跳？"

让沈姨妈痛心疾首的是，第二天，几位妇女兴致勃勃去找高子蕊，要她把学会的交际舞也教她们。跳广场舞的人一天比一天稀拉，沈姨妈气愤地把电视机和影碟机搬回家里，再也不拿出来了。

善于总结的沈姨妈反思失败的原因，想来想去想通了，都怪自己引狼入室。但狼来了，得有治狼的办法，职业使然，不能听之任之。经过再三权衡，沈姨妈就开了麻将馆，直接取名"拯救娱乐室"。虽然她曾经也反对赌博，但是此时是退一步的不得已而为之。她得把下班后精力还很旺盛的工业园区的年轻男人团拢来，置于自己的监控之下。

事实上，"拯救娱乐室"也没有拯救到王家坝的年轻媳妇。王家坝的女人耳濡目染，边看边练，最终成了麻将桌子上不可或缺的一员。娱乐室的组队方式是先来后到，这样，就有可能和外来人员坐在一起，时间久了，熟了，就随便了。大家坐在绿色桌面的自动麻将机的四个方向展示牌技，也展示身材、帅气以及说黄段子的才华。沈姨妈是用了心的，她睡在麻将桌旁边的布沙发上，装成很累的样子，双手搭在脸上，打着遮挡灯光的幌子，透过故意伸开的手指缝，观察大家的一言一行。

还是那个高子蕊，她经常和重钙厂的那位工人借着摸牌出牌的间隙眉来眼去，或者故意以换坐姿之名，让四条大腿羞羞答答地碰到一起。就像干旱太久的森林，哪有不发生火烧坡的道理。沈姨妈想，要出大事了。高子蕊的男人因为在昆明偷油，不久前被公安带走了。无奈之举，沈姨妈只能死马当成活马医，醉翁之意不在酒地问起她男人的近况，借关心之名旁敲侧击。但高子蕊好像听不出沈姨妈的话中之话，置若罔闻，我行我素，沈姨妈毫无办法地看着她堕落下去。

有了前车之鉴，沈姨妈开始对其他空巢女人严防死守，她认为最有可能步高子蕊后尘的是张屯秀。沈姨妈的拯救分析说到底还是借助数学中的统计，通过打麻将，掌握大家的作息规律，记在一个笔记本上，然后研究适合的拯救对策。她发现，自始至终没有打过麻将的人，只有一个，她就是张屯秀。一番跟踪调查，沈姨妈也发现了张屯秀与货车司机朱向前的秘密。朱向前经常开着一辆一汽重卡来王家坝的水泥厂拉水泥，等货的时间偶尔也来娱乐室消磨时光。后来，朱向前不来娱乐室了。沈姨妈心想，朱向前不来是可以理解的，流动人口嘛，但把他和张屯秀从来不来娱乐室联系起来，就发现了问题所在。有一天，她终于见到张屯秀坐在朱向前的一汽重卡上，朝着镇街方向轰隆隆去了。

虽然开娱乐室分身乏术，但与拯救一个女人相比，孰重孰轻？对一个执行村主任来说，是明摆着的事。她准备把这次拯救任务交给张屯秀的男人。

沈姨妈用最原始的"一传十，十传百"的方式把拯救任务传给在县城打工的王高原。这种方式看起来声势浩大，传播却难以达到更快更远。王高原听到的时候，新闻都成旧闻了。那时，他正往一幢正在修建的楼房上挑灰浆，他给工头请了假，回来了。

沈姨妈在王高原回来的当天就找到他，对他说了肺腑之言。她说："什么事都能忍，这事能忍？！"

王高原说："不忍又能怎么样？总不至于杀人吧。"

沈姨妈说："万不得已，又有什么不可以呢。"

王高原是不怎么相信张屯秀出轨的。晚上，张屯秀很晚才回到家，王高原为此事多少有些不高兴。

张屯秀倒是高兴，她问王高原："怎么就回来了呢？"

王高原去县城打工后，一般是一个月回来一次。因为他们一个月只有两天假，来去各半个白天，剩下的就只有一个白天和一个黑夜了。

王高原说："我就知道你不希望我回来。"

到了睡觉的时候，王高原气又消了，每次从县城回来，做一次娱乐节目是少不了的。

张屯秀说："这几天不行。"

王高原说："是这几天不行，还是和我不行？"

张屯秀说："怎么出去打工的人都变得这么坏呢？"

王高原说："是打工的坏，还是在家里的坏，还说不清楚呢。"

张屯秀说："你什么意思？"

王高原说："我难得回来一次，这也不行，那也不行又是什么意思？"

张屯秀真生气了，她说："我病了，所以不行。"

王高原说："整天都不在家是生病？我看你精神抖擞得很呢。"

张屯秀进了卧室，懒得和他说了。王高原洗漱完去推门，门已经闩上。

因为气愤，王高原很晚才睡着，第二天醒来的时候，张屯秀已经出门了。王高原去找沈姨妈，他问："如果杀人，先杀哪个呢？"

沈姨妈说："我说的这个杀不是你说的那个杀。"

王高原说："怎么个杀法？"

沈姨妈说："就是要一个效果，让身在曹营心在汉的女人有个惧怕，也让那些吃了碗里想锅里的有个惧怕。"

"那就是吓一下喽。"王高原说。遂回家在失去功能的牛圈楼上找出下岗多年的钩刀。

接下来的这天，张屯秀起床后先去刷牙，王高原起床后先去磨刀。他们家的自来水管安装在院坝的右上角上，张屯秀接了一瓷缸水，把挤上牙膏的牙刷在杯里涮了一下，插进口中来来回回上上下下地鼓捣起来，白色的牙膏沫沿着她的嘴角流在院坝坎边。水管旁有一个小木凳，王高原已经提前在凳面的中间挖了一个槽，于槽中放了一块磨刀石。

张屯秀第二次用瓷缸接水的时候，王高原也用右手去接水，水管只有一个，就得分先后，张屯秀的瓷杯还未接满，王高原的右手已经伸到瓷杯的上面，他是故意挑衅。

张屯秀把漱口的水噗地吐掉，说："我觉得你怪怪的。"

王高原说："是有点怪，因为我想杀人了。"

他把手心里的水抖落在钩刀上，然后站在木凳的后面，把钩刀斜着对着磨石，就像木匠用推刨刨木料那样，使劲往前推。正面推，又背面推，刀身褪去锈迹，刀口重新有了该有的白光。王高原试试刀口，自言自语："怕砍骨头都不用费啥子力了。"

张屯秀睖了王高原一眼，准备进屋。王高原在空中朝着水泥厂的方向连砍了三下，说："杀个把人有什么了不起。"

张屯秀没有理王高原，又出门了。她没有像沈姨妈说的那样有什么惧怕。王高原又去找沈姨妈。娱乐室已经有一桌开战了，马姨妈、刘姨妈、卓姨妈正埋头调兵遣将。沈姨妈是临时凑角子的，王高原见她抽不开身，也不好当着别人问什么，走了。他想，既然吓不了张屯秀，就去吓一吓朱向前吧。

娱乐室旁边就是水泥厂，沈姨妈说朱向前每天都来拉水泥。王高原在水泥厂转了一圈，又转了一圈，并没有找到朱向前的任何蛛丝马迹，然后又到工业园区的其他地方转了一圈。回来几天什么事都没有干成，王高原对沈姨妈的拯救计划心灰意冷，准备吃过午饭回工地了。

"车在那里。"偏偏这时，沈姨妈又出现了。顺着沈姨妈手指的方向，王高原看到了躲在水泥厂背后阴凉处的那辆一汽重卡。

见王高原挪不动腿，沈姨妈说："还愣着干什么？"

王高原这就去了，去的路上他希望沈姨妈拦他一下。说到底，吓自己的女人容易一些，真要去吓别人，他心里没有底。沈姨妈没有拦。王高原走到驾驶室边上，鼓了几次勇气想看里面的情况，但他没敢看。在沈姨妈的注视下，他拿起钩刀对着一汽重卡的前轮一阵乱砍。这事被沈姨妈添枝加叶地传播开来，之后她再没有见过张屯秀和朱向前在一起，胸有成竹地认为这次拯救行动取得圆满成功。

王高原在砍朱向前轮胎的当天回了县城。一个月过去了，王高原没有回王家坝，两个月过去了，王高原还是没有回王家坝。张屯秀向同在一个工地打工的王家坝人打听，才知道他已经没有在那个工地上班了。工友带回来了王高原走时的一句话，他说："打工就应该去远远的。"半年后，张屯秀急匆匆去村里唯一有电话的沈姨妈家接电话，是王高原打来的，他说他在广东，那里除了热，什么都好。张屯秀问："空气好不？"王高原说："热了就闷，闷了就难受，鼻子有时候都出不来气。"张屯秀认为王高原是故意气她，她的鼻窦炎是老毛病，王高原是知道的，心想，出了门的都不想回来，为此她伤心了好久。

拯救张屯秀对沈姨妈鼓励很大，她觉得只要功夫深铁杵就能磨成针，不怕做不到，就怕想不到。她也给高子蕊量身定做了一套拯救办法。

那晚，最后一锅麻将结束的时候，她破例给大家煮了一碗肉末面。待大家吃完后，她说："你们跟着我，今晚有好戏看了。"

有了一碗面做铺垫，几个想溜号的也只好勉为其难地跟在沈姨妈的后面。大家鱼贯去了高子蕊家房背后。高子蕊家有三层楼，好在她住二层，如果住三楼，事情恐怕就要难办得多。沈姨妈说："人什么都可以不要，但有两样东西必须要。"同去的有妇女就说："话要说全噻，说半截，我们听不懂。"沈姨妈说："一是命，二是脸。"因为没有人愿意像王高原那样为高子蕊提刀弄枪，这是没有办法的办法了。

最先爬上人字梯的是李寡妇。李寡妇的男人去浙江打工，说路费太贵，四年没有回家了。李寡妇一气之下，直接宣布男人已经死在外头了，然后自称寡妇。沈姨妈的侦查结果没有错，透过白晃晃的月光，李寡妇看到，重钙厂那个工人的衣服裤子和高子蕊的衣服裤子横七竖八地混在一块儿，又看到高子蕊和那个工人也在一块儿，就在床上，她的一只手还幸福地搭在他的胸上。

按安排，这场好戏是要轮流看的。但李寡妇从人字梯下来后突然跑了，边跑边哭。人群中就冒出了不利于团结的话："别人干什么与我有屁相干呢。"说话的人说完也走了，更多的人骂骂咧咧地，也跟着走了。最后只剩下沈姨妈，她扛着人字梯回家，同样骂骂咧咧："面都吃了，配合干点事还敷衍了事。"

沈姨妈后来还找高子蕊谈过一次，她怂恿高子蕊和她男人离婚，再和重钙厂的工人结婚。她说："这样，干什么都合情合理了。王家坝就没有人敢说闲话了。"

高子蕊说："我干什么是我自己的事，说什么，是你们的事。"

张屯秀得急性肺炎的时候，沈姨妈家的麻将桌除了尘埃，已经没有人再去光顾。那会儿，沈姨妈又有了新的拯救王家坝的方法。她想建食用菌专业合作社，她是调研过的，她还在儿子那里拿到了启动资金。儿子不希望她做这些费力不讨好的事，她就谎称农村旅游火爆，想多走走。用玩乐的钱做项目的事，她觉得千值万值。吃菌子抗癌，而且，只要有活干，寨上的女人就可以团拢来。但她已经喊不动任何人了，执行村主任已经成了孤家寡人。

她坐在家里的布沙发上，西沉的太阳把最后的光线从窗口送进来，她看到光柱中涌来涌去的灰尘，又看着人去桌空的麻将。她站起来，准备去"姻缘算"家。王家坝人让沈姨妈伤透了心。她在儿子家楼下学跳广场舞的时候，认识了一个老头，老头对她有点意思，跳舞的时候经常对她拉拉扯扯，现在回想起来，这老头也不算讨厌。沈姨妈想找"姻缘算"算一算，和那老头有没有缘分，如果有，她也准备进城了。

已是黄昏，最后一趟中巴车也停运了。张屯秀第二次搭上朱向前的便车。第一次坐朱向前的车，就是沈姨妈看到的那天，张屯秀也是犯肺炎，朱向前见张屯秀在公路边等车，就顺便带了她。

沈姨妈看到干正事的机会来了，她已经不准备去"姻缘算"家了。她想，能争取一个支持者，就不怕没有第二个支持者，就能团结一切可以团结的力量。她对张屯秀说："我陪你一起去吧。我儿子在医院上班，有熟人总会方便一些。"

急性病疼起来疼得死人，医起来却好得快，输液和吃药并重，一个星期就出院了。出院后的张屯秀被沈姨妈当成自己人。沈姨妈有许许多多拯救王家坝的计划要对自己人说。一大早她就去了张屯秀家，张屯秀不在。第二天，她又去了张屯秀家，张屯秀还是不在。这晚，沈姨妈躲在张屯秀家废弃的牛圈楼上，一晚上没有睡觉，她把张屯秀的行踪完全记录下来。第二天天还未亮，沈姨妈偷偷跟在张屯秀的后面，翻过王家坝南面的擦耳岩，去了一个叫大平地的地方。

大平地也是王家坝的土地，只是这些年荒了，长了许许多多的杂草和树木。

县医院的医生和镇上的医生说法一致，张屯秀抵抗力差，要经常呼吸新鲜空气，否则病情还会加重。从第一次去镇医院回来，张屯秀每天都去大平地，她把一块地的荒草除了，栽种了四季豆、小白菜、葱姜蒜等。大平地紧挨擦耳岩的这条山脉有一个偏岩，岩口已经被张屯秀用木板拦了起来，里面是做三餐的锅碗瓢盆。王高原回来的那些天，张屯秀曾经动员他一起搬过来。她想，如果多一个人，晚上就可以不回王家坝了，对病情只会有好处。确实，对于一个女人来说，晚上住在这个偏岩里，是有些害怕。那时，王高原想的是别的事，怎么也不会相信漱完口就出门的张屯秀是去大平地呼吸新鲜空气了。

沈姨妈走过一片林子，又走过一片林子。在晨曦的白雾中，张屯秀已经在她打整出来的地里开始劳动了。沈姨妈又有了拯救王家坝的新办法。她要把全寨的空巢女人搬过来，与工业园区的男人完全隔开。她还要把"王家坝"这个名字也搬过来。

两只早起觅食的鸟儿从沈姨妈的头顶叽叽叽地飞过，天就大亮了。

《湖南文学》2018 年第 2 期

最快的行驶

王顺义在牛头山教马大海学车。能源站有两位驾驶员,其中一位前几天辞职不干了,马大海准备自己去补充。王平安的电话就是这个时候打进来的。王顺义的手机是山寨货,叫声很吓人。因为工作特殊,在能源站上班的人朋友都不多,电话也不多,王顺义平均每天的三五个电话多半是新近的女朋友打来的,他不停地更换女友是因为原女友不停地甩他,皆因花光了他的钱后觉得他上班干的事情总有那么一点不靠谱。经常性的失败使得王顺义对待每一个来电都不敢懈怠,他把右脚从油门挪到刹车上,腾出右手去裤包里摸手机。开车打电话会分心的常识,王顺义是知道的,果不其然,当他看到手机屏幕上显示的名字时,下意识地咣当一脚,毫无准备的马大海顺着惯性扎扎实实砸在前面的操作盘上。

打来电话的这个人对王顺义来说差不多就是暴力的化身,晕头晕脑的马大海揉着额头,正想"操"一句,王顺义已经把手机递到他面前:"你来接,就说我不在。"

马大海"喂"了一声,马上用左手捂住出音口,转过头对王顺义说："你也太缺德了吧，叫我接这种电话。"

又说："哦，我知道了，王平安是你爹吧。"

王顺义没有理他。

马大海的额头长出了青包，这会儿感觉到疼了，他把电话递还给王顺义："还是你接吧，不管你有没有爹，可对方要找的人是他的儿子，不是我。"

能源站的标配是五个人，两个安全员、一个泵油员、两个驾驶员。驾驶员又分主驾驶员和副驾驶员。王顺义没有驾照，但他从小耳濡目染会开车，在能源站是副驾驶员，现在义不容辞欲顶主驾驶员的缺口。马大海以前是泵油员，准备让王顺义给自己普及驾驶知识后改任副驾驶员。在能源站，驾驶属技术活，其他工种都属苦力活，苦工易找，技工难觅。

能源站的货快断了，断货就会停业，马大海和王顺义担心影响信誉和生意，打算今夜去进货。王平安的电话打乱了他们俩的计划，王顺义不得不临时中断赶鸭子上架的教车行动，急匆匆打出租去接他打心里不愿承认的老爹。

王平安虽说有几十年的驾龄了，但还是头一次去昆明，这趟活是拉猪到昆明屠宰场。生猪属于鲜活农产品，按公路运输绿色通道可以免过路费，这样一趟下来赚头会大一些，但他还是不想接这趟活，六七个小时的车程，一个人跑起来总觉得孤单和寂寞。最终决定去的原因是儿子也在昆明，这样可以顺便见儿子一面。

按寨上人的说法，王平安和王顺义上辈子一定是冤家，一个欠揍，一个爱揍，生活在一起，家就成了战场，大战三六九，小战天天有。寨上人又说，王平安这种好战分子，没有参加自卫还击战太可惜了。王平安在广西当兵的时候，中国和以前的小兄弟早已停战。王顺义打架是一把好手，也不是实力有多强，反正在家打疲了，不怕，成绩又不好，听不懂，无所事事就惹祸，结果是，不是打别人，就是挨别人打，不管是哪一种情况，王平安都会在班主任愤怒的电话中，匆忙赶到学校，不问青红皂白再揍王顺义一顿。尽管王平安对自己的女人多有说法，但寨上人从父子俩好战的性格分析，说王顺义是王平安的种确凿无疑。两人的战争是在王顺义初中毕业后停止的，中考结束次日，王顺义就如脱缰的野马急不可待地与王平安告别，和寨上的青年踏上西去的列车，哪知这次告别一去就是两年多，同乡人偶尔带回来的消息是，王顺义在昆明的物流信息中心干得风生水起。

王顺义接到王平安后并不想带他到能源站，准备一起吃个午饭后把他打发走。王平安却没有立即走的意思，说要去王顺义住的地方休息。这个理由很充分，王平安是昨晚连夜开着货车到达昆明的，下完货后以手为帕，对着水管囫囵抹了一下脸，油腻的头发着水后，像瞌睡还未睡醒一样，在头皮上躺没躺样，站没站样，打不起精神，蓬头垢面的样子更凸显了王平安的疲惫。其实王平安的说辞王顺义清楚，目的是探他上班的虚实。

回能源站是坐王平安的货车，一路上两人无语。刚开始，王平安以为王顺义睡着了，他扭过头去看，王顺义正好也扭头过来，王平安扯谎说："我不熟悉路，该怎么走你要提前说，免得占错道。"王平安的手机导航是开着的，导航语音就提示左转，一时两人都有些尴尬。

物流信息中心在昆明市郊，那里本是一个农贸市场，市场外面有一个大型停车场，里面停有上百辆等待货源的大货车，王平安的货车就暂停在这里。物流的核心是车流，大型停车场建成后，有人很有眼光地在市场里面一块不大的空地上建起两幢活动板房，就成了后来的物流信息中心，其实就是租住户在租住的活动板房门口立一块黑板，把货源信息写上去，等待前来寻求拉货的驾驶员，达成交易后从中收取中介费。王顺义刚来昆明时干的确实是物流信息的工作，更早一些干这行的，有的已经发了，在昆明买了车买了房，王顺义正是把这些前辈作为自己的楷模，努力朝他们取得的成就方向奋进。但王顺义显然来得不是时候，互联网的兴起对物流信息中心是致命的冲击，货主慢慢习惯在网上找驾驶员，驾驶员也慢慢习惯在网上找货主，双向选择，择优合作。起步早的有相对固定的守旧客户，尚有生存机会，来得晚的如王顺义之流只能举步维艰。一帮志同道合的人就想到了别的出路。

停好车后，王顺义带着王平安穿过农贸市场，那是停车场到能源站最近的路线。物流信息中心只有少部分门面还挂有货源信息，更多的门面已经关停，屋内黑灯瞎火。王平安看到好几块黑板上有房屋转租的广告，那都是租期未到而自己所办的信息中心死期已到的人写上去的，捞回一分算一分。整个农贸市场被几个圆弧的顶罩着，消耗了部分太阳的光亮，这样，物流信息中心更显得冷清和灰暗。

能源站在农贸市场的右侧，已经不属于市场的范围，相对于物流信息中心来说，更偏僻一些。偏有偏的好处，房租也更低一些，来加油的货车还可以绕开堆满瓜果蔬菜家禽鱼肉的农贸市场。就像当初建活动板房的人那样，能源站看到的商机也是农贸市场外面的大型停车场。能源站当然是王顺义们的叫法，周边的人叫得更直接，就叫"加油站"。

一路上王平安已经有了很多疑问，到达能源站的时候正好有一辆货车等着加油，一股似曾相识的味道不断往鼻孔里钻，他把双手伸出来闻了闻。王平安开车当然也要加油，乡下开车不比城市，车坏了还要自己亲自维修，身上常年有股机油和柴油的混合味道，他问："这就是物流信息中心？"

这也就是王顺义不愿见王平安的一个原因，干的事情毕竟见不得光。他对马大海说："你给他说。"

能源站的人不可谓不努力，可以说是起早贪黑，一般来说，除了晚上是集体行动，白天则是各负其责，两个安全员负责卖油，因为有停车场这个大的客户群体，加之他们的油每升比中石化和中石油便宜一块多钱，加油的车辆络绎不绝。王顺义和马大海负责练车，车技的好坏是能源站业务开展顺利与否的关键。由于王平安的不期而至，练车被迫取消，马大海现在就坐在能源站里。

成立能源站正是马大海的主意。他和王顺义惺惺相惜，在物流信息中心都是吃了上顿没有下顿，结果就想到了到高速服务站进货卖的生意，干得顺风顺水的他们迅速从物流信息中心脱颖而出，率先致富。

马大海得意地说："物流信息中心卖的是信息，我们卖的是这个。"他用手指着租住屋里面的一排排铁皮油桶。

王平安早就猜到了，但他还是带着希望猜错了的口气说："油？"

马大海说："准确地说是零号柴油。"

王平安吃惊的是油的来路。马大海没有把王平安当外人，知无不言言无不尽地把一切都对他讲了。

王平安知道，从老家王家坝出去打工的青年男女，冠冕堂皇的说法是进厂，大部分干的是男盗女娼的勾当。他最担心的事情还是发生了。

王平安到另一间屋找到王顺义，说："你们干的是违法的事，知不知道？"

王顺义说："贪污是不是违法？受贿是不是违法？干正经事找得到屁钱。"

王平安说："还有理了，我看你迟早是要进笼子的。"

王顺义说："进不进笼子与你有哪样相干。"

王平安说："如果是外人，就不相干，但老子是你爹。"

王顺义说："我没有你这种爹。"

王平安捏紧拳头，举到半空中又放下了。可以说，王顺义就是王平安用拳头打大的，但今天，王平安看到王顺义视死如归的样子，自己先心虚了。如果真要对打，已经快五十岁的王平安倒不一定是刚满十九岁的王顺义的对手，但王平安不是怕打不过儿子，他是看到儿子那种藐视的眼神，做父亲的威严好像一下子没有了。

父子俩不欢而散。王平安没有料到和儿子的相聚是这样一种局面，负气走了，走的时候心里一阵悲凉，儿子长大了，自己已经很难管住了。如果那时候王顺义挽留一句，王平安就不走了，他还有许多话想对儿子说，但表达出来语气又不对劲了，他说："迟早你会死在这上面的。"

王顺义说："哪个人迟早不死？"

王平安已经出了能源站的门，他恨铁不成钢地一拍大腿，把话从咬紧的牙缝里挤出来："唉，要怎么你才会收手呢？"

王顺义看都没有看王平安一眼，说："除非能源站不存在了，否则免谈。"

王平安开车回王家坝，上高速时慢慢冷静下来，这些年和儿子交流是不是太少了？这样想的时候不免又怪起女人来，说起来已经十多年了。王平安是在部队学会开车的，退伍后就买了货车搞运输，当时在王家坝是个很了不起的举动。有一天，他拉货很晚才回到家，看到王顺义趴在方桌上饿得清口水长淌，气不打一处来，准备揪女人来打。王平安是经常打女人的，但那会儿女人已经到另一个县的地界。那年天气暖和得早，还是农历正月，油菜花已经盛开。穿过王家坝的公路边上有个牛滚凼，再旁边是一块荒地，不知哪天那里也停了一辆货车，还摆放了几十箱蜜蜂。王平安一大早出门跑货，他刚走，女人就想吃蜂蜜了。养蜂人的货车上就放有蜂蜜，一边养蜂，一边卖蜂蜜。养蜂人的蜂蜜卖八十元一斤，女人觉得贵了，养蜂人说："不要先说贵，你尝下味道再说。"女人就挑了一坨放在嘴里，养蜂人问："甜不甜蜜？"女人说："还是贵了。"养蜂人说："不要钱都行，只要你能帮我做点事。"女人说："哪样事？"养蜂人说："帮我养蜂。"又说："我们养蜂人有个好处，就是日子过得甜蜜，又能到处看风景。"

那天寨上有人看到王平安的女人去牛滚凼，在那里买蜂蜜的也不止王平安的女人一个人，有妇女就听到了养蜂人和王平安女人的对话。这种话在乡下很常见，没有人在意。当所有信息汇聚起来的时候，王平安知道自己的女人已经义无反顾地走了。王平安当多又当妈的日子里，曾经也想去找回自己的女人，同为跑车的熟人好心地带来源源不断的消息，归纳起来，都是说女人在一片花海里，和养蜂人说说笑笑。王平安想象着一群蜜蜂围绕着他们飞舞的样子，女人和养蜂人应该过上甜蜜的日子了。王平安后来不再去想女人了，他变得话少了，但爱揍人的习惯没有变，稍有不顺心，就把拳头用到王顺义身上。

王平安现在有点后悔自己没有留下来，负气走的时候心想，就算没有生这个儿子，可是王顺义实实在在就是自己的儿子。自己一走，能源站肯定深夜就要去进货。他最担心两点，一是被货主揪住，王平安开了几十年车，知道驾驶员对待用辛苦钱加进去的那点油惜如生命。所以一旦被货主抓住，一定会被人往死里打。在服务站休息的驾驶员，虽然互不相识，但对待"油耗子"，他们团结一致。二是就算能跑掉，如果有人在后面追，出现交通事故的风险也很大，弄不好也会死人。王平安想，如果被公安抓进笼子，倒是一个不算太坏的结局。

不断有车辆从侧面的超车道超车，高速行驶摩擦出"嗖嗖嗖"的声音。他下意识地看反光镜，以前开车他也经常看反光镜，但今天看到的和以前看到的似乎不同。因为他的货车跑得慢，在他这一侧，一排打着超车灯的车辆你追我赶，逐渐向自己的车逼近，然后朝前飞驰而去。隔离带的另一侧，车辆同样你追我赶，但却是跑向自己的身后，越来越远。

王平安在最近的收费站下站，又给王顺义打了电话。王平安离开能源站时还不到中午，他刚走，王顺义又和马大海练车去了，晚上能否进货取决于马大海能否会开车。王顺义这次没有叫马大海接，他很不耐烦地按下手机上的绿色听筒键，还没有来得及"喂"，王平安就先说了："叫马大海接。"

王顺义把手机递给马大海，歪了一下头："喏，对方要找的是你。"

马大海拿起电话后似乎还不相信，王平安说："我来给你们开车。"

马大海突然提高嗓门儿："这就对了嘛，拉你那种货和拉我们这种货收入没法比。"

见马大海开心的样子，王顺义吃惊了，没到驾校正规学习过的技术又体现出来了，下意识又是一脚，这次是踩在油门上。这辆五菱面包后面的位置是撤丢了的，副驾驶位置本不牢靠，马大海从副驾驶位置仰翻到后面的塑料胶垫上。王顺义以为他受伤不轻，回过头去看。马大海爬起来，笑嘻嘻地说："不用练车了。"

见王顺义不明白，马大海又说："你爹想通了，要来能源站当驾驶员。"

既然王平安是来能源站开车，就算是能源站的员工了，和走亲访友就有了区别，马大海很像回事地把大家召集起来，他说："我们是一个有组织有纪律的单位，单位就有单位的规矩，就有单位的称呼。二当家，给新来的介绍一下。"

二当家就是王顺义，他现在就坐在马大海的旁边。王顺义说："我们单位一共四个人，喏，那就是大当家。"王顺义指了指马大海，接着又指了指另外两位安全员："那是三当家，那是四当家。"

马大海对王平安说："欢迎你的加入，现在正是用人之际，我们的用人标准是举贤不避亲，以后你就是五当家了。"

王平安说："不管你们几当家，我来是教你开车。他连走都还没有学会，就想跑？！"

王平安说的"他"当然指的是王顺义，他不敢想象连驾照都没有的王顺义在高速开车的情形。

马大海说："你加入了，我还学车做哪样？"

王平安说："我是不会跟你们干那种缺德事的，只负责教你开车，你学会了我就走人。"

马大海有点失望，他说："那还愣着干什么，学车去。"能源站的货源形势让他进货的心情比任何时候都急迫。

王平安对王顺义说："你也一起去，看看哪样才叫开车。"

王平安先示范，他们练车的地点还是牛头山。山下本来是良田，被人买下后开发房地产，地平整后资金不到位，闲置了。王平安在地上插了几根竹竿，先向左急转，再向右急转，加速前行，急刹，又加速后退。马大海一会儿右倒，一会儿左倒，一会儿前倾，一会儿后仰，正折腾得好像有哪样东西要从喉咙里滚出来的时候，王平安已经把车稳稳地停在了两根竹竿中间。

"来，试一哈。"王平安把右手平着伸向马大海，又对王顺义说，"看倒点，机械活路，不是闹着玩的。"

王平安坐在副驾驶指导，手指向方向盘下："喏，这是离合器，这是刹车，这是油门，不是哪块好使就踩哪块。"

又说："离合器的工作由左脚负责，刹车和油门是右脚的事，分工要清楚。"

王平安教马大海学车还有一个条件，就是马大海和王顺义的分工问题。马大海学会后必须当主驾驶员，王平安说能力有大小，王顺义不是那块料。能源站的规定是，主驾驶员跑高速，副驾驶员跑其他路段负责接应。相对来说，主驾驶员的活更危险一些。

马大海跟着王顺义断断续续学了两天车，有了一点皮毛知识，他一扭钥匙，车倒是嗒嗒嗒叫了，但怎么也点不上火。王平安不理他。马大海急了，对王平安说："如果我能无师自通，还要你这个师傅干哪样。"

王平安说："尺有所短，寸有所长，各行各业都有师傅，没有哪个是老子天下第一。"这话是说给马大海听的，又好像是说给王顺义听的。

马大海能点火了，王平安又指着挡位："喏，这是空挡，这是倒挡，这是前进挡。空挡发动，先挂一，速度起来后再挂二，然后才挂三和四。"

马大海能开着朝前走，王平安又教他倒车，说："干你们这一行的，关键就要学这个。"

见马大海不明白，王平安又说："插过秧没有？"

马大海摇头，说："倒是见别人插过。"

王平安说："一个道理，插秧是退着走的，秧插得直不直，不是扭头看后面，是看前面，前面直了，后退的方向也就直了。"

马大海终于可以把车开着朝前走，又可以把车开着倒起走了。但怎么试，都不能把车倒进两根竹竿中间。马大海说："好好的一块坝子，硬是整几根竹竿搞哪样？"

王平安说："现在你看到的是竹竿，到时候你看到的就是车辆，现在倒不进去，今后你就倒不出来。"

王平安实在困了，吃完饭后倒在王顺义的床上就睡着了。深夜，能源站的人搬弄油桶的声音把他吵醒，他爬起来，问："真要去进货？"

马大海说："那当然，地球不是缺了哪个就不转了。"

王平安说："你当主驾驶？"王平安心里盘算过，再给马大海一个星期，他也可能上不了路。

马大海说："你不是说尺有所短，寸有所长嘛，王顺义在开车上也算是我师傅，当然是他当主驾驶员。"

见马大海吃了秤砣，阻止其行动是不可能了，王平安把在高速上想到的说了出来："你们的方向错了。"

马大海不以为然地说："说来听听。"

王平安问："你们进货的地点在哪里？"

马大海答："二铺服务站。"

王平安问："如果进货时被人发现了怎么办？"

马大海答："跑，除了跑，还有别的路可以选择吗？"

王平安问："五菱面包车能跑多快？"

马大海当然知道能源站两台面包车的性能，差不多快报废了，他答："跑得快跑得慢都得跑，又不能飞，又不能逆行，能有哪样办法？"

王平安说："对了，就是逆行，逆行才是最快的行驶。"这是他在高速上看反光镜时得到的启发。他最担心的两件事，一是被货主抓住，二是被货主追打。如果逆行，谁能跑得过你们呢？担心的第二点就可以解决，所谓最危险的线路反而是最安全的。

马大海把头转向王顺义，说："你听到没有，你多叫我们逆行，我们都成逆行党了。"

王平安说："你们干的本来就是倒行逆施的事。"

二铺服务站顺直往前是幺铺服务站，两个站之间有一段路和国道靠得很近，这就是马大海设定的接应点。马大海的想法是，在二铺站进完货后，顺着高速往前走，到达接应点后，把货转移到另一辆面包车上。中途把货转移是马大海的最新发现，之前也有干这行的，被警察在收费站设卡，人赃俱获给端了。

王平安说："拿纸和笔来。"他一边画，一边说，最后大家看到的是一张图文并茂的行动图。王平安把进货点改在幺铺服务站，接应点不变，进完货后逆行。

王平安问："有三角塑料路锥没有？"

马大海说："店都关门了，买都买不到。"

王平安说："那么今天就不要去进货了。"

一直沉默的两个安全员说话了："干我们这行的，还有哪样东西找不到！"农贸市场里面就有许多三角塑料路锥，用来阻止车辆乱停乱放。

王平安要求从幺铺服务站到接应点，沿路摆放三角塑料路锥，把能源站的行驶路线和正面驶来的车辆隔离，这样既没人敢追，又保障了逆行安全。

王顺义一个人开着一辆面包车走国道，到接应点待命。王平安开另一辆面包车从二铺服务站上高速，马大海坐副驾驶，两个安全员蹲在后面。他们顺着前行观察路况，开到接应点的位置，两个安全员下车，在打着应急灯的面包车的掩护下，沿应急通道和行车道中间的边线每隔五六米就摆放一个路锥，一直摆到幺铺服务站。

服务站也是跑长途货车驾驶员的休息站，王平安把车开到两长排货车之间，马大海拿着泵油器迅速从后面跟上来，两个安全员提着铁棒站在货车驾驶室的两边，应对反抗。

　　能源站的货源就在大货车的油箱和副油箱里。加满油的大货车每车大概有一千五百升油，五个货车就可以装满能源站准备好的空油桶。王平安应该坐在驾驶室里待命的。马大海敲开油箱盖，油才泵到一半，王平安就走到他身边，问："你们干这种事缺德不？"

　　马大海说："这些驾驶员都不是哪样好人，他们也偷，偷过路费，还偷女人。"

　　就是这句话，王平安又向前走了两步，扒开安全员，好奇地往驾驶室瞟了一眼，不看不知道，一看真吓了一跳。驾驶员现在就赤裸地睡在一个女人的上面。窄窄的一个地方，坐两个人都捉襟见肘，还能像床一样睡在一起？王平安想，这样就想到了自己的女人，和养蜂人风餐露宿，晚上是不是也睡驾驶室呢？王平安爱揍人的脾气又来了，他夺过安全员的铁棒，伸进驾驶室，铁实地打在驾驶员的屁股上。局面搅乱了，马大海招呼大家赶快跑。王平安也反应过来了，迅速跑过去发动面包车，在两排大货车之间呼一下就倒了出来。

　　沿着事先用塑料三角路锥隔离出来的路线，面包车一路逆行。或许是做贼心虚的缘故，王平安越开越快，越开越快，仿佛就要飞起来了。快到接应点的时候，还是出事了。高速路和国道在接应点附近呈两个半圆弧形，王顺义早就等候在两个半圆弧接近交会的国道上，但从王平安逆行的位置看，王顺义似乎就站在高速上，王平安心里叫声不好，顺手就把方向盘向右甩，一辆警车正好从正面驶来，他又把方向盘往左甩，最后在护栏和三角塑料路锥之间停下来了。

两车发生了剐蹭。没有人员伤亡，车辆损伤也不严重，但这起并不严重的交通事故有了意外的意义，一起"聚众偷油案"破获。王平安等四人被抓后，能源站彻底关停。由于没在王平安开的这辆车上，王顺义成为漏网之鱼。那天他看到了两车剐蹭的全过程，心想如果开车的不是有几十年驾龄的父亲，后果不堪设想，后来他没有再干偷油的活路，跑去了广东，老老实实在一家工厂上班。这年，王顺义又谈了一个女友。临近春季，也是为了探王顺义家里的虚实，很有心机的女友要求去见王顺义的父母。母亲走的时候王顺义尚小，现在连她长哪样都记不起了，父亲倒健在，但在昆明的监狱里。

王顺义说："我没有父母。"

女友觉得他没有诚意，很生气地说："没有父母，你是从石头里蹦出来的喽？"

哪知王顺义更生气，说："没有父母就是没有父母，有哪样好奇怪的。"这样说的时候，竟然滚出了眼泪。王顺义想起父亲被警察带走时的情景，那双粗粝的手一直往外抛，意思是叫自己快走。王顺义一直认为，父亲到能源站开车就是一个阴谋，他的目的是要拆散能源站。

女友说："莫名其妙。"然后转身走了，又一任女友把王顺义甩了。

《湘江文艺》2018 年第 4 期

枪 声

一老一少上了艄公的木船，十五分钟过后，就到了尹家凹的地界。走过一百米左右的河沙地，是一小段陡峭的岩坡路，然后就是一片开阔地。开阔地是栽了油菜的一片片梯田，那时候油菜花刚谢，一条条的嫩瓣儿就像是挂在油菜枝上的风铃，跟着河风摇来摆去。再往上走，就是尹家凹寨子了。

太太上楼给财主续茶。两个多月来，这项工作一直由太太亲自做。从去年腊月开始，财主天天都在三楼看一本叫《易经六十四卦》的书，就连大年三十也没有下过楼。

"你嗅到什么味道没有？"每次太太上楼，财主都问。

虽然大年已经过去一个多月了，太太还是这么答："什么味道？还不是年味呗。"

财主连说了两个"不是的"，摇摇头，一手端起茶杯，一手提起杯盖，沿着茶水杯沿从左至右划拉过去，吸溜一口，又问："新茶不是上市了嘛。"

太太说："成品可能还要一两天后。"

太太下楼，财主走出房门，站在三楼的回廊上，问："放船的回来没有？"

管家忙跑到一楼的天井，仰着头答："最快也要明天到。"管家上了年纪，背已经佝偻，看得出他说得很费劲。

财主家有一支船队，共三条船，除了艄公在渡口上载人过河的那条客船外，还有两条大货船。尹家凹产煤，尹家凹的煤炭就是通过这两条船顺流而下，拉到涪陵，卖掉后又从涪陵拉回井盐，卖到息烽、开阳等地，从中赚取差价。

进寨最先经过的是肖大河家，他家的花狗趴在院坝边的花椒树下，对一老一少警惕地打量一番，确定之前确实没有见过，遂对背着木弹弓、提着木磨盘的两个陌生人汪汪汪地表示不满。花狗的态度得到了尹二林和尹永财两家黄狗的有力支持，三条狗对两人形成围攻之势，然后全寨的狗用吠声积极响应。

财主家住在寨子的最上面，有长五间的三层主楼和两幢两层楼的厢房，用回廊相连，全是柏木做的，板壁用土漆漆过。这些财产主要来自船队长年累月穿梭在乌江上建立的奇功。尹家凹人私下都说，财主的前世一定是狗，羡慕他生了两个嗅觉灵敏的鼻孔，从家长里短和平常日子中能嗅到别样的东西。当初财主建立船队的时候，就是嗅到了煤炭和盐能够带来丰厚利润。战乱纷飞，物资紧缺，物价飞涨，两船煤炭拉到涪陵，除干打净，能赚对本。两船井盐，拉回息烽、开阳，除干打净，又赚对本。换句话说，一趟下来，财产就翻了几倍。那时候的财主还只是一个名叫尹家有的普通男人，他把赚的钱买了地，请了长工和短工；生意越做越大，又请了下人；为防土匪，购买了二十支土枪。就这样，尹家有朝着财主的身份一步一个脚印地慢慢靠近。

全寨的狗制造了不小的动静，却没有实质性的效果，灰了心，该回窝的回窝，该游荡的游荡，最后只剩下财主家的两只在家门口一唱一和。最先闹事的那只花狗一直跟着一老一少到了财主家门口，更有兴趣的事情让它转移了视线。财主家有两只狗，一只黑，一只白。黑狗为公，白狗为母。这对狗长期厮守，虽无夫妻之名，但有了夫妻之实。花狗一直跟在白狗的屁股后面，黑狗吃醋了，率先向花狗宣战。

狗吠的声音与打架撕咬的声音有本质上的不同，管家提着一根木棒出来，想花狗也太不自量力了。出来就看到了坐在朝门石狮子后面的一老一少。老的靠在木磨盘上，少的靠在木弹弓上，他们唱："弹棉花啊弹棉花，半斤弹出八两八，旧棉花弹出新棉花，弹好了棉花姑娘要出嫁……"

管家一甩手，一仰一倾地进了屋，吩咐厨房煮了两碗面条。

一老一少并没有接玉卿端出来的面条，还是自顾自地唱，玉卿不悦，撇了嘴，说："什么人，还嫌弃不是？"

玉卿不悦也不完全是针对一老一少不接她的碗，每次尹大双出门放船，她心里空空的，脾气就变得很坏。

玉卿是太太娘家那边的亲侄女，尹家有当上财主后，太太就把侄女接过来有福同享。有了这层关系，玉卿在财主家根据心情随心所欲地做一些厨房、卫生、端茶递水的杂事。财主家有的是人手，干活的事不缺这位亲侄女。

太阳完全落到河斜对岸的羊子岩背后，零零碎碎、杂乱无章的脚步声从主楼和厢房不同楼层传出来，到了财主家吃晚饭的时间了。管家又一次佝着背出来，准备在吃饭前把一老一少打发走。管家说："如果饿了，我叫人给你们做吃的，如果不饿，就请走吧，兵荒马乱的，不会有人请你们弹棉花的。"

一老一少不答，只管自个儿唱，管家有点生气，进了屋，叫家丁来赶。财主不知什么时候下了楼，站在天井里。他说："请他们进来吧，这些天天气好啊，正好可以把家里的几床旧棉絮翻新一下。"

太太和管家都认为让两个陌生人住进来不好。财主说："不让他们住进来，怎么知道好还是不好？"

没有人问这两个自称父子的一老一少姓什么名什么。因为是弹棉花的，财主家上上下下都叫他们老谭和小谭。老谭和小谭被安排住在东厢房的一楼，这个区域住着船工和家丁。

厢房也是长五间布局，除了一楼中间那间是一个通间，其余的每一进都是两间。弹棉花的父子俩就被安排在右厢房一楼的那个通间。三条长凳，上面放一张凉席，弹棉花的准备工作就算就绪了。因为是旧棉絮，所以多了一道扯线的工序，这事由老谭来做，扯完线后，老谭还用铁爪把棉絮抓松。小谭负责背着木弹弓弹棉花。

尹大双和尹小双今年二十五岁，他们到财主家已经有二十个年头了。尹家凹人在春节有类似于漂流探险的"冲滩"习俗。一条小木船，载上几个人，从滔滔滚滚的上游冲到同样滔滔滚滚的下游。据说冲滩会冲走过去一年的霉运，带来新的一年的好运。其实，能不能带来好运谁也无法知道，但带给大双、小双两兄弟厄运是肯定的，他爹就是冲滩时翻船死在乌江里的。父亲去世后，母亲改嫁，他们俩成了孤儿，尹家有收养了他们，不承想这两个孤儿为他日后成为财主打下了扎实的基础。尹家凹人水性好，尹家有建船队的时候，尹大双和尹小双就负责放船。这两条货船分别叫乌江一号和乌江二号，大双是一号的船长，小双是二号的船长。他们的手下，还各有五名船员。

这趟活是从去年腊月开始干的。俗话说：正月忌头，腊月忌尾。一年的头一个月和最后一个月都忌讳出远门。财主破天荒在腊月安排这趟活，大家都认为财主是财迷心窍。去年年关以来，就有源源不断的小道消息传来，息烽保安团要到各村寨抓壮丁，用人海战术阻止北上的赤患。一趟活下来，一般要两个月左右。财主这样安排，有惹不起躲得起的意思。但这两个月，抓壮丁的事情却没有发生。

由于乌江水系的深切割，沿途呈峡谷地貌，两岸悬崖峭壁，风景是好，路途多了艰辛，一路上要经过几十个白天黑夜的风餐露宿。在息烽和遵义的交界处，有一个乌江镇，镇建在乌江河边，这是船工必须要停靠住一晚的地方。大双和小双每次从涪陵回来经过乌江镇，都去迎春楼，把疲惫吃掉喝掉玩乐掉。他们俩是船长，怀揣着这趟生意赚的银两，有雁过留声的底气。其实这些花费都是两条货船赚回来的，羊毛出在羊身上，财主也是睁一只眼闭一只眼。大双和小双虽然经常光顾迎春楼，却没有固定的服务人员。这一次，服务大双的是一个叫婉儿的女子。大双知道自己应该享受到的待遇，他站着，举着双手，等着婉儿过来给他宽衣解带。

婉儿低着头，不动。

大双打着酒嗝，醉眼蒙眬地说："莫非还要我来帮你脱不是？"

婉儿还是低着头，不说。

大双借着酒性，说："你不帮我脱，我就来帮你脱。"说着就过去拉扯婉儿。

婉儿扑通跪下，抱着大双的腿，说："大人，你就饶过我吧。"

谁知大双也扑通倒下了，那晚他喝高了，腿早就打战，站立不稳。次日早，大双酒醒，掀开被子，见自己睡在地上，又见婉儿坐在床上。大双说："你昨晚没走？"

婉儿又跪下，说："大人，好人就做到底吧。"

大双说："我是什么好人？"

婉儿说："大人是好人。"

大双才知道昨晚什么事都没有做成，白丢了些银两。但他想不通的是，婉儿昨晚为什么没有走？

婉儿说："我是等你醒来把我带走。"

大双说："带你去哪里？"

婉儿说："你是好人，只要离开这里，带我去哪里都行。"

船工都反对大双带上女人。船工都是男的，在河道上行驶，免不了要解手，以前想小便了，掏出家伙，对着大河就撒，想大便了，也是蹲在船沿，在身前搭件衣服，勉作遮羞解决。现在多了个女人，就得把船停靠在能够停靠的岸边，还要找个隐蔽的地方，麻烦不少，浪费了不少行程。

按以往经验推算，两条船应该是早上到达尹家凹，实际到达晚了半天。玉卿一大早就去河边割猪菜，太太说："我家玉卿怎么一下子变勤快了？"

玉卿说："船队不是今天要回来了嘛。"

太太故意逗她："你怎么知道船队今天回来？"

玉卿说："放煤下去二十天，拉盐回来四十天，今天就是六十天了。"

"船队去时油菜还未开花，回来时花都谢了，时间过得真是快啊。"太太说。

玉卿早上没有等来船队，下午又去河边割猪菜。

船队终于来了。

船队一到，本来就三心二意的玉卿不割猪菜了，她跑到河岸，她要去看丑八怪大胡子。

玉卿把大双叫成丑八怪，因为大双每次出门放船都不刮胡子，满脸胡子拉碴。小双就不一样，他总带上香皂和刮胡刀，每天早上精心打理一番。但玉卿偏偏就喜欢丑八怪，有次她拉着大双的长胡子说，可以编辫子了。太太逗她，说男女授受不亲，拉了别人的胡子以后就得嫁给人家。玉卿说，我才不嫁呢。再大一些，玉卿知道嫁人是怎么回事了，看到大双就多了层别的意思。男大当婚，女大当嫁，太太心里也在盘算着，如果玉卿真嫁给大双，也是不错的选择。大双勤快，不仅为丈夫成为财主立下汗马功劳，而且，按他和小双两兄弟的能力，今后另起炉灶，组建自己的船队也是没有问题的。如果玉卿嫁给大双，就相似于招了一个上门女婿，船队就更稳固了。

大双出了船舱，玉卿正想笑他嘴巴都被胡子遮得看不到了，是一个没有嘴巴的野人，然后就看到了被大双牵着走下来的婉儿。

玉卿把食指伸得直直的，问："尹大双，她是谁？"

船工上了岸，高兴了，说："你叫大双哥哥，这姑娘你该叫嫂子喽。"

　　玉卿用鼻子哼了一声，甩手走了。大双才想起叫住她，回去通知当家的安排人员下盐。玉卿走过河沙地，走过岩坡，把大半天才割到的半背篼猪菜挂在肩上，快快回去。

　　太太说："我家玉卿是心里边勤快啊。"意思还是说懒惰。玉卿呜呜呜哭了。太太说："我随便说说，你真放心里去了？"玉卿一抹眼泪，说："尹大双带了个女人回来。"太太脸僵住了，好一会儿才回过神来。

　　大双和小双回到尹家凹后，照例要去给财主报平安。以前是两人一起去，这次是大双和婉儿先去。大双和婉儿先跪下，大双说："我见姑娘可怜，就带回来了。"

　　财主把那本《易经六十四卦》放在茶几上，又把左手上的一串黄花梨手串取下来，一珠一珠地顺时针拨动。每拨动一下，旁边的座钟就跟着"嗒"一下。财主这些日子一直盼着大双、小双早点回来。大双、小双放船去的是北面，正是财主这些天关注的方向。

　　但财主什么都没有问，自顾自地玩手串，眼睛平视着，好像前面的两个人，还有漆着土漆的柏木板壁都挡不住视线。大双又说："今后婉儿就在老爷家当下人吧？"说完和婉儿低着头等财主发话。

　　财主说话了："就是为了带回来给家里当下人？"

　　大双说："如果老爷同意，我想娶她做老婆。"

　　财主说："行了。花了多少？"

　　大双说："十五个大洋。如果老爷同意，今后就从我们的工钱里扣。"

　　财主把手串放在茶几上，站起来，转过身说："就算是我给你们的贺礼吧。"

　　大双和婉儿的婚礼当晚举行，太太问："那玉卿怎么办？"财主说："什么怎么办？"太太说："玉卿哭得像个泪人儿似的。"财主说："大双和婉儿的喜酒一办，玉卿就死心了。"太太难得生气一次："哼，胳膊往外拐了。"

　　大双和婉儿的婚房安排在左厢房二楼。

　　老谭和小谭经过一天的努力，翻新了两床旧棉絮，不算快也不算慢，现在正好可以拿来布置新房。大双和婉儿进洞房的时候，小双拿着在涪陵给玉卿买的发卡找她。每次小双出门放船，都给玉卿买东西，香皂、肥皂、牙膏、牙刷、雪花膏等。第一次玉卿不收，小双说是大双买的，玉卿就收下了。

　　玉卿说："你给我出去。"

　　小双说："大双给你买的发卡，你也不要吗？"

　　玉卿把房间里的香皂、肥皂、牙膏、牙刷、雪花膏全部砸在地上，说："都是你骗人，尹大双从来就没有给我买过东西。"

　　小双说："我知道瞒不了你，我就是比他晚出生一炷香的时辰，难道什么都不如他？"

　　玉卿说："你要有能耐，也去带个女人回来。"

　　小双把大双的喜酒喝成了闷酒，醉醺醺地倒在床上，透过格子窗就能见到隔着一块院坝的西厢房。大双正在吹花烛过洞房夜。小双睡不着了，爬起来。船工是四人睡一间房，他叫起其他三位，说："老子们打牌。今晚别人快活，我们也要快活。"他们打的是长牌，每张牌呈长条形，两头印有或红或黑或红黑间杂的点，两两组合成十四点并筹足三十一个红点后，就算和牌。东厢房一楼有一间活动室，就在老谭和小谭住的那间的隔壁，房间里有一张方桌和四条凳

137

子，这是财主专门腾出来给船工娱乐用的，船工常年奔波在乌江里，打牌是他们唯一的爱好。

老谭和小谭也来看打牌，小双对老谭说："来快活几圈。"

老谭笑笑，摇摇头。小双又看着小谭，小谭也笑笑，摇摇头。

小双和了一把，轮到他当庄，他把牌一分为二，放在两只手里，指关节抖动，长牌散开成了扇形，两个扇面交叉合在一起，重复两遍，牌洗好了。他一边摸牌，一边问老谭、小谭："你们不赌？"

又说："现在做什么都是赌，人生下来不就是赌个运气。有的人放次船能捡回来个老婆，有的人主动去拍马屁人家都不理。"

老谭说："我们玩的不是这个。"

小双说："说出来，我们学学，长牌还不是我们从四川带过来的。"

老谭从包里拿出了四块木雕，分别送给牌桌上的四个人。小双问："赌什么？"

老谭笑笑，说："木雕上面是什么就赌什么。"

其实船工们放一趟船回来，很累。他们大都和大双的年纪差不多，大双现在和女人睡，自己是一个人，都没了睡意，准备打牌至天亮。老谭和小谭中途去了他们自己的房间。

夜很深了，老谭和小谭又来看打长牌。小双对老谭说："睡不着就来整几圈。"

老谭笑笑，突然问："我送给你的东西呢？"

小双想想，从裤包里掏了出来。

老谭把同样的话又问了其他三人。几个人也都从裤包里掏了出来。

老谭说："我输了。"

小双说："你怎么就输了？"

老谭说："我们的这种赌法叫诚信赌，我要回我送的东西，你能随身拿出，我就输了。"

小双哈哈哈笑出了声，说："你送我们的是诚信木雕喽。"其他船工也哈哈哈笑了，大家觉得这真是个笑话。

老谭送给大家的是一块雕有鸡的木雕，按老谭的说法，输了就得按图上的东西赔。老谭当然没有鸡，所以得按同等的价格赔。一只鸡大概十文钱，所以老谭赔了四十文钱。

小双觉得老谭和小谭有点傻："这不是明摆着输给我们嘛。"

老谭说："不一定，如果你们不能随身拿出来，我不也就赢了。"

这晚，财主也还没有睡，他不声不响地推开了活动室的门，他说："我来和你们赌一把。"

船工们都觉得耳朵听错了，赶快站起来，退到一边。财主右手向前送出去，说："你们都去睡吧，没有你们的事了。"

老谭说："掌柜的说笑了，我们哪敢和你赌。"

财主说："你们不是弹棉花的。"说完一把拉过小谭的右手，小谭用力抽了几次，抽不回。

财主说："弹棉花就要拎木槌。"财主抓起小谭的手扬了扬，又说："拇指、中指和无名指就应该有老茧。"

老谭说："我们除了能弹棉花，其他的都不会。"

财主说："把你们的衣裤包翻出来。"

老谭看看小谭，小谭又看看老谭。

"我赌的也是诚信。我猜，你们的衣裤包里有几块雕有船样的木雕，如果我说错了，算我输。"财主说，他加重了语气，"把衣裤包翻出来。"

小谭想，怎么财主能料事如神呢？老谭用肘拐了小谭一下，小谭把空着的左手伸进裤包，又抽出来，手指还未摊开，财主顺势沿小谭的掌心一抠，木雕的持有者转瞬之间就易了主。

打算落空了。老谭和小谭故意先输，吊高船工的胃口。他们俩真正想赌的是已经在财主手里的这些木雕，待打牌的四名船工睡了后，搞突然袭击，那时候衣裤都是脱了的，怎么能随身拿出送给他们的木雕呢？

财主说："弹棉花也算是走南闯北，听说有支队伍在北面打倒了许多土豪劣绅，这事你们怎么看？"

老谭说："土豪是仗势欺人的豪强，劣绅是横行乡里的恶霸。依我看，你们这地方既没有土豪，也没有劣绅。"

财主哈哈哈笑出了声。管家听到财主的声音后，不知道他和弹花匠之间发生了什么事，带着两个家丁进来。家丁像头壮牛，木墩一样抱着手站在财主后面。

财主用力一捏，木雕碎了，财主说："我输了，我的三条船从今天起就随你们使用了。"

财主说完，背着手就走，出了活动室的门又说："你们的木雕雕得太粗糙了，应该去请大水井的雕刻师重新给你们雕几块。"

熟睡中的太太被财主弄醒，财主说："我已经知道空气中飘来的味道了。"

太太说："什么味道？"

财主说："火药的味道。"

太太说："年刚过不久，当然有火药的味道了。"

财主说："你不懂。"

太太说："就你懂……"

还没有等太太说完，财主就压在太太身上，他说："有了火药，就要燃烧，你想说的不就是这个吗？"

第二天小谭起来弹棉花的时候，老谭去了大水井。尹家凹的寨子集中在一块平地上，只有雕刻师家住在峁上，峁的旁边有一条沟，沟里有一股山泉水，是全寨人的饮水源。

拿着雕刀正工作着的雕刻师问："客官是从北面来吧？"

老谭说："就从寨子过来。"

雕刻师说："来寨子之前呢？"

老谭说："从金沙来。"

雕刻师说："金沙在西北面，金沙过去是黔西，黔西过去是仁怀，仁怀过去是赤水，就是北面了。"说完就把木雕递给老谭。

老谭说："我还没有说雕刻什么呢。"

雕刻师是专门雕刻金缕玉衣的。金缕玉衣是通过小块的金丝楠木雕片连接而成，就在他和老谭谈话的这段时间，他把木雕已经雕刻好了。雕刻师在金丝楠木雕片上雕刻的是一个精致的"筏"字。筏就是竹筏，这不难理解，尹家凹河边有很多斑竹，正好可以做竹筏。但砍伐这些斑竹得经过寨上同意，老谭又去找财主。

老谭一进财主家门，玉卿就拉着他说："我想跟你们学弹棉花。"之前她已经找过小谭了，小谭说："我定不了，得我爹才能定。"

一大早，婉儿就去做家务，也就与和下人们在一起的玉卿抬头不见低头见，玉卿对太太说："我心烦得很。"太太说："哪天我重新给你物色个比大双更好的就不心烦了。"那会儿婉儿正在扫地，头晚大家又吃又喝又玩，到处都弄得很脏。太太不说大双还好，一说大双，玉卿就更气了，她把婉儿扫成堆的垃圾一脚踢散开，说："我去学弹棉花算了。"太太说："你想做什么我都不反对，但得你姑爹同意才行。"太太知道玉卿说的是气话，找个理由搪塞她。玉卿真赌气找了财主，财主说："你看他们在弹棉花，他们就是弹棉花的啊。"这话绕来绕去，玉卿听不明白，愣了。财主又说："不行！"说完站起来，双手背着，看着窗外。玉卿看到一向很健壮的姑爹头上有了一些白色，背已经开始前倾。

老谭对玉卿说："弹棉花是男人的活，不是女娃儿做的。"

玉卿说："你们不是弹棉花的。"

老谭笑了："我们现在不就是在弹棉花吗？"

玉卿眼珠子顺时针转了一圈，逆时针又转了一圈，想了想，说："也是。"她把姑爹的话想了一遍，又说："你们弹棉花就是弹棉花的啊。"

老谭笑出了声，说："姑娘的话我听不懂。"

玉卿说："不说这个了，现在正式打赌，我猜你现在要去找我姑爹。我说对了，你们就教我弹棉花。"

老谭确实要去找财主，他把手插进裤包，就摸到了有"筏"字的那块木雕。

老谭敲财主门的时候，财主还在看着窗外，窗正对着乌江河，白花花的江水，一直向前翻腾着。财主转过身来，说："进来吧。"

老谭说："有一事还想请掌柜的指点迷津。"

财主说："我们还是打赌吧，上次输了你，这次想赢回来。"

老谭说："上次是掌柜的承让了。"

财主说："我这里也有一块木雕，为了公平起见，这次你猜。"

昨天主持完大双的喜酒后，财主也去了雕刻师家。他和雕刻师分析弹花匠的来头，雕刻师说："弹花匠不一定就是弹花匠。"财主说："我也看出来了，他们想要船，我给了，他们还想要什么呢？"雕刻师反问："我们除了能提供船，还能提供什么呢？"两人没再说话，坐着喝茶，喝一口，对望着笑一下。

财主对老谭说："如果你赢了……"财主停了一会儿，又说："只要我有的，你们想要什么就拿去吧。"

老谭想了一会儿，说："人。"其实老谭还没有开赌，他说的是他现在的想法，他确实太需要人手了。

财主说："你又赢了。"财主的木雕上雕刻的就是人，这是昨天他和雕刻师喝茶的时候雕刻师现雕刻的。

老谭说："再次谢谢掌柜的承让，我赢了，你也赢了，我们共赢。"

财主说："需要哪些人，你自己选吧。"

民国二十四年农历二月二十六，天还没有亮，老谭、小谭和船工就去河边砍斑竹，扎竹筏。考虑到大双新婚，没有人叫上他。这天上午，息烽保安队奉黔军王家烈命令，到达尹家凹，他们以"国难当头，匹夫有责"的名义把大双和财主家年轻一些的男丁当作壮丁抓走，同时拿走土枪十六支。那天，财主尹家有一直站在他家三楼的窗口边，他看到保安队在渡口陡峭的岩口处构筑工事。

乌江从上游下来，在尹家凹凸着向外拐了个弯，这一段地势平缓，河面宽阔，是天然的好渡口。从渡口往尹家凹方向走，先是一段河沙地，再是一小段陡峭的岩坡路。保安队构筑工事的地方正是一夫当关，万夫莫开。

下午二时许，金沙梯子岩方向有机枪声响起，差不多同时，尹家凹人都听到了从寨子里响起的枪声。卧倒在工事里的保安队长把头低了下去，他大声问身边的人："谁开的枪？"左右的兵都摇头。保安队长说："我们被夹击了。"然后率队朝左面的小长岗方向逃窜。

下午三时许，中国工农红军一小分支从金沙梯子岩通过竹筏和木船横渡乌江。大约七时许，队伍到达尹家凹。尹家凹人把泡好的明前茶装入五十多只木桶，用最淳朴的方式欢迎中国工农红军。

红军渡江时，由于风急浪高，乌江二号被江水掀翻，牺牲红军两名，船筏队长尹小双跳河救人，一同牺牲。

那天，尹家凹的狗都没有吠叫，它们全都躲在各家的猪圈上，注视着发生的一切。财主尹家有一直没有下楼，红军经过他家门口的时候，玉卿在人群中找到老谭，她拉住他，说："你不讲诚信！"

老谭笑笑，说："我怎么不讲诚信了？"

玉卿说："我说你不是弹棉花的，我说错了没有！你输了就应该教我弹棉花。"

老谭说："你都知道我不是弹棉花的，又怎么教你弹棉花？"

玉卿说："那你教我打仗。"

寨志记载：

　　张玉卿，女，民国六年（1917年）生于新场张家寨，从小寄养于尹家凹开明人士尹家有家，民国二十四年（1935年）加入中国工农红军，同年八月初，壮烈牺牲在四川毛儿盖地区。

尹家凹加入中国工农红军的还有婉儿。她也在过草地的时候牺牲在四川毛儿盖地区。关于她的姓，不详；出生年月，不详。

后来尹家凹人都说，如果玉卿和婉儿死在尹家凹，一定能穿上雕刻师的金缕玉衣。在尹家凹人看来，死后能穿金缕玉衣，是对其一生的最高评价。但寨志上没有尹大双的只言片语，关于他的民间传说很多，有说他后来参加中国远征军，在滇缅与日本鬼子作战，再后来去了台湾。有说他加入中共地下党，战斗在隐秘一线。

民国二十四年（1935年）农历二月二十六日，尹家凹寨子里响起的枪声一直是谜，有人说就是尹大双带头开的，但已无法考证。有一点可以肯定，财主尹家有有土枪二十支，保安队拿走十六支，还有四支不知去向。而财主家每次放船，乌江一号和乌江二号都会各放两支，以防匪患。

《黄河文学》2019年第5期

《小说月报》大字版2019年第8期转载

少年算式

我妈说，七岁了，就要读书了。我现在的工作是，每天把我家的鸡赶到学校后面的茶山，数公鸡多少只，母鸡多少只，小鸡仔多少只。这是我妈对我进行的学前教育。我妈给了我一个公式：公鸡数＋母鸡数＋小鸡仔数＝鸡的总数。我数了，但每天的数字都不同。我妈很生气，我爸也很生气。我妈生气了骂我，我爸生气了打我，打了我就给我下了判决，这娃儿不是读书的料。

我爸只要对我动手，我就打心里瞧不起他，一个堂堂的中学老师，背一年四季佝偻着，头永远耷拉着。长相平庸到了极点，但揍我理直气壮到了极致。我不想读书的想法就是因为我爸，老师都当成驼背子了，读书还有什么意思？

隔壁家的王叔叔问我："爱民，长大了想做什么？"我说："反正不当老师！"周围好多学生笑我答非所问，但我确实认为做什么都比老师强。然而，新的问题又出来了。同是镇中学的老师，王叔叔就很像一回事，长得高高大大不说，在学生面前还不可一世。王叔叔家的小哥哥比我大两岁，上二年级，小哥哥肯定得到了很好的遗传，比我高出一个头了。很多时候，我想跟着小哥哥玩，跟在他的屁股后面，叫哥哥，小哥哥回头看我一眼，从他彩色的花边眼镜后，射出两束不屑的光，一转头走了，器宇轩昂，简直帅呆了。

我一直认为，弯腰驼背都是教书害的，自从学会用王叔叔和我爸对比后，知道与教书无关。我爸有一把尺子，我量过，立起来打齐我的肩膀。这把尺子还有一个作用，就是对我动刑，我的屁股在哪里，尺子就打向哪里，打完我的屁股，如果还不尽兴，还打我的手心，甚至配上其他刑具，比如搓衣板。我爸动之以刑，晓之以理："几只鸡都数不清，从小看大，孺子不可教也。"勤奋好学的姐姐躲在我爸后面窃笑，幸灾乐祸。

我天天盼着长大。我想，等我长得像建军哥那样高大的时候，就没有人敢动我一根汗毛了。建军哥会扫堂腿和鲤鱼打挺。建军哥做扫堂腿的时候，左脚立在地上如大树扎了很深的根，一动不动，右脚转得溜溜圆。做鲤鱼打挺的时候，双脚朝天，以迅雷不及掩耳之势逆时针转动，人就立起来了。什么叫迅雷不及掩耳之势？建军哥说，就是说时迟那时快。我最佩服的人就是建军哥了。我对他说："收我为徒吧。"建军哥不置可否，说："看你的潜质吧。"我唉了一声，其实我真不知道潜质是什么东西。

晚饭还是老样子，两菜一汤：素瓜豆，炒萝卜丝，炒黄瓜。萝卜丝是冬天腌制的，用菜刀切成丝后放在坛子里，一年四季都能吃。用腌制的萝卜丝炒腊肉是我吃到的最香的东西了。但在五六月份，我们家的炒萝卜丝油水不足，味道就大相径庭了。这不能怪我妈，巧妇难为无米之炊嘛。瓜豆是自己种的。所谓种瓜得瓜，种豆得豆就是这个意思吧。唯一能变花样的是泡菜，今天吃泡蒜或嚼头，明天吃泡莲花白，或者酸豇豆。但我不喜欢吃这些东西，越吃越寡，饿痨痨的。见我东挑一口西挑一口的，我妈骂我："磨洋工是不是！"我没有理我妈。今天我妈骂我是没有道理的，我妈不知道，我没有心情吃饭的原因是我在思考一个叫"潜质"的深层次问题。

镇中学坐落在街的西北面，三排小平房，如一个"门"字。有两排依山而建，遥遥相对。一排是教室，一排是老师的办公室、家属房和初四年级的教室。初四年级是我爸说的，就是建军哥的班，后来才知道，初四班就是初三补习班。山其实就是个小山包，上面种满茶树，我们称为茶山。还有一排平房在两座山包的开口处，和前面的那两排正好垂直。这排小平房以前是生产队的食堂，包产到户后划给了学校，延续并延伸了它的功能，用作学校食堂和住校生的宿舍，食堂和学生宿舍正对街，街和镇中学中间，还隔着镇小学。

我妈以前没有工作，现在有工作了，在食堂煮饭，服务对象是那些更偏远的住校生。我爸的工资养不活我们一家，我妈就去食堂煮饭，我爸对此很不满，说："煮什么饭嘛，丢不丢人。"

我妈说："我靠双手养活自己，丢什么人！"

食堂的墙是用白石灰粉刷的，现在已经不白了，不管白还是不白，里面的世界还是让我充满了幻想，但我不能进去一睹究竟，因为门上贴着安民告示：闲人免进。更让我充满幻想的是墙上的一排字：食堂赛天堂。字有些脱落，颜色趋于灰暗。

镇中学的阿姨们都不愿去食堂上班，她们宁愿端条凳子坐在门前，看神仙走路。经过认真研究，我知道我妈去食堂上班还有一个目的，就是把剩菜剩饭带回家喂鸡。我妈喂了很多鸡，很多鸡又孵出了很多小鸡，我都说过了，我数都数不清。很多鸡住在家属楼旁边的小木房里，和学生宿舍一样，住的是集体宿舍。鸡舍旁边是我家的菜园。我家的鸡狼吞虎咽吃着我妈带来的剩菜剩饭，拉出白色或者黄色的鸡蛋以及黑色或者白色的鸡屎。鸡蛋被我妈集中放在提篮里，赶场天拿到街上卖。鸡屎集中放在菜园里，南瓜和四季豆吃着鸡屎，我们吃着南瓜和四季豆。多年以后，我才明白，我们一家在镇中学就是一个循环经济体。

我妈以前也爱和阿姨们在一起，东家长西家短地一天就过去了。她到食堂上班后就没有时间和她们在一起了，也可能是她们不愿和我妈在一起了，就算学校放假的时候，我妈也是一个人收拾她的鸡舍和菜园。

在我认识的所有人中，我第二个瞧不起的人就是小哥哥的妈妈。小哥哥的妈妈以前也没有工作，后来当了代课老师，再后来转正了。小哥哥的妈妈转正了就看不起我妈了。有时，我家的鸡把黑色或者白色的鸡屎拉在小哥哥家门前，小哥哥的妈妈把嘴咧得很开，"啧啧啧，脏死了"，露出两颗凶神恶煞的龅牙。以前，小哥哥的妈妈可不是这样的，现在，她都绕着我妈走路，嫌弃我妈身上的鸡屎味。我妈明显比小哥哥的妈妈漂亮几个档次，她凭什么看不起我妈呢？经过我仔细观察和分析，得出结论：老师都看不起煮饭的。但是，如果我妈不去煮饭，学生吃什么呢？学生没有饭吃，他们又怎么能上课呢？他们不上课，那老师还有什么用？

每天早上，把鸡放到茶山上，我开始数鸡。晚上把鸡赶回鸡舍，我再数一遍。我妈说："不要弄丢了，丢鸡等于是丢钱。"为了取得良好的效果，我妈还给了我一支铅笔和一个作业本。

黄昏，太阳还没有完全下山，月亮早早挂在头顶了。我妈那天心情不错，从食堂拿回了一些肥肉，准备让一家人打牙祭。我妈太过高兴，问我："鸡数了没有？"我说数了。我妈问多少只，我说很多只。我妈的脸就拉下来了，问具体多少只，我就闷起不说了。我妈很遗憾地要收回我的铅笔和作业本。我说我在写东西呢，我妈把我的作业本拿过去看后，脸僵住了，脸上的肌肉好长时间才回到应该在的位置。她把好心情收回的同时，也收回了准备给我吃的一两片肥肉，这让我后来对肉相当地渴望。

我在作业本的左边画了一个漂亮的女人在煮饭，右边画了一个丑女人，中间打了个长长的等号。翻过一页，我在左边画了个教书的丑女人，右边画了一个漂亮女人，我又打了个长长的等号。我还把我的画翻译成算式：

漂亮的长相 + 不漂亮的工作（煮饭）= 不漂亮

不漂亮的长相 + 漂亮的工作（老师）= 漂亮

我妈好半天才冒出一句话："鬼画桃符。"

我在没有读书之前就创造出上面的算式了，但我高兴不起来，因为第一个算式说的就是我妈。我对我妈说："你不要去食堂上班了。"

我妈眼睛一睐，骂道："不上班你喝西北风？"

我就是在茶山上认识建军哥的。那天我把鸡赶上茶山后，站在山上俯瞰我们的小镇，镇中学，镇小学。我觉得我已经长大了，要学会观察世界了。镇上的小街我是要仔细观察的，那里有我想吃的包子、馒头，有我想吃的凉粉、水饺，还有我喜欢的各种水果糖，当然也还有许多我喜欢但也不知道用途的东西，比如供销社商店里的东西我都喜欢。镇中学我也是要观察的，我生活在这里，你看，初四班在那里，挨着的就是我家，再过去就是王叔叔家，我一直看到尽头，横着的房子就是学校的食堂。我把头转向对面，那是初一的三个班，那是初二和初三。橘红的太阳转眼到了头顶了，变成金黄，热烈地烤着我们。对面的教室里传来了同样热烈的读书声，大大小小，此起彼伏。我观察镇小学，过了这个夏天，我就要去那里上课。

我为什么要观察呢？我爸曾经摇头晃脑地对我说："生活在于观察。"说这话的时候我爸还没有对我下"不是读书的料"的判决。一般情况是这样的，我们要做的事，我爸总会重三道四。关于数鸡的事情，自从我爸那次对我一顿暴打后就只字不提，意思是对我灰了心，基本上属于对牛弹琴。所以，我观察是要证明我爸对我灰心是错误的。

我前后左右地观察，然后就到了见证奇迹的时候了。奇迹是什么？我的理解是，奇迹就是我妈嫁给了我爸，王叔叔娶了小哥哥的妈妈。换句话说，就是不太可能发生的事发生了。

我在两沟茶树之间看到了一个人，匍匐着对着我家的鸡"哆哆哆"地召唤，每哆一声，就丢过去一颗苞谷子。这个人显然也看到了我，对我说："小爱民，过来。"

居然知道我的名字，我就过去。他说："我们交个朋友，我叫朱建军，以后叫我建军哥。"我现在最缺的就是朋友，连王叔叔家八岁的小哥哥都不理我。但我知道自称朱建军的人欲对我家的鸡行不轨，所以我没有立即答应他。

建军哥问我："吃过鸡肉没有？"

我摇摇头。

建军哥又问："吃过鸡蛋没有？"

我很迅速回答："吃过。"我偷偷把我家的鸡蛋放在茶壶里煮来吃过。

建军哥笑了笑，对我说："经常吃鸡蛋不？"我心想，怎么可能经常吃，我家的鸡蛋都是我妈赶场天拿到街上去卖的。

建军哥说："今天我请你吃鸡肉。"

一讲吃鸡肉，我的口水就在喉咙打转了，但我说："不准杀我家鸡。"

建军哥开导我："你爸妈喂这么多鸡不让你吃，你爸妈对得起你不？"

我心想，关你屁事。

建军哥说："现在假如你爸，把家里的鸡拉来杀了，给你吃，你高兴不？"

我心想，当然高兴了，你以为我弱智啊。

"那么我就好比你爸，帮你爸把鸡杀了给你吃，你高兴不？"建军哥又说。

那一瞬间，我的回答斩钉截铁："吃了鸡肉，还外加两个鸡蛋。"因为以前我偷吃鸡蛋只是一个，今天要有所突破。

建军哥点点头，我们算达成协议了。

我把建军哥抓鸡称为钓鸡。

早上的鸡肯定是饿了的，一上茶山就作鸟兽散，各自去找食物。建军哥在两沟茶树之间等着，有只母鸡过来了，建军哥丢过去一颗苞谷子，母鸡见了，我想它肯定想吃，不然它就不会警惕地看着我们。建军哥对我说："不要看鸡。"就在那一天，我明白了，什么东西都藏得住，唯有眼睛藏不住，心里的东西都写在眼睛上呢。果然，我们转过头的时候，母鸡迅速啄住苞谷子，往后跳了一步。建军哥又丢过去了一颗，母鸡如法炮制。我想这只母鸡一定暗喜，今天寻找到了吃食的捷径。这样反反复复很多次，我都疲倦了，奇迹也就出现了。建军哥最后丢过去的那颗苞谷子上挂有鱼钩，母鸡已经完全不设防了，啄住就吞了进去，建军哥慢慢收线，母鸡居然叫都叫不出声，收到手里后，建军哥捏着鸡脑壳一扭，咔嚓一声，我们离吃鸡肉就只差洗和炖了。在茶山上微微的晨风中，我似乎闻到了鸡肉的香味。我没有吃过鸡肉，但我非常肯定，鸡肉一定是甜的、香的、麻辣的，一定比水果糖好吃好多倍。

建军哥将鸡放在书包里，我第一次知道了书包的另一个用处。

建军哥说："走。"

我屁颠屁颠跟着，建军哥帆布书包上"为人民服务"五个字对着我胀鼓鼓的。

建军哥住在粮店，粮店的水泥地上到处是散落的粮食，苞谷、大米、小麦……我想我家要是挨着粮店就好了，我家的鸡就可以天天饱餐了。但这样也不好，不然我家的鸡不知要被建军哥钓走多少，更重要的是，在这里钓了我家的鸡，建军哥肯定不会叫我吃鸡肉的。我做了多种比较，还是保持现状最好，我允许建军哥钓我家的鸡，但建军哥必须允许我吃鸡肉。建军哥的老爸在粮店工作，但建军哥的老妈在农村，这些天建军哥老爸回家做农活去了，留给了建军哥一整片自由天空。建军哥用煤油炉烧水烫鸡，接着剖开清洗。一切准备好了以后，建军哥对我说："下午才炖得好。"

我有些不快，本来打算是吃中午饭的，我正欲走，建军哥对我说："站住。"

我站住了。

"帮我带张条子。"建军哥的口气不容置疑，我像被绑架了一样，这都是鸡肉闹腾的。

出去的时候，我回头仔细看并记好了，墙上有个"抓"字的那间房，就是建军哥住的房。我老担心记错了而错过第一次吃鸡肉的机会。

我又去了茶山，在茶山上努力寻找初四班我要找的人，教室里的人稀稀拉拉的，有的人在睡觉，有的在开小差，有的在嬉闹。只有第一排的那位女生听得最认真，按照建军哥的描述，我要找的人应该就是她了。我不知道建军哥为什么要将条子送给她，我好奇地打开条子：

> 亲爱的王雪珍同学，今天我鼓着勇气请你在粮店吃饭，务必赏脸，不见不散。
>
> 朱建军

在家吃了中午饭，我就去粮店，粮店的墙上有很多字："毛主席教导我们，要把粮食抓紧"。当看到"抓"的时候，我的心真的就牢牢抓紧了。晚饭时，王雪珍姐姐来了，建军哥用半边鸡炖，用半边鸡炒。我平生第一次吃鸡肉，虽然和我想象的有差异，不甜、不麻，但确实很香。王雪珍姐姐吃了就要走，她说即将中考了，要加倍努力。建军哥挽留了会儿，没有挽留住。我不想走，还想在这里感受鸡肉的味道。看得出建军哥很高兴，打开电视，说《霍元甲》要开始了。但在《霍元甲》未开始之前，他把席子铺在地上，练习扫堂腿和鲤鱼打挺，我看得如醉如痴。建军哥练累了，叫我也来试试。我就练扫堂腿，扫不起来，我又去练鲤鱼打挺，也打不起来。建军哥说要以迅雷不及掩耳之势，我不明白。他说就是要快。但我还是快不起来。他喊累了，我也练累了。我双脚一跪说："师傅，你收我为徒吧。"建军哥扶着我的双手："请起。"我说："师傅，你答应了！"建军哥没有回答，算是默认了吧。电视里已经在唱《万里长城永不倒》了，我在心里说，从今天开始，我就是陈真了。

看完电视，我说我该回家了，建军哥没有理我。我走出了粮店大门，建军哥才从窗子里探出头来："徒儿，明天继续来吃鸡肉。"我心情爽极了，爽到忘记了师傅答应我的两个鸡蛋。

吃人嘴软，我的嘴开始学会甜了。第二天晚上我去师傅那里的时候，我对师傅说："怎么不叫'师娘'一起吃？"师傅踢了我一脚。踢得轻，我知道师傅心里高兴着呢。我说："'师娘'也太丑了，应该找个像赵倩男的是不是？"师傅有点生气了，说："你小子懂个屁，王雪珍是我们班成绩最好的呢。"

我还想说什么，师傅已经堵住了我的口："不要找我说话，我要修电视机了，一会儿看不到《霍元甲》呢。"我才发现，电视机的壳都打开了，师傅拿着电烙铁到处焊，一会儿声音出来了，再一会儿，图像也出来了。我更佩服师傅了。我们十分期待着霍元甲和大力士的战斗。看电视剧的时候我们都是关了灯的，电视剧两集连播，两集之间是广告。广告时我就开了灯，我们都被电视剧感染了，师傅的脸色恢复了好看。

我问师傅："你什么都懂，学习成绩应该很好吧？"

"好个屁。"师傅说。

"那你为什么不上课？"

师傅的脸又拉下来了，好一会儿才说："不是你师爷爷逼我考什么中专，我才懒得读呢。"我还以为师傅成绩好到不用教了呢。

"怎么不叫'师娘'教教你呢？"我又问。

师傅倒好像不生气了，对我说："不是读书的料啊。"

紧接着的那集电视剧我们都看得没精打采，我想，会武功也会电工的师傅都不及一个成绩好的王雪珍，那么还有什么比学习更重要的呢？问题是我妈说我也不是读书的料，我的将来肯定也很暗淡吧。好在我更关心的是鸡肉，所以回家的时候我问师傅："明天还要去钓我家鸡不？"

回到家，姐姐问我到哪里野去了，我不理她。姐姐今年刚读初二，就已经不看电视不闲逛了，我爸说我姐姐的悟性比我哥哥还好，是学习的料。哥哥读的是师范，姐姐应该能考中专了。我知道我姐姐是妒忌我，自己得不到玩，也不安逸我玩。

我的肚子就是贱，这两天油水多点，就开始拉了。我们住的小平房共用一个公共厕所，很晚了我又起来了一次，初四班教室灯火通明，我去门缝里看，整个教室就"师娘"一个人，我心想，"师娘"是不是成书呆子了？我已经迷恋上了牧鸡这项工作了。每天把鸡们赶上茶山后，我就在四处观察，我现在对街、镇中学、镇小学不大感兴趣了。我感兴趣的是一沟一沟茶树之间匍匐的身影。匍匐的身影带给我的不仅仅是充实的日子，更为吸引我的是香喷喷的鸡肉。但十多天了，除了失望，还是失望。

如果朝前的方向让你失望，那么最有效的方法就是义无反顾回转身去。我这样想的时候，一个很小但极熟悉的声音在我背后出现了："爱民，过来。"师傅是从茶山后面的小道上来的，已经准备对我家的鸡下手了。几天不见，师傅的头发明显长了，身体瘦了，脸黑了，好像打不起精神一样。

见了师傅，我还是很兴奋，我说："我准备在鸡的集体宿舍里，直接扭断一只鸡的脖子给你送去。"

师傅说："这样想就对了，做一次鸡餐要花我三斤煤油，还要花我一天的人工，所以你是赚了的，我们是师徒关系，我就不和你计较这些了。"还在说话间，我家的一只鸡已经进了"为人民服务"的书包。

师爷爷已经全面进驻粮店了，师爷爷说是要陪读，我知道师傅要想脱身是难于上青天了。

我问："陪读能提高成绩？"

师傅想了想说："恐怕没有作用。"

我说："那为什么还陪读？"

师傅说："少扯这些了，今天做回大餐，师爷爷晚上要回老家去。"

我想，我又可以吃到鸡肉了。师傅把书包斜挎在肩上，欲走。

我对师傅有点失望，为什么没有叫我和他一起走呢？我站在原地发愣。

师傅走了两三丈远，回过头问我："吃过鸭肉没有？"

我摇头。

师傅从茶山飞跑下去的时候丢给我一句话："晚上我们吃啤酒鸭。"

我不喜欢鸭子，鸭子的长嘴很难看，叫声也难听，嘎嘎嘎，就像阿姨们在一起的叽叽喳喳声，但这不影响我喜欢吃鸭肉。

对待鸭子和鸭肉，为什么存在不同的情感呢？当然我是没有弄明白的，就像我家隔壁的王叔叔，应该也不喜欢他的丑婆娘吧，但王叔叔为什么要娶她做老婆呢？我觉得长得不可一世的王叔叔娶老婆就应该娶我妈那样的。同样的，长得漂漂亮亮的我妈也应该不喜欢我爸吧？"杀人无力，求人懒，百无一用是书生。"我妈在家里生气的时候对我们说，"这就是你爸。"所以说，我妈不喜欢我爸是有依据的。但我妈为什么要嫁给我爸呢？要嫁也应该嫁王叔叔那样的。这样想的时候，我竟然有了些许兴奋，如果我妈嫁的是王叔叔，那么我就不该是这张平凡的脸了，至少也应该比隔壁家的小哥哥更器宇轩昂。但我马上回到了现实，回到了不如意的生活中。喜欢和不喜欢怎么绕来绕去的，矛矛盾盾，我经过很长时间的推论，得出的结果是王叔叔喜欢他的丑老婆是因为喜欢她当老师的工作，同样的，我妈也是喜欢我爸当老师的工作。所以，我在我妈拿给我的作业本上又写了两个算式：

所有的喜欢 + 对工作（煮饭）的不喜欢 = 不喜欢

所有的不喜欢＋对工作（老师）的喜欢＝喜欢

所以，师傅说要请我吃啤酒鸭的时候，我已经原谅了鸭子的丑陋。

太阳一下子就到了头顶，火燎火燎的，我三下五除二就把饭刨完了，朝茶山上走，今天我们的接头地点是小河。从我家到茶山后面的小河有很多条路，从东南面的街上去，路最宽，但远。从食堂后面去，路面一般，相对较近。从我家后面的茶山走，没有真正意义上的路，但最近。世上本没有路，只要你走了，就是路。我选择了不是路的路走，学着师傅的样子，从茶山顶向山脚一路狂奔。有几个街上的小朋友在嬉水，这是小河嬉水最好的地段，河面宽，水浅而缓。水下是一层细沙，站在水里稀稀松松的，不沾泥。小朋友嬉够了，就跑到苞谷林里，身上的水往下流，聚到小鸡处飞了出去，像撒尿。师傅已经先到了，站在河的上游喊我。我们继续往上走，在一片绿茵茵的水里，果然有一大群鸭子。

师傅对我说："你数数有多少只。"

我数了，鸭子在动，和我妈要我数鸡一样，我数不清。我望着师傅，师傅以为我数清了，说："多少只？"

我说很多只。师傅笑了，说："如果一天吃一只，会吃很多天吧？"

我努力地点点头。我把衣服往头上脱，赤条条地跳进水中，师傅要我在鸭子的上方往下游，我不会游泳，相当于站在水里艰难往前走。鸭子不好意思看我光条条的身子，一回头，嘎嘎嘎往下游，师傅早也准备好了烂底的背筐，对着鸭群一盖，鸭子顺势钻到水里。那天我又一次见识了师傅的迅雷不及掩耳之势。师傅的背筐早也扎进河底，鸭子再次露出水面的时候，师傅的大手已经揪住了它的脖颈。鸭子在生命的最后一刻对着恋恋不舍的尘世扑腾几下。我已经等不及了，我要尽快吃到鸭肉。师傅说不急，师爷爷还没有走呢。师傅说："我教你游泳吧。"虽然水只打齐师傅的肚子，但师傅也能轻盈地游着，我跟在师傅的后面，也只能像我们抓住的那只鸭子一样，扑腾几下。我对师傅崇拜得五体投地，我想，世上还有谁比师傅懂的东西更多呢？

那天晚饭是我少年时代吃到的最美的盛宴，有炒鸡杂，有凉拌鸭杂，有清炖鸡，有啤酒鸭，还有调节气氛的啤酒和汽水。这顿美丽的盛宴属于师傅，属于我，也属于姗姗来迟并提前溜号的"师娘"。这顿饭吃得静悄悄的，师傅和"师娘"吃得心不在焉，话好像是多余的。我吃得狼吞虎咽，话也是多余的。我正吃得来劲的时候，"师娘"说要回去了，师傅没有去送"师娘"。"师娘"到了门外叫我，递给我一张纸条，要我给师傅。我纳闷，条子怎么都是叫我递来递去的？师傅看了条子后脸上大变，好半天才自言自语："后天就要预选了。"过后我才知道，师傅讲的是中考预选考试。

喝了几杯啤酒，我出去撒尿，站起来的时候，看到了"师娘"给师傅的纸条：考不上学校，以后就不要叫我了。没有称呼也没有落款。

我在心里又创造了两个新的算式，关于成绩，关于我师傅，也关于我"师娘"，但我不愿意写出来。

我是顶着朦胧的月光回家的，我爸我妈在家门口等我，同时等我的还有爸爸的尺子和妈妈的搓衣板。在尺子和搓衣板的严刑拷打下，我全盘招供。我爸生我气的同时，更气我的师爷爷："朱援朝这个狗日的，怎么教的娃儿！"这是我第一次知道师爷爷的名字，原来我爸和师爷爷也是朋友。

中考预选考试，师傅没有预选上，朱援朝像打美帝一样对师傅一顿暴打。没有考上倒让师傅非常悠闲，好多人都看到了他在街上逛来逛去。

暑假期间，我陷入了无休止的无聊，一排排的教室与风为伴，一张张课桌与灰为伍。夜深人静中，当镇中学淌进一片黑暗，我甚至有一丝丝的害怕。

只有我家灯火通明，姐姐提前进入毕业班的状态，彻夜苦读。

这段时间，我经常去小河游泳，解凉是一回事，更多的是解闷。我曾经去捉过鸭子，我的烂底背筐还没有到水面，鸭子先我一步钻水里游走了。我也想过去钓我家的鸡，我怕钓到鸡后无法处理，更怕一个假期唠唠叨叨的我妈的脾气。我妈一闲，在家有事无事就对我河东狮吼。

八月底，学校开始有了动静，初四班又在招生了。我妈去食堂打扫卫生，食堂再次开张。

我又见到了王雪珍，她是来拿县师范学校的录取通知书的。我才想起好久没有见到师傅了，我问王雪珍，她说早就没有和建军哥联系了。王雪珍的眼睛里全是考上学校的喜悦，我们分手的时候，她拍拍我脑袋："好好读书，将来考个好学校。"

周末，在村小学教书的哥哥回来，他回来的任务只有一个，把我带到他们的学校上小学。我爸对我妈说："让爱国好好管管爱民，这娃儿玩野了。"我跟在哥哥后面，通往更加偏僻的乡村路上，一切都是静悄悄的。

《湖南文学》2020 年第 1 期

飞翔的亚鲁

　　小小走在最前面，她的腰上套了一根棕绳，阿妈拉着。绳粗，小小的腰细，很不协调。我想起有一年夏天，我用阿妈纳鞋底的麻线和同伴钓鱼的场景，同伴的渔线是买的，细得差不多看不见，鱼翔浅底，大摇大摆绕过我丢下的诱饵，最后麻痹在同伴的鱼钩上。

　　我在后面窃笑，阿妈大声告诫，大家都要小心点儿。阿妈说这话其实是针对我，那会儿我们一家正在过豹子岩。豹子岩是下山的必经之路，也是最险要的地段，下面是月亮河，长年累月，河水的深切割和河风的强侵蚀使得岩壁陡峭，颜色呈深灰。岩上有稀稀疏疏的杂木，风过处，枝条摇摇晃晃，噼噼啪啪拍打在岩石上，感觉随时都有粉身碎骨的危险。风静止，树木依旧顽强地立在石缝间。阿妈的另一只手还牵着马，这是一匹差一点被卖掉的青马，马背上驮着我家的全部家当：过冬的粮食、锅碗瓢盆、几床棉絮、几件旧衣……阿妈已经顾头不顾尾了，对我的嘻嘻哈哈很是冒火。她给我的任务是，不仅要照顾好自己，还要照顾好阿公。阿公走在我和马的中间，他的腿一瘸一拐，身体得靠一根斑竹拐棍平衡。过了豹子岩，坡趋缓，路变宽，阿妈才敢回头往后面看。全家安然无恙，阿妈舒了一口气。

按照统一安排，我们高溪苗寨得在大寒到来之前搬离，去移民新村过祥和的春节。小寒已过，凝冻随时可能来临。全寨三十多户错峰搬迁，以实现管理上的有条不紊。刘干事通知我家先搬。刘干事叫刘什么，我们家的人都不知道，干事是阿妈对他的称呼。

我们要搬去的地方叫法那，我和小小都没有去过，我们俩去过的最繁华的地方是大河，那是我们周边几个寨子赶场的地方。法那是乡政府所在地，刘干事说，那里街道车水马龙，商铺鳞次栉比，商品琳琅满目。按刘干事的描述，对爱吃水果糖的小小来说，法那是甜蜜的所在，那里的水果糖式样繁多，软的、硬的、牛奶味、草莓味、西瓜味，五花八门，应有尽有。但阿妈和我都不愿搬家，我们更习惯生活在高溪，习惯春耕秋割，习惯站在高溪的山上，观日出日落，看花谢花开。

驻扎高溪的还有很多干事，张干事、李干事、卓干事、马干事，他们都来自县城，他们大部分时间工作在村委会，开会，填报表，写材料，用他们理解的方式帮助高溪摆脱困境。阿妈不赞同他们的说辞，她说高溪没有困境，山是山，水是水，庄稼在春天绿，在秋天黄，什么都是好好的。阿叔以小叔子的身份批评阿妈井底之蛙的思想，他说："外面的世界是什么样？高楼林立，车来车往，灯红酒绿，山珍海味；高溪又是什么呢？治安基本靠狗，交通基本靠走，通讯基本靠吼。"阿叔是干事们的拥趸。其实阿叔言过其实了，比如治安，高溪从来没有出现过偷盗；比如交通，虽然高溪不通公路，但可以骑马。但大家还是相信阿叔，谁叫他是村民组长呢。

阿叔说："高溪的困境是什么？最大的困境就是我们不知道自己的困境，是智力出了问题，所以高溪人要向先进学习。"先进的地方当然只能是法那，阿叔的三年高中岁月，在那里如流星般划过。

搬家任务分解到每一个干事头上，刘干事负责我家和杨阿婆家。杨阿婆家子女打工的打工、出嫁的出嫁，在高溪，他们一家就二老。

刘干事对阿妈说："先搬你家，和你们把东西搬到山下后，我再回来搬杨阿婆家。"

阿妈没有同意，连续下山上山，就算是经常干农活的高溪人都吃不消。阿妈说："你就不会偷奸耍滑？"

刘干事说："上面有规定，我们必须对每一户移民负责到底。"

阿妈逗他："那你是被迫的咯？说明你不喜欢高溪。"

刘干事马上申辩："喜欢。"

阿妈说："喜欢还要叫我们搬走。"

刘干事无法对付阿妈的伶牙俐齿，一急，脸红通通的。

阿妈说："小刘，你的脸像猴屁股。"虽说是来驻点的干部，因为个头小，阿妈总把他当小屁孩逗乐。刘干事和其他干事不同，大学毕业就在高溪当村干部，眨眼就干了五六年。"是个干事情的！"阿妈说，后来大家就叫他刘干事。刘干事刚来的时候脸白净，阿叔对其很不满意。"奶油小生一个。"阿叔说。阿叔是堂阿公的小儿子，是高溪仅有的高知。

其实说服阿妈和我搬家的不是刘干事，也不是阿叔，是阿公。阿公说："就算我们再一次迁徙吧。"在高溪，每家背小孩的背扇带上都绣有象形符号，圆代表太阳，椭圆代表月亮，一横代表黄河，二横代表长江，那是祖辈迁徙的记录，再以歌的形式传唱，一辈传给一辈，源远流长。再小的高溪人，从会说话开始，就知道我们的祖先，从长江到黄河，又从黄河到长江，经历涿鹿大战，建立三苗部落，从衰落到崛起，又从辉煌到衰落，在与尧、舜、禹为首的华夏集团发生冲突失败后，他们中的大部分沿澧水，溯沅江，进入湘黔渝鄂武陵地区，经历十七代先祖，最后亚鲁一支由东向西，在麻山居住下来，繁衍生息。

阿公用创新的方式理解祖辈的生存法则，他说："亚鲁的子孙逐水草而居，什么是水草？就是生存条件，哪里最适合人居住，我们就去哪里。"阿公的解释与政府不谋而合，县移民局的专家到高溪调研后说，此地地处高寒，条件恶劣，不宜居住。

除了逗乐的场合，阿妈还是很听刘干事的指挥，但今天阿妈很倔，阿妈叫刘干事专注杨阿婆一家。我们选择凌晨出发，这样越走天越亮，又是从高往低走，越走越暖和。两个多小时的路程，到法那，阿妈正好可以准备午饭。

到了老虎口，路分岔。往右，可以下到月亮河，过了桥，是马路，就通法那。马路沿山修，先弯弯曲曲上坡，再弯弯曲曲下坡，上午十点才出发的杨阿婆一家就走这条道，搬家的大货车就停在马路边。我家朝左走，那是去法那最近的路，我们选择步行，因为搬家的车装好物资后，装不下我家的青马。

刘干事之前建议把青马卖掉，好多户人家就是这么做的。他们把牛马卖给大河、高荡的人家，大河、高荡也是苗寨，同样不通车，但它们不在易地扶贫搬迁的规划内，那里很需要牛马。

阿公把马卖了，将钱存放在房间的里屋，出来见买马人已经走出很远。高溪的路都是石板铺成，青马跟在买马人身后，走出踢踢踏踏的声音，马尾不断拍打身上的蚊子。阿公叫我赶快把买马人追回来。买马人对阿公说："你不会是后悔了吧？"阿公说："青马该钉掌了。"青马蹄和地接触的那层角质比一般马薄，所以使用的马掌钉是特制的，比一般马掌钉短小，这样马掌换得就勤。阿公要给青马钉掌，买马人说："还是我来吧，以后不可能都来找你钉。"刚提起马的前腿，青马两只后腿就往后踢，仰天嘶鸣。买马人走开，阿公又去提青马的前腿，青马很温顺，不停用头蹭阿公的脸。

阿公说："我不卖了。"

刘干事很不理解："到了法那，运输靠的是车辆，马基本上是一无是处。"

阿公说："不可以做个伴吗？"

移民房共两排，一排十六户，我家住前排的最左面，和法那街相距一公里。法那海拔比高溪低一千来米，整整一个冬季，杨阿婆家二老悠闲自在地在暖冬中迎接亲朋好友。交通便利后，打工的和嫁出去的子女带回大包小包的生活用品和欢声笑语。村干部刘干事，从杨阿婆家出来，又串到我家，他在统计易地扶贫搬迁后发生的变化，并预测未来即将发生的变化，用所学的知识横比纵比，证明易地扶贫搬迁功在当代，利在千秋。

我们一家让刘干事失望，除了被水果糖收买得乐不思蜀的小小，阿公、阿妈和我，无所事事的冬季带来的除了烦恼，还是烦恼。搬到法那后，阿公一直很烦躁，没有了土地和山林的法那限制了他的手脚。往年的冬季，阿公设套捕猎，野兔、野鹿、山羊、獐子、山鸡，都无一例外地钻进他的圈套，那是我们一家的美食，也是我们一家的欢乐。阿公还会去套画眉，养在精心制作的笼子里，挂在房子的木柱头上，我们听着冬日的鸟语，等待春天的花香。高溪人打猎，那是传统。一是为了和自然斗争的需要，野兔、野猪等神出鬼没，明里暗里侵犯庄稼人的领地，对来犯之敌，高溪人毫不留情。二是练兵的需要，我们的祖先生活在东方，亚鲁的子孙终究有一天要回到故里，回到太阳升起的地方。长途跋涉，一路上难免会遇到意想不到的困难，所以得智慧、勇敢、强壮。

刘干事向在院坝上发呆的阿公打招呼："阿公好啊。"从语气听得出刘干事的得意，他的"好"字一语双关，一是问好，二是想表达易地扶贫搬迁后高溪人生活质量的提高。

阿公说："我才是一无是处，比马不如。"阿公望着套、夹、笼、网、窖、夹剪、压木这些打猎的工具，它们灰头土脸地挂在墙上。

刘干事说："清闲一点儿不好吗？"搬到移民房后，高溪的土地流转给政府，大家都无事可做。在移民房，那些长期劳作在田间地头的高溪人，现在三五成群围坐在院坝里，喝酒、打牌，在懒洋洋的太阳下消磨时光。

阿公说："我又不是废人。"

刘干事说："活路还是有得做的，得慢慢来。"刘干事给我们家带来好消息，阿妈最先有了新工作。三月份开学后，她可以到法那中学食堂煮饭，这是对我们家的特殊照顾。刘干事说，阿爹死了，阿公腿伤了，我们一家是移民房里最困难的，所以给阿妈争取了在学校煮饭的工作，增加家庭收入。

"什么死啊伤的，"阿公说，然后转过头来看着我，"走，我们到高溪去。"

在法那，我隐隐约约听到关于阿爹的故事。他和阿公出去捕猎，那时候正是秋季，苞谷在长粒。阿公、阿爹是去捕杀野猪的。每到深夜，野猪肆无忌惮，拱倒苞谷秆，把苞谷啃得稀巴烂。他们找到野猪出没的洞口，那里是块坡地，地边有一棵青冈树，阿公和阿爹以青冈树为支撑搭了凉棚，放了网，守株待兔。月亮当空，凉风习习，毫无防备的野猪出来了，套个正着。野猪大概三百斤，被即将成熟的庄稼养得又肥又壮，那是阿公和阿爹捕到的最大的野猪。阿公想，拉回去可以让全高溪人美美享用。但阿公高兴得太早，野猪的劲太大，很快挣脱束缚，扑倒阿公，在他的大腿上咬了一口，仍不罢休。阿公拖着伤腿往前面爬，野猪到后面拱，很快就到了凉棚的位置，再往下十来米就是崖壁。阿爹见状，飞扑过去，拉住野猪的后腿。野猪往前冲，阿爹往后拉，野猪的力气还是大过阿爹，胜利的天平有了倾斜，但阿爹不能放手，否则阿公就有危险。野猪又跳又踢，最后疯狂的野猪和阿爹一同坠崖，阿公拉住青冈树捡回一条命。

我们骑在青马背上，阿公抓住马鬃，我抱着阿公的腰。阿公说："抱紧了。"一拍马背，马飞奔起来，我能听见风呼啦啦的声音。阿公穿着青衣，和青马融为一体。阿公被野猪咬伤后落下残疾，现在，只有在马背上，才能看到他驰骋的英姿。

我求证阿爹故事的真伪，阿公说："哪有什么生死，你阿爹已经踏上了去东方的征程，他是飞翔的亚鲁。"

　　阿公又说："你也是飞翔的亚鲁，我们都是飞翔的亚鲁。"那晚，熟睡之后，我见到阿爹，他一身戎装，策马扬鞭，已经到了太阳升起的地方。

　　刘干事看到阿公在移民房发呆的时候，其实阿公已经想好了，此次高溪之行，他要去寻找柏木树根。我们高溪的住房都是木房，柱头是柏木，板壁也是柏木，所以修建房子时会砍掉很多合抱粗的柏木树，留下的树根还在地里。现在，阿公要把它们变废为宝，这是搬到法那后阿公最大的收获。法那街上有一家店铺，专门收购柏木油，产油的原料就是老柏木树根。生产柏木油利润不高，一整套程序都是体力活。阿公除了腿脚不便，身子骨还硬朗。他每天骑着青马到高溪，把马拴到水草丰沛的地方，然后就找柏木树根，先用锄头刨，再用斧头砍。高溪是山区，山一座挨着一座，山上的黄土被雨水侵蚀，有了沟壑，雨水一来，心往一处想、劲往一处使地沿着沟壑走，积少成多，成了高溪河，再往前流，成了月亮河，到了法那，又称为法那河。沟壑里的土被冲走了，没有雨的日子，露出嶙峋的石头，零零星星长出些野藤、杂草。阿公刨出的一个个的柏木树根就是从这些沟壑滚到月亮河边，阿公借着落差的冲力，用木筏将它们带到法那。河都是相通的，我们走啊走啊，以为走了很远，其实还是在一条河的周围，只是下游的河因为有其他沟壑的水补充，水量总比上游多。

　　如果不是见到陈芬芳，我还以为最漂亮的姑娘都长在高溪。搬到法那后，我转到了法那中心小学。我是在法那河边见到陈芬芳的。麻山很高，高得连太阳最后都会落到麻山下。太阳落山的时刻，也是我们放学的时候，我去河边阿公的柏木油加工坊，就见到了陈芬芳。她在那里看书，大概看累了，抬起头，也看到了我。我在河边用木棍抠蚯蚓，然后用来喂蚂蚁。

陈芬芳说："小伙子，过来。"

我不喜欢和法那这边的人说话，因为我的汉语不好，在高溪，我们虽然也学汉语，但我们交流用苗语。苗语没有文字，我们靠口口相传，心领神会。

我还是过去了。

陈芬芳说："那是你爷爷吧？"

我说："嗯，我阿公。"我的回答表达了两层含义，一是阿公和爷爷是一个意思，二是我们有叫法上的差别。

她说她叫陈芬芳，我联想起高溪山上漫山遍野的野花，红的、紫的、蓝的、白的，它们吸引来蝴蝶、蜜蜂，然后和蜜蜂亲吻，和蝴蝶相拥。它们还招来了风，迎风飘扬。陈芬芳念初三，离中考只有个把月的时间了，她在做最后的冲刺。坐在河边，看到河面很宽，我用一块薄石片打水漂，水面上出现了一个一个的圆，这些圆连成一串。就这样我们谈到了法那河。我说这条河就是从高溪流下来的，这是阿公说的，千真万确。我们在高溪读书的时候，没有地理课，我知道的就只有这些。陈芬芳上过地理课，她知道法那河最后流到乌江，再流到长江，一直向东，流啊流，最后就到了大海，那就是太阳升起的地方。陈芬芳的短期目标是考县一中，三年后再考上海的大学，她想去中国最繁华的城市。现在我也想去，我们苗寨歌师传唱的《亚鲁王》，记录着那里曾经是我们祖先生活的地方，也许阿爹从另一个世界提前到了那里。我还谈到了阿妈，陈芬芳在食堂吃的每一顿饭，都出自阿妈的手。

其实陈芬芳比我大不了多少，我念六年级，以此推算，她大约比我大三岁。我突然想起阿妈对我说过的话。阿妈说："给你找个大媳妇，好不？"阿妈又说："女大三，抱金砖。"阿妈就喜欢逗我，此时，如果阿妈的话可以实现，该有多好。那天陈芬芳穿的是白衬衣、牛仔裤，我觉得漂亮极了。法那中心小学的很多女孩也这么穿，但她们没有陈芬芳漂亮。

法那有很多集体企业，最大的是金刺梨集团。法那周边五公里左右的土地流转，全部栽种金刺梨，农民按土地入股分红。移民村的人没有土地，但可以在集团打工，这也是易地扶贫搬迁的规划之一，他们给金刺梨除草、打药、施肥。金刺梨成熟的时候，他们摘果、运输。集团还有一个金刺梨酒厂，有少部分人可以到厂里的发酵车间、提炼车间、罐装车间、包装车间上班。他们穿统一的蓝色帆布工作服。以前的村民组长阿叔，现在还是移民村的头，名头似乎小了点，称小组长，因为现在的移民村只是村民组的一部分。小组长阿叔没有什么可以管的，包括他在内，都是被管理者，管理者是金刺梨集团。从管理者变成被管理者，阿叔不愿意，在金刺梨酒厂上两天班后，一赌气，去了法那街上的歌厅当保安。从穿帆布工作服到穿保安服，阿叔被很多人误认为成了公安，一字之差，让阿叔忘乎所以，他爱上一个歌女。叔阿妈，也就是阿叔的老婆，天天和他吵。阿叔是有前科的，那些年，法那中学还有高中，阿叔喜欢他的高中同学，这些事，高溪的人都知道。高溪人是不和其他族人通婚的，当然这不是阻碍阿叔的原因，是那个女孩考了师范，到县城工作去了。

叔阿妈说："高溪什么不好？他就是狗改不了吃屎的德行，所以怂恿大家搬家。"

叔阿妈又说："他再不回心转意，我就一个人搬回高溪去。"我们都知道叔阿妈说的是气话，也暗地里骂阿叔鬼迷心窍。

只有我，打心里理解阿叔，我想，有一天真娶媳妇，我就娶陈芬芳，哪个反对我都可以不管。我把我的心里话对阿妈说了，我说："如果我娶汉人做老婆，生的小孩是汉族还是苗族？"

阿妈说："儿郎长大了。"

我认为阿妈答非所问，是敷衍，再问了一遍，阿妈哈哈大笑："就叫汉苗吧。"

阿妈放肆大笑的时候太丑了，至少和陈芬芳比起来丑多了。

但是，我很久没有遇到陈芬芳了。在阿公的柏木油加工坊旁，青马咧开嘴皮，露出牙齿，啃着青草。我还是用木棍捅蚯蚓，我无聊的时候蚂蚁最幸福，蚯蚓最容易遭灭顶之灾。蚂蚁都拉走了三条蚯蚓，陈芬芳就是不来。又过了一个多月，我才知道陈芬芳没有考上高中，她要去上海打工。临行前，我去她家门口，她家就在乡街上，我走过去，又走过来，我想直接进她家门，又不敢。她家隔壁有一家牛肉粉店，她妈以为我去吃牛肉粉。我又来回走了几次，她妈喊陈芬芳，问是不是找她的。陈芬芳出来了，我问："你真要去打工？"

她说："这样可以提前三年到上海。"

我快快不快，她好像没有看出来，拍拍我的肩膀说："你要比我努力才对，到你考大学还有六年，我在上海等你。"

陈芬芳说得嬉皮笑脸，很不诚恳，我的心里头空空的。那天，我用语文课本折了一只纸船，放进河里。我想这只纸船沿着法那河，漂向乌江，再进入长江，陈芬芳到达上海的时候，纸船也许也到了上海。我在纸船上写一行字：陈芬芳，你没有什么了不起。

有家省属银行履行社会责任，面向全省招聘村干部，刘干事报了名。移民村的人开玩笑："刘干事的扶贫任务还没有完成，就想跑。"我们高溪也有光棍，因为穷，找不到媳妇。有人向刘干事提出，扶贫先扶个媳妇上屋。干事们接到的任务是要帮助帮扶对象提高收入，达到人均脱贫标准线，没有帮找媳妇的责任和义务。搬到移民村后，村民用开坑笑的方式旧事重提，说生理上的贫困都不能解决，还谈什么解决精神上的贫困？

但刘干事却要帮阿妈找个新阿爹。

阿妈对刘干事说："你都没有结过婚，知道男人和女人结婚是干什么吗？"

男人和女人结婚是为了什么呢？寻找共同语言，追求一致生活，繁衍后代，得过且过，这没有人说得清楚，但有些事总得要做的，刘干事当然知道，所以脸又红了，活脱脱就是一张猴屁股。

阿妈又说："都要走的人了，还操这份心？！"

刘干事给阿妈介绍的男人也在法那中学上班，给学校守门，还是姓刘。阿妈对刘干事说："是你家亲戚吧？"

刘干事说："多个劳力总是好的。"

刘干事确实很关照我家，现在移民村的人，两个劳力打工，收入总比一个人打工强。阿妈不仅养我和小小，还要照顾阿公。

值班室有一张躺椅，姓刘的守门人每天坐在躺椅上，像个瘫子，除了抽烟就是看电视。学校的大门是电动的，开门关门，用手里的遥控，上午是八点前，凭他高兴，想什么时候开就什么时候开，下午六点以后，也是想什么时候关就什么时候关。自从刘干事把守门人介绍给阿妈后，他早上开门就晚了，下午关门就早了。他是故意的。阿妈因为要给学生做饭，所以每天都去很早，总要敲好几次门，他才开门。晚上也是如此，学生吃完饭后，阿妈要把所有的收拾完，再把第二天要吃的东西准备好才离开，也是敲几次门，他才开门。守门人想利用手中的职权让阿妈屈服，他显然错了，阿妈不吃这一套。

阿妈唯一一次主动找守门人，是刘干事到银行报到的那天，食堂的开关跳闸了，可能是某个地方短路了，但守门人说他不懂电。煮饭的另两个人也知道阿妈和守门人的事，就说："这种人会什么呢，恐怕那种事也不会做吧？"

煮饭的三个人中，阿妈最年轻，所以她认为自己理所当然应该去把电弄通。阿妈抬了根凳子，站上去，一推闸刀，电就来了。阿妈说："笨死了。"都知道阿妈骂的是谁。

刘干事分在县支行上班，入职培训结束，又来到法那。银行也有扶贫任务，除了刘干事，人人都不愿去，所以他又来了。工作还是以前的工作，身份变了，刘干事轻车熟路地先到村委会报到，然后就来看阿妈。阿妈扑哧一笑："这就是你的命，怎么看你都不像干银行的。"

刘干事说："对银行工作，我确实一窍不通。"

阿妈问："那你是哪窍通？"说完阿妈笑，刘干事也是嘿嘿嘿地笑。

经过几个月的摸索，阿公熟练掌握了生产柏木油的一整套程序。

一个煤灶，一个甑子，一口铁锅，一个冷凝池，一个储油罐，就是柏木油加工坊的全部设备。煤灶在最下面，煤灶的上面放铁锅，加满水后，放上大甑子。从高溪运过来的柏木树根已经堆成一座山，阿公用斧头把它们砍成小块，放入甑子。煤灶加热，铁锅里的水沸腾形成高温水蒸气，穿过柏木碎料，带走油脂。冷凝池在最上方，油水混合蒸汽进入埋在冷凝池中的冷凝管，变成液体，流进储油罐，油在上面，水在下面，分离出来的柏木油就可以拿到法那街上卖了。

阿公还买了一台小型柴油抽水机，每天给冷凝池换三次水。阿公选择在河边，就是因为冷凝池需要不断换冷水。冷水换得越勤，出油量越多。阿公计算，一吨柏木树根大约出十一斤油，每斤大约六十元，除干打净，可以收入五百元以上，虽然很多人不愿干，但还是有赚头的，除了煤炭，没有更多的成本。阿公在冬季挖了十多吨柏木树根，毛利至少五六千元。

阿公已经准备长时间从事这个行当，其实他是逼不得已，他的腿不适合在金刺梨集团打工。他在加工坊的右边搭了凉棚，晚上就睡那里。凉棚再右边，又搭了个凉棚，青马住。夜深人静，可以听蛙鸣，可以闻鸟语。月亮升起的夜晚，还可以看到欢快蹦出水面的鱼儿。

阿公对着水面说："鱼儿啊，你是想和我说话吗？"鱼儿弓着身子，又跃进水里。青马打着响鼻，抗议阿公，它吃醋了。

阿公又转过头来对着青马，说："青青，你可不要生气，你生气了，哪个带我去东方呢？"

青马又打了几下响鼻，它不生气了。

阿公为了减少成本，在煤灶里兼放木材。木材也是自己挖的老树根，炼完油后的柏木碎片也是好燃料。阿公太累了，迷迷糊糊倒在床上，这时候起了大风，火引子被风带到了凉棚。为了防风防雨，凉棚上面盖的是茅草。最先燃起来的地方是门，也是茅草编织的，越燃越旺。阿公的伤腿限制了他的速度，他跑不出来，只能眼睁睁地看着越来越汹涌的大火。就在这时，青马冲了过来，顶倒凉棚，再用头把阿公顶出凉棚。青马扬蹄、蹬腿、甩头、嘶鸣，它被拴在木柱上，绳索同样限制了它的活动范围。青马头顶的毛燃起来了，马鬃燃起来了，身上所有的毛都燃起来了。待大火把绳索烧断的时候，青马才使出最后的力气，跃进河里，再也没有爬起来。

阿公要为青马歌唱。这是高溪人的习俗，人去世，歌师高唱《亚鲁王》，然后大家跟着唱，随着歌声，逝者就会去到东方，去到太阳升起来的地方。阿公不能算严格意义上的歌师，但他会唱。法那人都认为阿公太夸张，青马毕竟只是一匹马，不是人。移民村的人忙着在金刺梨集团按工取酬，也没有人愿意为一匹马浪费时间。

阿公唱了整整半天，直到唱完整本《亚鲁王》，直到声音唱得沙哑。法那河两岸都是金刺梨集团的土地，所以金刺梨集团有一条员工渡河用的铁船。中午，我们一家，还有死去的青马，乘着铁船逆流而上。高溪河从高处坠落到月亮河，形成了一个很大的瀑布，瀑布的后面，有一个喀斯特溶洞，我们已故的祖祖辈辈和他们的棺木，就在溶洞的悬崖上。死去的马不听使唤，我们用尽所有的力气，它依然赖在岸边不动。悬崖上面是麻山，山很高，太阳就要落到山的下面了。

阿公唱：

> 我们乘着岩鹰飞翔
>
> 我们乘着马匹飞翔
>
> 我们乘着鱼儿飞翔
>
> 亚鲁，我们都是飞翔的亚鲁……

我们跟着唱。

阿公又唱：

> 每个祖先都是英雄亚鲁
>
> 每个子孙都是英雄亚鲁
>
> 每匹战马都是英雄亚鲁……

我们又跟着唱。

在金刺梨集团彼岸上班的移民村的人，下班后没有见到铁船。铁船是拴着的，会去哪儿呢？他们沿着河岸找，又有更多的人帮着找，他们看到了阿公被烧坏的柏木油加工坊。

太阳下山后，月亮又从山里出来了。我们看到青马一跃而起，飞到悬崖。然后我们看到了刘干事，看到了河两岸许许多多的人，有法那人，有移民村的高溪人。

阿公说："我想回高溪。"在高溪，阿公挖起砍掉的柏木树根后，会用石头围起来，填上土，再种上幼小的柏木。那都是去年冬天的事了，阿公说："那些幼苗一定发了新芽。"我也想回高溪。我希望在高溪住上一段时间，每天站在高溪的山上，观日出日落，看花谢花开。

《人民文学》2020 年第 2 期

阿公失踪

塑料底座呈正方形，四个角上有孔眼，刘干事安排工人用水泥钉固定在移民村每家每户正面的墙上，一根卷尺确定统一的高度，看上去是整齐的一排。塑料底座的中部有一根向上倾斜四十五度的塑料管，工人再插上从县城打字复印店运来的规格一致的旗帜，这些旗帜三个月前就下单，打字复印店嗅觉灵敏地半年前备货，正如所料，他们赚得盆满钵满。九月初的天气和提前烘托的节日气氛一样热烈，不只是在移民村，乡政府广场、学校操场、菜市场、猪市坝，到处都能看到有组织有纪律的舞蹈，听到有组织有纪律的旋律。风和煦，整个法那街周围，随风飘扬的是裙摆、红旗和歌声。

因此，这个阳光明媚的星期六与平时就有了区别。阿妈被学校一视同仁地要求参加集体合唱，她勉为其难地编入教职工队伍，站在操场与教学楼之间的石阶上，跟着节奏翕动嘴巴，摇晃旗帜。作为食堂临聘人员，职责使然，她更多的心思在一同唱歌的老师、学生要吃的午饭上。我们庞大的学生队伍以班级为单位，用几乎千篇一律的方式，走队形，摆姿势，试唱，又试唱，嘹亮的歌声盖过在操场边觅食的鸟噪和节假日从不休息的上下课铃声。傍晚，我们筋疲力尽回家，错过了周末的家庭团聚。就在这一天，我们发现阿公失踪了。

从乡中学到我家，要从移民房的右边走到左边，阿妈看着扶贫干部刘干事安排悬挂在移民村的旗帜，一边走，一边不自觉地数，一面，一面，又一面，共十六面。移民村都是从高溪苗寨搬迁过来的，那里地处高寒，不适合人居住，作为精准扶贫的项目之一，政府一番调查研究后，动员集体搬迁至法那。移民房共两排，三十二户，一排十六户，我家住前排的最左边。数到第十六面的时候，也就到了我家，阿妈在心里说，柱子上再有一面旗帜就好了。从八月开始，阿公起早贪黑地在山墙边搭房子，和山墙平行立了三根柱子，用木枋连起来，再用乡街木料加工厂废弃的木材边角料围起来，顶上盖上牛毛毡。阿公平时就住在他搭建的房子里。

阿妈指的就是最前面的那根柱子，柏木的，斧头修整过的柱面还散发出柏木油的香味。阿妈就想到了立柱子的阿公，她说："阿公呢？"这时候，天黑尽了，其他人家的电灯已经开亮，我家的移民房里没有亮灯，阿公搭建的木房子也没有亮灯。

阿公是我和小小的阿公，高溪人的习惯，母亲跟着子女称呼，能叫出亲切的味道。我们就一起回忆，昨天，前天，上前天，其实我们也是好多天没有见着阿公了。周一到周五，阿妈和我都起得很早，她要去乡中学食堂做饭，我要去乡中学读书。下午，阿妈又要准备学生的晚餐，待学生吃毕，再收拾、清洗、准备第二天的早餐，到下班时已是很晚。我正好晚自习，做老师布置的作业，或者和要好的同学嬉闹，等着阿妈一起回家。也就是说，我们早上离开家的时候，阿公还在睡觉；晚上我们到家的时候，阿公已经睡了。我们一家人的真正团聚要等到周末或节假日，就是阿妈不上班和我不上课的时候。

阿妈转头看着今天跑到学校看热闹的小小，又问："阿公呢？"小小还没有到上学的年纪，平时就和阿公在一起，阿公负责她的一日三餐。

小小支支吾吾半天，也不知道最后见到阿公是什么时候。搬到移民村后，小小每天要做的事情就是和小同伴跳皮筋、踢毽子、丢沙包、捉迷藏，她的固定玩伴是桂桂和兰兰，她们两家也是从高溪搬过来的移民户，三人年龄相近。自从阿公一心扑在搭建房子上后，没有更多的精力做饭，小小已经不喜欢他囫囵煮的面条，软硬没准，除了油盐酱醋，其他佐料全无，难以下咽。小小的中晚餐常常用棒棒糖或法那街上的牛肉粉代替，她的零用钱就是阿公给的。阿公总是能找到零花钱的进项，在高溪的时候，他靠打猎，将猎物拿到同是苗寨的大河市场，换成纸币，贴补家用。搬迁至法那后，没有了成片森林的法那失去了打猎的用武之地，阿公改去钓鱼。他采用喂钓，将菜油饼丢进法那河里，夜深人静的时候去钓，贪吃的鱼儿就会上钩，意想不到的收获再卖进法那街上专卖野生鱼的餐馆，这些餐馆的出价更为合理。

我们沿着移民村寻找，阿妈挨家挨户地问："你们见到我家阿公了吗？"

"阿公不见了吗？"移民村人在高溪时都是寨邻，熟络、亲热。现在，他们的反问好像丢掉什么并不重要的物件似的。的确，移民村人整天忙于在金刺梨集团按劳取酬，就连周末和节假日都舍不得休息。这是他们搬到法那后思想上的转变，幸福都是干出来的，他们用实际行动理解时间就是金钱的道理。

毫无例外地，我们没有见到阿公的身影。第二天是赶场天，我们又到法那街上找，遇到熟人就问，也不出意外地没有阿公的任何消息。我再沿着法那河边找，我怀疑经常钓鱼的阿公是不是掉进法那河里了。法那河也是从高溪流下来的。有时候我们以为走了很远，其实还在一条河的范围。有时候我们远离了一个地方，其实还有千丝万缕的联系。高溪的河水流到法那这一段，因为有支流汇入，水深，清澈，我看到的水底是倒映的蓝天、白云、青灰色的河岸；水中的电线杆显得很孤零，两头的电线看不到边界；偶尔有还不知道什么叫作害怕的小鱼，悠闲地游在我的眼皮底下。那时候其实我很害怕了，我怕真在河底见到阿公。

坐在我家椅子上的刘干事，双手不停揉摸裤子，一会儿右手搭在左手上，一会儿又换回来，左手再搭在右手上。乡政府有规定，特定时间，每个村干都应摸清本村村民的来龙去脉。阿公不合时宜的失踪让刘干事心事重重。

刘干事说："如果掉到河里倒是不怕。"

阿妈惊得睁大了眼睛，问："那什么才可怕呢？"

刘干事也知道自己说错了话，但他眼珠一转，反应极快地圆自己的说辞："我认为阿公是没有事的，如果掉进河里，有不测，早都晓得了。"我们都知道，落河死的人，身体泡撑后会漂起来。

阿妈宽了心，依然六神无主地说："会去哪里呢？"阿妈的话等于白说。

刘干事终于说了他的担心："唉，只要不乱跑就好了。"

刘干事的职责，不仅仅是帮助他负责的移民村脱贫，还要引导移民村的人凝聚正能量，传递好声音。这是刘干事让我们似懂非懂的原话，简单了说，就是什么该说，什么能说；什么该做，什么应做。我们一家没有让刘干事少费心思。移民村的院坝边，有一排木制宣传栏，贴在上面的内容不定期更换，最新一期就有我家的故事。那还是在高溪的时候，阿爸和阿公打猎，被套住的野猪狗急跳墙，把阿公的大腿咬伤，阿公从此落下残疾，走路得靠自制的斑竹拐棍平衡。为救阿公，阿爸抱住野猪的后腿，被野猪拖下悬崖。一死一伤，我家是最贫困的人家，一直以来都是被政府特殊照顾的对象。移民搬迁后，阿妈有了工作，有了固定收入，生活有了很大的改善。有宣传栏上的照片为证，我们一家站在崭新的移民房前，阿公叼着旱烟斗，小小含着棒棒糖，太阳光金灿灿地从凤凰山上的松树枝间照下来，一家人都在微笑。这是我们一家照得最好的照片，据说摄影师是从县城专门请来的。事实也是如此，阿妈去学校煮饭的工作，就是刘干事特殊照顾的结果，既体面，又能解决自己一天的吃喝费用，工资也还不错。移民村里的其他青壮年，都安排在法那街边的金刺梨集团打工，给树施肥，松土，剪枝，干的基本还是与土地有关的农活。阿公的腿脚限制了他的选择，刘干事不遗余力地动员他到金刺梨集团做保洁，打扫公共区域和厕所的卫生，阿公不近人情地拒绝了，他说以他的身板，完全不需要别人同情。

阿公的话，都被看作残疾人心理失衡的牢骚，没有人把它当回事，现在阿公失踪了，刘干事得重视起来，他怕阿公不听招呼，做出出格的事来。

每个工作日，小小被阿妈带到乡中学，一起和学生吃营养餐，学校宽宏大量地认为这是不值一提的小事一桩。吃第一次营养餐后，阿妈按标准向学校缴纳四块钱，校长一笑置之，说这钱学校收了，就无法处理。又说，不就是多一双筷子一个碗嘛。营养餐总是做得足够多，吃不完的也只能倒丢。

学校楼道的最下面，以前堆放杂物，整理后成了阿妈的休息房，窄，仅够放一张折叠床。学生上课的时间，阿妈要求小小待在折叠床上，小小待不住，经常溜出学校，回到移民村与桂桂、兰兰一起玩游戏。自吹不让一个蚊子随意进出学校的守门人老刘，也对小小网开一面，小小每一次出校和进校，他都睁只眼闭只眼，但阿妈不领这个人情，她说那是他懒。刘干事曾经促成阿妈与老刘的婚事，以多一个劳动力的方式解决我家的困境。阿妈看不上老刘，她说，高溪的男人，个个身强力壮。她讨厌老刘整天像没有骨头似的躺在值班室的躺椅上，用遥控指挥电动门，那是学生进出的主要通道。

每天晚上，刘干事都会来我家，碰个头，了解阿公的最新情况。这段时间，我们也通过亲戚朋友打听阿公的消息。我认为阿公回高溪去了，我有一定的理由。现在在移民村，除了阿公，其他人都习惯了法那的生活。更小一些的，如小小、桂桂和兰兰，她们游走在法那街上和移民村之间，玩游戏，买零食；更大一些的，如我们，去了中心小学或乡中学，和汉族同学一起念书，说汉语；成年人早出晚归，在金刺梨集团人尽其用。无所事事的阿公在各种场合，表示要回高溪去。在高溪，春天耕种，秋天收割，夏冬两季，正好打猎，那里是阿公的快乐所在。但阿妈和刘干事都没有搭理我。

九月底，已经到了乡政府规定的最后期限，刘干事对阿妈说：

"你安心上班，我们带人去县城找找看。"

刘干事回来后告诉阿妈，他们先去了信访局，后来又去了南山驿站。南山驿站是一个休闲山庄，从九月初开始，这里被县政府包了下来。那些端着饭盆流浪在火车站、汽车站、饭馆门前的残疾人，以及住在县城贯城河桥洞的懒汉，统一被请进南山驿站。他们穿着一新，安逸地用吃了睡、睡了吃的方式欢迎节日的到来。刘干事讲着讲着就有了笑的欲望，最终没有笑出来，他说："还是没有阿公的任何消息。"

进入十月，刘干事组织移民村的人看电视，并学着电视里的样子，唱歌跳舞，好长时间，大家都还沉浸在节日的欢乐之中。刘干事不失时机地鼓励大家，日子是会越来越好的。移民村人还是给金刺梨施肥、松土、剪枝，干活的同时，会不自觉地哼几首歌，这些歌曲都是从电视上听来的，他们唱得欢快，黄腔黄调。大家逐渐把阿公忘了，但是，我们隔三岔五也在打听阿公的下落，阿公是我们的阿公，我们实实在在希望他早点回到我们身边。

十一月中旬，一个野人来到移民村，住进了阿公修建的木房。最先看到野人的是桂桂和兰兰，那时候，她们俩正在跳皮筋。野人披着蓑衣，脚蹬草鞋，扛着蛇皮口袋；头发如鸡窝般油腻蓬乱，嘴巴完全被胡子遮盖。那天小小没有溜出学校。跳皮筋一般要三个人，两人用腿绷住皮筋，另一个人跳。现在跳皮筋的只有桂桂和兰兰，少了一个人，皮筋的一头只好固定在一根木柱上，另一头绷住皮筋的是兰兰，该桂桂跳。她从左往右跳，一百八十度转身，再从右往左跳。桂桂就是在转身的时候见到野人的，她听说野人就是大猩猩的样子。桂桂在电视里见过大猩猩，背佝偻着，走路一瘸一拐，很费力的样子。桂桂说："野人。"然后低着头就往前跑，兰兰不知道什么事，慌慌张张地，被皮筋拌了一趔趄，倒地后看到野人，吓得哭了。野人从移民村的右面往左面来，桂桂和兰兰也只能往左跑。移民村依山而建，它的左边是凤凰山，桂桂和兰兰最后战战兢兢爬到凤凰山上，她们看着野人走进了阿公的木房。

那天晚上，在桂桂和兰兰的带领下，移民村人在我家木房见到了阿公，这是他们到金刺梨集团忙忙碌碌后难得的相聚和轻松时刻。条凳大体靠着火塘屋的四壁，坐在条凳上的男人吧嗒着叶子烟。火塘屋人满为患，女人们只好坐在屋外，那是一排十六家人共用的长方形院坝。阿妈支使我给大家倒茶水。高溪人泡茶，是把茶叶直接抓进烧水壶，简便，茶水有微微的甜味。大家的注意力不全在阿公身上，他们和坐在左边或右边的人谈上班的趣事，交流集团里的某人严厉、某人和蔼，最后达成共识。阿公也坐在院坝里。已经把胡子剃了、把头发剪了的阿公又成了以前的阿公，桂桂和兰兰对此非常失望。

刘干事坐在我家唯一的藤椅上。藤椅宽大，占据了较多空间。刘干事双手交叉抱着，跷着二郎腿，右脚搭在左脚上，脚尖不停地转圈，顺时针转，又逆时针转，漫无目的，毫无规律。他说："阿公好啊，这段时间去哪里发财了？"负责脱贫攻坚工作的刘干事，说出来的话经常与钱有关。

阿公说："我是该来的时候不来，不该来的时候又来咯。"

刘干事说："这是你说的，我可没有这样说哟。"

阿公说："我一回来，又拖政府的后腿咯。"阿公说得没有错，按照刘干事的统计，多一个人，我家又返贫了。刘干事每个月要向上面报各种报表，实时监测，用结果证明工作的成效。其中有一张报表是，统计移民村各家各户的月收入情况。我家只有阿妈有固定收入，她在学校领到的工资是每月二千五百元，阿公失踪的这两个月，刘干事心照不宣地在家庭成员数一栏，把我家写成了三人，这样，我家每月的人均可支配收入是八百三十三块三角钱，正好达到脱贫标准，不考虑可变因素，刘干事负责的移民村提前一年摘掉贫困的帽子。我用学过的数学知识怎么也算不清楚。阿公在家，就算暂时找不到事做，对我们都只有好处。阿公从不要阿妈给的钱，但总能找到养活自己的办法，而且他在家还能照顾好小小，解决阿妈的后顾之忧。

刘干事对阿公说："如果你真这样想，还是可以考虑一下保洁这个工作。"假如阿公去金刺梨集团做保洁，一个月的工资是一千五百元，加上阿妈的工资，我们一家一个月的固定收入是四千元，一年四万八千元，人均年可支配收入就达到一万元以上，就可以超过脱贫标准。但阿公还是婉谢了。

晚上，我和阿公睡木房，这是阿妈的意思，也是我的自愿。阿妈希望我劝劝阿公，不要把刘干事的好心当成驴肝肺。

移民房都是两层，阿公搭建的木房用木板也分隔成两层，我们住楼上，上楼需走阿公自制的木梯。两根长的小圆木平行，等距离垂直钉上短的小圆木，木梯就成了。上这种楼梯只有脚板心与短的小圆木接触，所以我们得双手扶住长的两根圆木，小心翼翼往上爬。我又想起在高溪生活的日子，高溪人都住木房，上下楼也是用自制的木梯。法那海拔低，进入十一月依然很暖和，二楼的木地板铺上一床竹席就成了我们的床。用边角料木材围住的四周缝隙很大，躺在地板上，能很清晰地听到风跑动弄出来的沙沙声，还有不绝于耳的虫鸣。月儿圆，满天星。我问阿公："为什么不去金刺梨集团上班呢？那里有固定的收入。"

我以为阿公会告诉我他不愿做保洁的秘密。阿公说："没有什么是固定的，也没什么会永远地好。"

我问："金刺梨集团也会有不好的一天吗？"

阿公说："人无千日好，花无百日红。谁能知道呢？"

我问："如果金刺梨集团不好了，那些上班的移民村人怎么办？"阿公说过，移民过来后，什么都好，就是没有土地了，只能靠打工，心里慌慌的。

阿公说："也倒没有什么好担心的。"

我想，确实没有什么好担心的，我们是亚鲁，是不可战胜的亚鲁。我们用苗语口口相传的英雄史诗《亚鲁王》，讲述我们的祖先带领族人东征西战，一路西迁，天灾没有把我们打败，人祸也没有把我们打败。我们这一支最后迁至麻山，在高溪定居下来，现在又到了如刘干事所说的宜人、宜居的法那。

阿公总会有一些稀奇古怪的想法。因为总比别人想在前面，又总考虑不周全，所以阿公经常徘徊于成功的喜悦和失败的沮丧之间。在高溪，政府要求猎枪上缴后，阿公设计出陷阱、网套等先进打猎方法，让猎物落入他事先设计的圈套，但凡事总有意外，他就是在套野猪的时候反被野猪咬伤，成为那些安分守己的高溪人茶余饭后的笑谈。前年冬天，我们刚搬到法那不久，阿公见到法那街上的店铺收购柏木油，就在法那河边建起柏木油加工坊，从高溪的山中挖出柏木树根，用竹筏顺河拉到法那，砍碎、装甑、加温，高温水蒸气带走柏木碎片上的油脂，然后冷凝，分离出来的柏木油就可以拿到乡街上卖。阿公熬了一甑，产柏木油十一斤，卖到法那街收入六百六十元。兴奋的阿公开始计算一年满打满算能熬多少甑、能收入多少钱。夜以继日熬第二甑的时候，阿公实在太困了，迷迷糊糊睡着了，夜晚的狂风扬起甑子下面的火星，引发火灾，加工坊一夜之间化为灰烬。好在从高溪带过来陪伴他的青马，用头顶倒阿公晚上用于休息的草棚，救出大火中的阿公。青马被拴在一根柱子上，限制了它的跑动，最后被火烧死。在金刺梨集团任劳任怨的移民村人，又一次得出没有人能随随便便成功的力证，他们庆幸阿公幸免于难的同时，创造出用"马"对异想天开的讽刺。因此，阿公回来的当晚，移民村人问："阿公，又要准备发明什么新玩意儿呢？"阿公当然知道他们想表达的意思，没有理。移民村人意味深长地哈哈大笑，他们又说："阿公，你要先买好马呢。"

是的，所有的冷嘲热讽没有束缚住阿公想象的翅膀。七月底，阿公开始在我家的山墙边搭房子，他平整地皮，找木柱、木枋、木板、牛毛毡。阿公是要养马蜂。七月中旬的一个赶场天，阿公在法那街上看到有人卖蜂蛹，一百元一斤。阿公不明白，所有想得到的欲望，法那街上都能卖。会写的人摆个地摊，卖对联，卖状书；会唱的人进卡拉 OK，卖歌声，卖皮囊；酒量大的女人还可以卖酒量，陪人喝酒，酒吧提成；会哭的人可以帮人哭丧。无奇不有，不怕做不到，就怕想不到。阿公想明白的是，高溪山高林密，到处都是马蜂，那不是一条生财之道？加工柏木油失败了的阿公，用两条野生鱼买回了养马蜂的方法。阿公更明白的是，如果只抓不养，再大的深林，也会有把马蜂抓完的一天。

他问："高溪人都移民了，高溪的马蜂能移民吗？"

他自己答："为什么不可以呢。"

他又问："能不能把凤凰山建成马蜂的家呢？"

他自己又答："为什么不可以呢。"

他对自己的自问自答甚是满意。我家旁边的凤凰山有很多松树，以前的庄稼地退耕，又栽了很多香樟树，所有进山的路口都立上"封山育林"的水泥牌子。阿公再问："高溪的小树苗，可以移民法那吗？"

他自己再答："为什么不可以呢。"

阿公想，到了冬季，就把高溪的柏木树苗、杉树苗、白杨树苗移栽到凤凰山上，把凤凰山也建成郁郁葱葱的模样。就在我们发现阿公失踪的前三天，阿公出发了。九月至十月，马蜂开始脱巢，准备迁移到适宜的越冬环境，这是抓马蜂种的最好时机。

第二天晚上我主动去了木楼，我要阿公继续给我讲述山林里的故事。阿公说，他搭了一张树床。住在树床上的好处是，能够更好地听到马蜂筑巢的方向。马蜂是群居昆虫，听到一只鸣叫，一定就有很多只。寻找马蜂的间隙，阿公打猎，经常打到的是繁殖力强的野兔，那是阿公每天需要的食物。阿公把糖水洒在马蜂出没的地方，再放上野兔肉。新鲜的野兔肉和糖的香味引来了一只工蜂，阿公捉住了，在工蜂的脚上拴了一根线，线的另一端再拴一张我用剩下的白纸。马蜂带着白纸飞，阿公跟着白纸跑，他很快找到了一窝马蜂。天黑了，月亮从麻山升起来。所有的马蜂回窝，阿公用网袋套住马蜂窝，摘下。阿公制作了捕捉马蜂的装置，一个金龙鱼塑料瓶，把瓶口锯掉，塞进一根空心的竹子，固定好后，在瓶子周围打上透气的孔，那些想飞走的马蜂全部装进金龙鱼瓶里。木筏成了法那和高溪的维系，阿公乘木筏去高溪，又乘木筏回法那。回来的时候少了一双被刺笼撕坏的胶鞋，多了十窝马蜂，现在就放在木楼里。

阿公在木房子的一楼放上从法那街上木材加工厂拿来的锯木面、腐朽的松树皮、柏木树皮。我用过的废作业本被撕成条形，挂在木房子周围的木枋上。所有这些都是马蜂筑巢室的材料。阿公还在木房子里面的四周围上塑料网，十窝马蜂挂在梁柱上，把蛇皮口袋取出，马蜂从巢穴里出来。光天化日，雄蜂找到蜂王，骑在它的身上，尾部连在一起了，互相咬住对方的背部，成"S"形。阿公为它们高兴，未来的日子，蜂王的卵将变成幼虫、蛹、成虫，那是蜂王和雄蜂的子女，这些子女又会产生新的蜂王、雄蜂、工蜂，它们以木房为家。木房就是一个马蜂的世界，雄蜂、蜂王、工蜂各负其责，交配，产卵，酿蜜。

阿公计算，十个蜂巢，待来年可以收四百斤蜂蛹，每斤一百元，蜂蛹收入就是四万元。但阿公不卖蜂蛹，他要让蜂蛹长大，让它们飞到凤凰山上。阿公是卖成蜂。成蜂浸泡在白酒里，可以防治风湿。一窝蜂有成蜂三千只左右，阿公把老弱病残卖掉，有三成，就是一千只，一只可以卖两块五角钱，十窝马蜂可以卖二万五千元。经常让刘干事操心的阿公，用条理清晰的口算终于让刘干事满意了一回。刘干事放话，待阿公的马蜂上市，就把阿公塑造成典型。他说阿公创新了移民村脱贫的路子。

阿公的计算越理想，移民村人就越不满意，他们认为瘸腿阿公的话是又一次不切实际的无稽之谈。他们建议阿公赶快买马，关键时候还可以抓住最后一根救命稻草。我家的青马为救阿公伤命，他们又一次用马来讽刺阿公。因为阿公养马蜂的木房所在的地皮属于公共财产，他们对刘干事说，阿公是多吃多占，是把集团财产化为私有的不耻行为。

刘干事说："地闲着也是闲着。"

移民村人不满意阿公的另一个原因是，马蜂不知疲倦的嗡嗡声影响了他们的睡眠，从而影响他们在金刺梨集团上班的效率。桂桂家和兰兰家反对最为强烈。桂桂和兰兰每天都在马蜂眼皮底下玩，有被马蜂蜇的风险。

刘干事说："凡事都有两面性，马蜂蜇人是坏事，但马蜂会吃金刺梨树上的害虫又是好事，金刺梨健康了，金刺梨集团收入就多了，你们的工作就有保障了。"

刘干事要求我家做好马蜂蜇人的防范措施。桂桂、兰兰和小小每天还是在移民房的院坝里跳皮筋、踢毽子、丢沙包、捉迷藏，阿公告诫，为了安全起见，最好离木房远一点。

小小问："马蜂蜇人疼吗？"

阿公说："能蜇得死人。"

小小又问："如果遇着马蜂要蜇人怎么办？"

阿公说："点上火，用烟熏。马蜂怕烟雾，烟一熏，马蜂就跑了。"

马蜂快养家了，这是关键，只有养家了的马蜂才会住下来。阿公精心照料马蜂，为马蜂准备食物和水。马蜂渴了的时候会去喝水，有些小马蜂会掉进装水的盆里，所以阿公会定时检查水盆，把掉进水里的马蜂捉起来，放在吸水性很强的卫生纸上，很快马蜂就会飞

起来。阿公自制了十个人工辅助巢，将交配的雄蜂和蜂王放进辅助
巢不受打扰。阿公已经和马蜂成了朋友，他对马蜂说："飞吧飞吧，
你们也是飞翔的亚鲁。"马蜂嗡嗡嗡地围在阿公周围，阿公就把从
法那街上水果店捡来的腐烂的苹果、桃子、梨子放进蜂巢。腐烂的
水果是马蜂最爱吃的食物。阿公说："吃吧吃吧，吃饱了才能成为
勇敢的亚鲁。"

这天，桂桂、兰兰、小小玩捉迷藏的游戏，该小小躲，桂桂和
兰兰找。在移民村，她们躲的地方有限，不难找到。这会儿，小小
想到"闲人免进"的木房子，那里养着能蜇得死人的马蜂。小小轻
轻推开了木房子的门，她吓着了。透过楼板很大的缝隙，小小看到
一大群马蜂围着阿公，她想阿公一定会被蜇死的。其实阿公穿的是
防蜇服，他平时穿的衣服就放在一楼的条凳上，条凳上还放着他的
叶子烟斗和一次性打火机。小小把那些用作马蜂筑巢室的锯木面、
废纸屑、松针、松树皮、柏木树皮全部点燃，被烟熏着的马蜂更加
狂乱，它们横七竖八地飞，但塑料网挡住了它们的出路。小小又用
打火机把塑料网点燃。桂桂和兰兰以为房子燃起来了，他们找到小
小的时候见到的是满屋的烟雾，那些还没有养家的马蜂沿着燃后的
塑料网洞和板壁的缝隙飞向凤凰山。

我和阿妈从学校回到家时已是深夜，阿公还站在木房子的二
楼，望着黑夜中的凤凰山，虫在鸣，夜很静，阿公没有挪步。小小
扑在阿妈的怀里，非常得意，她说："是我救了阿公。"

移民村人断定，不会超过太长时间，金刺梨集团的楼道、广
场、公共厕所，一定会出现一个蹒跚的身影。他们理所当然地认为，

尺有所短，寸有所长，穷尽一切想象，也想不出瘸腿阿公还能弄出什么新发明。小小、兰兰和桂桂，已经成了移民村的有功之人，她们让移民村重新安静。兰兰的阿爸按照功劳大小，分别对小小、兰兰、桂桂进行奖励，亲自点火熏走马蜂的小小，得到棒棒糖十根，参与者兰兰和桂桂各得五根。

阿妈已经有了怨言，周末在家大扫除，洗衣、扫地、拖地，一边做，一边说："做保洁有什么难的，为什么有些人就不想做呢？"我们都知道她是说给阿公听的。但阿公把阿妈的怨言抛在颠簸的身后，挂着斑竹拐棍出门了。

阿公准备去找刘干事商量，如果只负责金刺梨集团室内部分保洁工作，他可以考虑，金刺梨集团做保洁的人不是一个两个，阿公认为这不是问题。村活动中心在移民村去法那街的路边，刘干事就住在那里。去的路上正好遇着迎面走来的桂桂的阿爸，他说："阿公，我正想去你家呢。"

阿公说："是吗？"

桂桂的阿爸说："可不是嘛，别人都论功行赏，我也该对小小进行奖励，不然大家还因为我抠搜呢。"桂桂的阿爸扬了扬手里的棒棒糖，又说："二十根，你家小小十根，桂桂和兰兰各五根。"

阿公懒得理，继续往前走，兰兰的阿爸正好从街上回来。

兰兰的阿爸问："阿公是要去做保洁吗？"这是反话，他是故意气阿公的。

阿公说："不做保洁就活不了了吗！"

兰兰的阿爸说："法那人这么聪明，想精想怪的好事还轮到我们？"

阿公说:"那不一定。"阿公已经不想找刘干事了。

次日,我们又发现阿公失踪了,整整一个晚上,他都没有回家。我们还是沿着移民村和法那街上找,阿妈边找边骂:"走了就不要回来,免得折磨人。"

移民村人说:"肯定又去高溪了。"

阿妈说:"好在腿瘸了,否则不知跑到哪个国家去了。"

在高溪的时候,贫困户不止我家,现在,就算减掉没有固定收入的阿公,阿妈一个人的工资养一家三口,也刚达到脱贫标准,刘干事认为很不保险,物价每年都在上涨,如果工资不变,随时都可能再返贫。周末阿妈看着人去楼空的木房,又想起阿公。阿妈是埋怨,认为阿公是不负责任地一走了之,图自己安逸,没有作为老辈的胸怀大局。阿妈准备用木房子养猪,猪肉价见涨,正好可以弥补其他家庭必需品上涨的缺口。阿妈买了五头仔猪,刘干事在脱贫攻坚会上建议给阿妈涨工资,以学校食堂的剩菜剩饭抵扣。参会的校长认为这是一举两得的好事,以前的剩菜剩饭都是花钱请人拉走。

阿公搭建的木房子的一楼,被阿妈前后隔成两格,后面关养仔猪,前面建了灶台,安上铁锅。寒假,除了做寒假作业的时间,我就背着背篼去凤凰山上捡拾枯枝和松针,用来煮猪食。我先从离家最近的地方开始捡拾,一天天过去,就到了山的背后,那里的松树最为密集,我就见着了阿公,他正在舐食马蜂窝上的蜂蜜。如果不是他用轻微的声音叫我,我已经认不出他来了。他喊:"阿孙。"我感觉好熟悉的声音。他又喊:"阿孙。"循着声音的方向,我看到了一个树屋。阿公爬出来,他的长发及肩,已经花白,拉碴的胡子盖住了整张脸。我当时害怕得转身想跑,阿公说:"阿孙,不要害怕,我是阿公。"我说："阿公，你走后我们一家人都非常想你，现在我们一起回家。"骨瘦如柴的阿公只是用鼻子哼了几声，像是"嗯嗯嗯"，又像是"嗡嗡嗡"，伴随着呼啸的寒风，我无法听清。我站在树屋下面等，阿公好像已经没有力气了，示意我在天黑之前赶快回去。

第二天一早，我背着阿妈煮的一大碗面条，带到凤凰山上的树屋，我想阿公可能是快饿死了。树屋以呈三角形的三根松树为支撑，状如蘑菇，就像在高溪时建的粮仓。阿公用青藤编了一个背篓、一个袋子，袋子装有一定重量的石头。背篓拴在一根青藤上，以树杈为支点，另一头挂在袋子上。阿公还斜着从树屋到地面搭了四根木头。阿公从树屋爬出来，把青藤袋子那边的挂钩取下，坐进背篓，沿着斜放着的四根木头滑下来。

我问阿公："搭个木楼梯不是更简便吗？"

阿公一边狼吞虎咽，一边把那条残腿伸过来，残腿已经萎缩得如一根大拇指。阿公已经爬不动楼梯了。

阿公吃完面条，我说："可以和我一起回家了。"

阿公说："让大家笑话吗？"这就是阿公的秘密，他不希望熟悉和不熟悉他的人，见到他一瘸一拐的残腿，从而成为被人可怜的对象。

我说："如果不回去，他们真会把你当野人笑话。"

阿公说："在这里，我就是蜂王，飞翔的蜂王。"阿公把装有石头的袋子提到砌有一定高度的石台阶，再爬进背篓，把背篓另一侧的挂钩挂在袋子上。树杈与石台阶有一个斜角，用力一拉，袋子离开石台阶。阿公把双手伸成一条直线，说："我要飞翔起来了。"由于背篼和袋子两边的重量不等，较轻的阿公被恰好长度的青藤拉上树床。

整个寒假，我都偷偷给阿公送饭。新学期快开学的日子，阿妈开始数落阿爸，她说她上辈子究竟欠了阿爸什么，这辈子都在为他还债。我和小小傻呆呆坐着，不敢搭话。阿妈最后掉了眼泪，我觉得阿妈是该流泪。阿妈把衣袖往双眼上一横，止住哽咽，说："我重新给你们找个阿爸，你们同意不？"

小小还不懂。阿妈的话出乎我的意料，我和小小都不说话。阿妈要找的新阿爸在县中学教书，比阿妈大十八岁。见我们不说话，阿妈说："这样，你们都可以到城里读书了。"

我说："我不去。"

后来阿妈请刘干事来劝我，他说："小孩有小孩追求的幸福，大人有大人追求的幸福，懂不？"

我说："我要留下来照顾阿公。"

刘干事说："阿公都失踪几个月了。"

又说："如果真能活着回来，我就叫他到县城找你们。"

但是，阿公的腿已经走不了了。

凤凰山上，松树林深处，到处都是马蜂窝。阿公说，春暖花开的日子，马蜂就会飞出巢穴，它们想飞哪里就飞哪里，想飞多高就飞多高。我多希望瘸腿的阿公，就是一只马蜂。飞翔的阿公，和他跃马扬鞭一样，一定英姿飒爽。

《红岩》2020 年第 4 期

军 马

一

　　王宝才来得最晚，他看了一下表，差十分钟七点，他并没有迟到，说好的是晚上七点开会。王宝才是一个时间观念很强的人，否则，他手上那块——也是西屯生产队唯一的一块——上海牌手表，不就成了摆设了？

　　参会人员共四位，地点是张队长家院坝。方桌的作用是摆放茶壶和茶碗，被四根条凳一围，核心地位就出来了，分别坐在其中三根条凳上的张队长、向会计和赵牛倌吧嗒着旱烟，用一种心知肚明的表情看着王宝才，欢快的气氛和他们吐出来的烟雾一起，从方桌上方弥漫开去，所有的蛛丝马迹表明，三人已经提前把会议的内容议过了。大家都知道，大会研究小问题，小会研究大问题。向会计又兼生产队的出纳，参加这种小会没有什么可说的，生产队的班子成员嘛。赵牛倌负责给生产队放牛、放马，也来了，王宝才不理解。

果然，牛倌见识短的劣势马上凸显，他对着王宝才先开了口："叫你来，就是有个事非你出动不可。"

王宝才问："什么事？"

队长睐眼制止了牛倌滔滔不绝的说话欲望："队上的花马发情了，这事怎么办？"

队上有三十七匹马，有红马、黄马、黑马、白马，花马只有一匹。王宝才说："马发情了我有什么办法，得找公马解决。"

牛倌又不识趣地接了嘴："如果找生产队的公马解决，那不就是小事一桩了，还开什么会？"

队长这次没有睐赵牛倌，看着王宝才，满脸都是领导少有的不耻下问的虚心："你上周不是和军马场有接触吗？"队长用商量的口气说话的时候，头会不自觉地矮下去，刻意从左往右梳的几根孤苦伶仃的头发，会不按预设的路数往额头上掉，一览无余地暴露秃顶的事实。

军马场的地形是一个大约长二十公里、宽三公里的长方形，是地方划给军队的一块"飞地"，它的四周，除了西屯，还有东屯、北屯和南山屯，都是屯县的范围。军马场呈东西走向，最东边是场部，最西边是西三队。西屯生产队就挨着西三队，之间仅隔一条屯水。虽说都称队，但队和队的身份是不同的。一个是地方上的生产队，一个是部队的营级编制；一边是农民，一边是军人或者军队管辖的工人。身份的不同，直接导致地位也有了差异，所以这两个邻居之间往来并不多。

王宝才是因为帮西三队修水泵才认识西三队的指导员的。

九月，天气正是最热的时候，王宝才每天在西屯小学上完课，如果不下雨，都要到屯水洗澡。那天，西三队的水泵坏了，队部打了报告到场部，场部批准新买一台，安装上去后仍不能使用，队部不知如何是好。军马场不比农村，人吃的是自来水，马吃的也是自来水，水就是从屯水抽上来的，取水点在王宝才洗澡的上游，距离就十来米。

穿着拖鞋、短裤、背心，搭一条白毛巾的王宝才走过去看热闹，没有人看上这个愣头青，王宝才说："我试试？"大家也就是死马当成活马医，任由他去。

王宝才检查后发现，原来是水泵和电机的转速不匹配，问题是附近的地方都没有这种匹配的水泵。这是一个简单的算术题，王宝才画好图后说："改装了可以用。"西三队的工人和王宝才当天到了附近的一家机修厂，按照王宝才计算出来的数据改装皮带轮，水泵在王宝才的妙手下回春。军马场下辖六个队，西三队最边远，所以高配干部，指导员由场部的副场长兼任，姓谭。谭副场长看着王宝才，想不通一个上千人的单位还抵不上一个西屯的农民。

王宝才说："我是插队的知识青年。"

谭副场长拍拍王宝才的肩膀，说："今后有什么事尽管来找我吧。"

向会计烟斗里的旱烟吸完了，他的嘴一直不离烟杆，吸得勤，烟燃得也快。这会儿嘴腾出来了，也得说两句："你找谭副场长帮个忙，配个军马种，下个小军马，小军马再配种，生更小的军马，三年五载，西屯的运载能力恐怕在全公社就该数第一了。"

　　向会计说得很顺溜，其实他没有这么好的口才，这些都是王宝才来之前三人议好了的。队长把话接过去，有了军马，拉粪驮粮的效率提高了，我也可以和东屯掰掰腕子了。西屯穷，主要是坡地多，交通不便；东屯在军马场场部的东面，地势平，土质好，是全公社最富裕的地方。

　　王宝才还是那句话："我试试。"他这才看清楚，发情的那匹花马，就拴在队长家猪圈的柱头上，离他们开会所在的院坝，仅两三米的距离。花马也是一匹白马，只是它的额头上长了一圈黑毛，黑毛外面又长了一圈黄毛。在屯县，额头称作脑眉心，队长就说它骚、花心，取名花马。这匹花心的马名副其实，比其他母马更容易发情，就得交配、下崽，是队上的马英雄，队上的三十七匹马中，有四匹是它的子女。月亮悬在头上，白晃晃的月光下，花马低着头，若有所思的样子。王宝才过去，拉住马绳，拍拍花马的头，就要出发。

　　队长叫住他："是花马的好事，看你比它还急。"

　　队长的惯例，会后都会搞一口。队长夫人是知道他的习性的，早就把准备好的苞谷酒倒在一个土碗里，队长喝一口，又递给王宝才："来口酒，以壮此行。"

　　王宝才已经跨上了马背，一挥手说："喝酒不骑马，骑马不喝酒。"

　　蹚过屯水，就是军马场的西三队。屯水是一条小溪，浅，也不宽，花马驮着王宝才，嚓嚓嚓地就过去了，很有点威武的意思。王宝才一路上在想，如果骑的是军马，该是怎样的威风！再想，队长就是队长，决策他妈的就是英明。想着想着就到了西三队的队部。军马场有一条毛马路，从西三队一直向东通往场部。两个卫兵在毛马路上拦住了王宝才，问："干什么的？"

王宝才答："谭场长叫我来的。"这回答连自己都很满意，把谭副场长的"副"字省掉，很顺口。其次，不是说自己找谭场长，而是说谭场长找他，显示了两者之间不一般的关系。

效果很明显，一个卫兵拉着王宝才的马缰绳，另一个卫兵跑步去毛马路右边的队部通报，一会儿，跑去通报的卫兵回来，叫王宝才进去。谭副场长想不到这个叫王宝才的年轻人这么快就来找自己了，但这事让他很为难："军马的精子也是国家的精子，占为私有恐怕不行。"

"可不可以看成军民鱼水情呢？"王宝才再问。

谭副场长想了一下，说："我得去请示一下场长，有了消息，再回复你。"

第二天，在张队长的催促下，王宝才又去西三队打探，谭副场长带了话，说场部没有同意，并表达了歉意。谭副场长还带来了一个意思，现在自己说话算不了数，待说话算数的时候什么都好说。王宝才思前想后，觉得这个姓谭的就是一个不讲信用的人。

西屯生产队第一次配军马的计划就这样以失败告终。

二

王宝才带回来的消息，让队长很沮丧，倒是赵牛倌，还沉浸在参加小会的兴奋中。他对队长说："能不能换一种思路呢？"

张队长哼了两下鼻子，全生产队的人都知道，赵牛倌是一根筋，之所以让他参加配种的小会，仅仅是因为他更能知道牛马什么时候配种最佳而已。

赵牛倌说："一个刚来的知青都能和军马场取得联系，其他人为什么就不能呢？"

队长说："就算有这种人，肯定也不是你。"

赵牛倌说："不见得。"

赵牛倌第二天便把牛和马赶到寨子下面的屯水去放。之前生产队放牧的地方是寨子后面的屯山，那里是树林和荒地，没有庄稼。屯水边上一片一片的绿色大都是抽穗的秧苗，草长在一尺左右宽的田坎上，牛和马分不清什么该吃，什么不该吃，所以就不动脑子地什么容易吃就吃什么。赵牛倌只好不停地用黄荆条抽打最后面的牛和马，后面的牛和马又用头顶前面的牛和马的屁股，这样你追我赶，就过了屯水，进入了军马场的地盘。

军马场的军马也是要放牧的，牧马人就是军马场的配种师，姓卓，叫卓九，按编制，他算军马场的工人。军马场的母马发情的日子了，卓九就负责配种，其他时间负责放牧。母马发情的日子毕竟不多，所以卓九大部分时间都在放牧。正是因为卓九干了配种的工作，军马场的女性说不出口地对他避而远之，男性也为了和他撇开关系，同样避而远之，所以在军马场，和卓九说话的人并不多。现在好不容易逮到一个说话的地方，卓九很珍惜。只用了两天时间，在赵牛倌有目的的推进下，两人混熟了。

军马场的人喜欢吃鸡蛋，那时候农村养的鸡少，鸡蛋也少。赵牛倌把婆娘积攒下来准备赶场天拿去卖的二十个鸡蛋，连同提篮一起提走了。军马场的马厩集中在西三队，这里离场部最远，马身上的臭味和马粪的臭味离场部也最远。虽说西三队是军马场六个队中最热闹的一个队，也是最大的一个队，但家安在西三队的极少，最理想的是安在场部，次之也该往东边走，依次是东一队、东二队、东三队、西一队和西二队，这样，到了晚上，除了值班的领导、单身的卫兵和工人，西三队几乎就没有其他人了。

赵牛倌骑上花马，下了一个坡，蹚过屯水，上了一个坡，就到了军马场的西三队。两个卫兵还是在毛马路上拦住了他，问："干什么的？"

赵牛倌说："找卓九。"

虽然军马场属于部队编制，但管理还是没有作战部队严格。在西三队，只有两个地方是禁区。一个是队部，那是西三队的办公区，在毛马路的右边；还有就是在毛马路左边的马厩。卫兵都是知道卓九的，一挥手，任由赵牛倌自己去了。赵牛倌把鸡蛋悄悄放在卓九宿舍的门背后，开门见山就谈到了来的目的，卓九直截了当，说："不可能。"

赵牛倌说："能不能把花马偷偷地放进马厩，让它和军种马神不知鬼不觉地干完好事不就成了。"卓九住的单身宿舍和马厩都在毛马路的同一侧，距离不远，赵牛倌觉得这真是一个不错的主意。

卓九说："不要说你的马，就是我自己，下班了都不可能进去。"

赵牛倌问："为什么？"

卓九说："还会是为哪样？有卫兵把守呗。"

赵牛倌以为送的礼卓九没有看到，办事毕竟和平时摆闲谈不一样。卓九从门背后把鸡蛋提起来，交回到赵牛倌的手里，说："这个忙我帮不了。"

赵牛倌走出门都没有想通，马干那种事还要卫兵把守，真是稀奇了。但赵牛倌对卓九的印象还算不错，当晚，他对大槐说："军马场有个小伙单身。"

大槐脸就红了，她说："爹，你说这些做哪样？"

赵牛倌说："我想给二槐参考一下。"

大槐说："二槐不是还小嘛。"

赵牛倌说："都十九了，还小，有些十七八岁都带小孩咯。"牛倌是激将。

大槐扭身进了自己的房间，嘟哝一句："急唠唠给二槐找婆家，别人还以为我嫁不出去了呢。"

严格来说，赵牛倌的配种计划已经失败。和大槐聊完后，赵牛倌胸有成竹地找张队长，说："再给我一点时间。"

对于队长来说，缺的是钱，缺的是粮食，就是不缺时间："爱怎样你就怎样吧。"赵牛倌很高兴队长的宽容，他提出了新的要求，就是增加一个放牛、放马的人手。

队长说："咦，我看你是得寸进尺了哈。就算我答应，你问下社员答应不？"

赵牛倌说："如果增加一个人手是为了配军马呢？"

队长说："你不会是已经配上了麻敷我吧。"

赵牛倌说："如果配成了，花马还会不会魂不守舍的样子？"

队长觉得很有道理，况且，赵牛倌上次的计划虽然失败，但过程还是有可取之处的，至少西屯又多了一位认识军马场的人。

队长说："那你讲讲，怎么可以配军马的种？"

赵牛倌讲了。

　　第二天，大槐就跟着父亲赵牛倌放牧了。赵牛倌有四个女儿，大槐是大女儿，赵牛倌想生个儿子，一根筋的结果是，一连生了四个闺女。按赵牛倌锲而不舍的性格，应该是不到黄河心不死的，但老婆生了四个闺女后就不负责任地怀不上了，就算这样，赵牛倌在西屯因为子女多，家庭也是相当困难的。

　　大槐今年二十岁，已经到了谈婚论嫁的年龄。那时候白天要出工，说媒都是在晚上。每次媒人到来，都被大槐堵在漆黑的院坝里，婉谢了。一而再，再而三，西屯的人明白，大槐的理想不在农村。王宝才到西屯后，有人猜测，这是不是就是传说中的缘分？王宝才也是二十岁，除了个头稍微矮了点外，和大槐似乎很般配。

　　赵牛倌直接分工，他放牛，大槐放马。赵牛倌在军马场放牛放马的那两天，已经观察好了，卓九个头高，人帅，按照赵牛倌的小算盘，就算配不了军马，能找一个军马场的女婿，也是不错的选择。况且，队上的土马，混在军马里，军种马没准会喜欢的，干惯了又高又大的，难道就不想换换口味？这一点赵牛倌判断错了，军马总是和军马一堆吃草，土马也总是和土马一堆吃草。有时，两群马挨近了，军马就会扬起前蹄，仰头嘶鸣挑衅，时间长了，土马好像知道自己寄人篱下，忍气吞声地和军马保持一定距离。倒是大槐，随着时间的推移，和卓九之间的距离是越来越近。

　　卓九喜欢看书，他把军马赶到草地后，找一块石头坐下就看。大槐把队上的三十七匹土马赶到军马场的草地后，也找一块石头坐下，她纳鞋垫。大槐针线活好，能在鞋垫上绣龙绣凤。刚开始的时候，如果卓九坐在偏南一点的地方，大槐就坐偏北一点的地方。一天天过去了，卓九慢慢地往北面坐，大槐慢慢地往南面坐，终于在一个黄昏，两人坐在了一起。黄昏过后是黑夜，对两人来说，心跳快了，时间就过得慢了。漫长的等待换来了草草的收场，但两人毕竟已经做了，完后大槐哭了，卓九本来不爱说话，现在更是手足无措。大槐本来想给卓九讲，但是又不知道怎么说出口，大槐心里想的是：人人都以为我的心在西屯小学的王宝才老师身上，其实我的心在军马场。大槐没有出过远门，走得最远的是乡街，到过的最繁华的地方就是军马场的场部，场部有六七幢四层高的红砖房，去过场部后大槐猜想，世界上最好的地方也不过就是军马场这个样子了。

哭完后，大槐从花背袋里拿出十双鞋垫。这十双鞋垫大槐做得最仔细，她用尺子比着画线，横着画，又纵着画，针线就绣在横竖交叉的点上。十双鞋垫，十个花样，鸳鸯、荷花、大海、石头等，卓九明白，鞋垫的图案，表达的是鸳鸯戏水、百年好合、海枯石烂的寓意。大槐是按四十二码的脚做的，因为卓九的个子很高，她猜想脚也很大。卓九没有什么东西送大槐，就把看的书给她，说无聊的时候可以随便翻翻。晚上大槐借着煤油灯看，脸就红了，心里骂卓九：天天看这种书，怪不得不正经。书上的内容是关于配种的。

大槐总共放了四个月的马，队长能让她放这么长时间的马，主要是无法证明这段时间究竟配上军马没有。四个月后，花马的肚子已经有动静了，大槐才回到队上，又和大家一起出工。西屯的媒婆没有费什么口舌，按部就班走完必要的程序后，大槐在冬季梦想成真地嫁到军马场，成了配种师卓九的媳妇。

就连大槐，也不知道生产队的母马配上军马没有。放牧的那四个月，她的心在卓九身上，工作的重点在纳鞋垫上。第二年初秋到来的时候，花马毫无意外地下了一匹土马崽，真相大白，生气的张队长不管大槐已经出嫁，硬从她爹赵牛倌名下扣回来头年她得到的四个月的工分。工分就是粮食，赵牛倌家吃的本来就不够，如果再扣一个劳动力四个月的工分，估计有几个月得喝稀饭了。赵牛倌嬉皮笑脸又去找队长："没有功劳也有苦劳，就不能通融一下？"

队长也留了一手，他说："除非大槐能帮队上配上军马。"

又说："如果大槐能帮助生产队配成军马，可以在四个月的工分基础上再奖励五倍的工分。"

队长是一个说话算数的人，生产队有个五保户，快八十岁了，他以前有个男人是弹花匠，出门弹棉絮搞副业，后来杳无音讯。五保户没有子女，生活就靠队上救济，按理，这种人应该知足才对，但凡有公社领导下队检查，她就说生产队的不是，张队长对她最后通牒，说再乱讲，就怎么怎么。五保户不信邪，又讲，张队长果然如他所说，不再分粮食给她。但五保户要吃饭，队长就让老婆天天给她送，老婆有了意见，说见过蠢的，但没有见过比你还蠢的。队长骂老婆，妇道人家，头发长见识短。张队长的威望就是这样建立起来的。

三

嫁给卓九后，大槐成了军马场的临时工。赵牛倌把一家人的希望都寄托在大槐身上，他想，既然军马场的配种师已经是自己的女婿，哪有帮不了西屯配军马的道理？如果西屯的军马配成，他家就会多得二十个月的工分奖励，晚上牛倌对老婆说："我家大槐就算出嫁，作用也可以抵差不多两个劳动力。"老婆觉得在理，主动给了牛倌一次奖励，高兴中的牛倌，尽管岁数不饶人，依然生龙活虎，老婆说："真是个放牛的，只会使蛮劲。"

大槐的工作是负责给军马割草，做的活路和在农村没有太大的不同，两口子住的房子也是顶上盖青瓦的小平房，和农村也没有两样。大槐对此很不满意。她问卓九："这就是军马场？"

卓九问："你认为军马场该是什么样？"

大槐说："骗子，你们都是骗子，军马场也是骗子。"

对卓九来说，变化还是有一些的，队部又给卓九腾了一间屋，和以前单身时候住的那间挨着。新的这间，两口子用来做厨房，以前那间做卧室。他们的小便都是拉在床底下的一个瓷盆里，用一块圆形的木板盖住，每天早上，大槐端去公共厕所里倒，卓九对她说："去早一点，免得别人看见难为情。"大槐偏反其道而行之，她打心里认为，如果尿都还拉在茅厕里，和农村有什么区别？西三队有个场坝，就挨着公厕，星期天赶场，军马场管辖的六个队栽种庄稼，也栽种其他农产品，这些农产品就拿到场坝卖。大槐把尿倒进公厕后，就去买菜，以前在西屯，家家都种有菜，想吃什么，就到地里采摘。现在，菜要自己买，买菜是她最喜欢干的活，她东挑挑西挑挑，从街头走到街尾，又从街尾走到街头。卓九说："就买几根葱蒜，至于吗？"

大槐说："我心喜欢，钱揣在兜里，想买啥就买啥，想买谁的就买谁的。"

结婚后，大槐经常做梦，梦到自己就是嫁给一个农民，就是这种梦也会把自己吓醒，醒来后反复揪自己大腿，很痛，清醒了，觉得现实和梦境差不多，增添了许多忧伤。

　　大槐时不时地会和卓九回西屯。王宝才白天给学生上课，晚上还自愿给社员上课。有天晚上，大槐的幺妹跑到教室叫她爹赵牛倌，说大姐和大姐夫来了。赵牛倌笑嘻嘻地就走了。王宝才气不打一处来，说这种书我教不了了，还是应该接受贫下中农的再教育。张队长去当和事佬，王宝才把粉笔一砸，说："就是你这个生产队长支瞎子跳岩。"

　　西屯小学位于赵牛倌家坎上，在操场坝能听到赵牛倌和女婿谈笑风生。王宝才更气了，跑去找队长算账，队长几杯酒把王宝才弄得又哭又笑，掏心窝地把该说的话都说了。大槐当姑娘的时候讲究，洗脸有专用的毛巾，用肥皂洗得又白又亮。为了确保专用，大槐的毛巾没有和家里人共用的毛巾放在一起，长年累月地搭在院坝边一根发黄的竹竿上。王宝才经过长时间的观察，如果那张毛巾半个小时不在竹竿上，就说明大槐去屯水洗澡去了。夏秋两季，大槐收工后经常去屯水洗澡。这样，王宝才也经常去屯水洗澡。因为去洗澡才碰巧给西三队修水泵，张队长才叫他去配军马，大槐才去放牧。一连串的结果后，大槐才嫁给卓九的。

　　王宝才敬了队长一杯酒，说："都是你害的。"

　　王宝才本来有进城的机会的。他的家人活动，准备把他安置在县棉纺厂工作，听到消息的时候，王宝才正在屯水洗澡，那时候大槐还没有出嫁，那天她也去屯水洗澡，王宝才看着正在甩头发的大槐，对带信的人说：西屯很好，教书很好。大槐是披肩发，头发上的水被她甩得到处飞扬，王宝才兴高采烈回学校，一路上见到的都是从大槐身上洒落在路上的水珠。那天张队长很欣慰，说："不回城当然最好，你走了谁帮我们配军马呢？"

现在，王宝才想回城了，他说："西屯人都是骗子。"

但回城得有机会，王宝才是错过了。因为王宝才在气头上，张队长好长时间不敢再提配军马这件事，倒是赵牛倌，因为有了一位做配种师的女婿，对配种更是热心了。

那时候每家都养猪，因为吃剩下的汤汤水水也是资源，不可以浪费。多数人家养的是骟了的猪，养到冬天，杀来过年。家庭困难的养母猪，待下崽来卖，贴补家用。以前赵牛倌家养的也是骟了的猪，大槐嫁给卓九后，改养郎猪，就是种猪。赵牛倌家的郎猪是通过多次杂交和回交培育出来的品种，就是让母猪和高大爱长肉的公猪配，下的崽再和花猪配。花猪最大只能长两百斤左右，但肉糯、香。杂交后的猪兼具了又长肉又好吃的特点，缺点是这种猪适应性不强。杂交猪相互交配，就是回交，回交猪就有了适应性。这些都是女婿卓九教的。

赵牛倌家的这头郎猪专给周边寨子的母猪配种，收费和其他地方一样，每配一次两元钱，唯一的区别是配成后还要额外加一元，大家也理解，性价比高嘛。

生产队配军马的计划虽说失败，但赵牛倌家配猪的计划应该算是成功了。

四

一九七五年底，经张队长推荐，王宝才去北京上了大学，上大学的第二个星期，他给张队长写了一封信，表达了对队长的感激之情。王宝才给大槐也写了一封信，这封信是通过张队长转的，表达的是对大槐的痛恨之意。大槐收到那封信后并没有在意，只是王宝才随信寄了一张照片，照片的背景是大槐自始至终保留这封信的理由，她看着照片上的高楼大厦想，居然还有比军马场更繁华的地方。这封信被大槐瞒着，存放在她家的镜框背面，用胶布粘着。

春节前，卓九回农村老家看望父母，放牧军马的事就交给了大槐。大槐除了放牧军马，还有自己的本职工作，就是割草。西三队往西，与屯水一河之隔的地方，以前是一些小山丘，建军马场的时候，用炸药把小山丘炸了，推平，成了一片草地，是放牧军马的好地方。草地上的草很短，都是军马啃的，马就喜欢啃很短的草，龇着牙，把草咬断，边吃，边摇头驱蚊虫，有时候扬蹄，没有规律地踏上几步。草地再往西，叫十二茅坡，林深草密。大槐把军马赶到草地，就去十二茅坡割草。大槐把草割好后，用鸡公车推回西三队。冬天草枯，每天要割三车草，才能把军马喂饱。大槐就是在装第三车草的时候见到那两束光的，天渐渐黑了，月亮还没有出来，两束光绿莹莹的，比冬季的天气还寒冷。大槐知道遇到豺狗了，豺狗是屯县一带的叫法，就是狼。

豺狗就守在鸡公车旁，盯着大槐。大槐把茅草放下，她的心都提起来了，腿一直抖。豺狗估计是忌惮大槐手里的镰刀和叉子，它在等天黑尽。大槐看得出来，那是一只怀孕了的豺狗，大概也是饿坏了。大槐习惯性地摸了一下自己的肚子，她的肚子也有了明显的凸起，感觉手被蹬了一下，她喊卓九，没有回应，突然有了想哭的绝望。

豺狗的机会被秦皇岛破坏了。那时候秦皇岛还不叫秦皇岛，他就是一个兵。关军马的圈被围墙围着，临毛马路一面有一扇大铁门，门边有一个水泥墩，秦皇岛的工作就是站在水泥墩上站岗，今天大槐开门放牧军马的时候，秦皇岛还和她笑了一下。晚上七点，是换岗的时间，往常放牧的军马早已归圈，今天没有，秦皇岛觉得蹊跷。站岗的目的就是守护军马，如果军马没有按时回来，守卫也有责任。秦皇岛把工作交接后，就沿西边去找。交接班，枪是必须要交接的，他走得匆忙，什么武器也没有带。

秦皇岛先看到了军马，在就近的那匹军马背上拍了一掌，军马仰头嘶鸣。豺狗朝军马嘶鸣的地方回头，秦皇岛也看到了那两束绿光，这是他意料到也是最担心的。秦皇岛顺手解下扎在腰上的军用皮带，跨上军马，扬起皮带，朝着绿光飞奔而去。月亮已经升起来了，暗下去的天色似乎又亮了一些，豺狗意欲在秦皇岛到来之前，先下手为强，大槐也知道必须挺过这几分钟，每次豺狗上扑，都止于她的叉子伸出来的极限位置。镰刀握在右手里，刀把上全是汗。

大槐没有骑过马，秦皇岛到了她身边的时候，她怎么都跃不上马背，秦皇岛只好下马，准备把她抱上去，豺狗趁机咬住了她的裤子。秦皇岛骑的是一匹母马，两人都没有注意跟在母马后面还有一匹半大的小军马，小军马是这匹母马的孩子，母子形影不离。就是这匹小军马，一个猛冲，又一个急停，转身，扬起后蹄，实实在在踢在豺狗的肚子上。在母马背上，大槐抱着秦皇岛的腰，半边脸靠在他的背上，心还在抖，不时回头，看豺狗是否追过来。

三菜一汤，萝卜丝炒腊肉、西红柿炒鸡蛋、油炸花生米、白菜汤，这是大槐家里所有能做出来的菜。卓九回老家的这两天，大槐就没有想去买菜，一个人怎么都能解决，现在她得感激秦皇岛，又因为两人确实都饿了。秦皇岛单身，平时吃食堂，但食堂早关门了，西三队有几个小饭馆，由于生意不好，也都早早打烊。盛情难却，秦皇岛答应了大槐，酒是平坝窖，本地产的酒，便宜，但酒劲大。

大槐问："你是哪里人？"秦皇岛说的是普通话，很好听，大槐知道他不是本地人。

他答："秦皇岛。"

大槐敬了他一杯，说："没有听说过。"

他把酒喝了，又满上，说："属于河北。"

大槐突然想起在北京读书的王宝才，问："你知道北京不？"

他又喝了一杯，说："离秦皇岛很近。"

他们一边聊，一边喝，一瓶酒就喝完了。那晚，秦皇岛没有回单身宿舍，吃完饭跟跟跄跄准备走，大槐拉住他，说："我怕。"有秦皇岛在，大槐心平静了，现在他要走，她又害怕了，怕得就像一摊泥。

秦皇岛把大槐抱进卧室，说："睡着就什么都不怕了。"

大槐的口齿已经不清，她说："秦皇岛，要走你就带我一起走。"大槐后来就叫他秦皇岛，她知道，那里离北京很近。

秦皇岛说："走哪里？"

大槐说："带我去北京，可以不？"

秦皇岛说："当然可以。"

大槐说："现在就走。"

秦皇岛说："现在不行。"

大槐说："怎么不行？那明天走。"

秦皇岛说："明天也不行。"

大槐打了个酒嗝，说："你们都是骗子。"

都是酒话，第二天秦皇岛去上班的时候，大槐又问，才知道她是当真的。秦皇岛说："当兵就哪里都不能走。"

大槐说："哦。"然后就去了十二茅坡，鸡公车还在，割的草也还在，但豺狗不在。怪怪的，她突然很想见到那只豺狗，她不知道它是否还能活下来，也不知道它肚子里的豺狗崽怎么样了。

大槐流产了，她见着从裤子里滴下来的血，比见着豺狗还害怕，她哭了。大槐没有责怪自己，也没有责怪秦皇岛，她有点责怪卓九了，如果他不回老家，所有这些事都不会发生。

割的茅草用铡刀铡碎，丢到马槽，马才能吃好。冬季草匮乏，军马场把下辖六个队的粗粮以不定的价格收上来，作为军马食料的补充，玉米、高粱、红薯、糠、菜油饼，拌着铡碎的茅草，军马最爱吃。大槐不搞平均主义，她给小军马拌的粗粮最多，整个冬季，大部分马都掉膘，只有小军马养得屁股滚圆，她给小军马起了一个名字，叫"小河北"。之后，大槐和卓九的工作掉了过来，大槐放牧，卓九割草。每次把军马赶到草地，她都站在"小河北"附近。"小河北"和母亲还是形影不离，大槐看着"小河北"的母亲，"小河北"的母亲也扭头看着大槐，眼光碰在一起，大槐情不自禁地笑了。晚上，大槐会问卓九割草的故事，割草会有什么故事呢？大槐说："没有见着豺狗吗？"

卓九生气："你巴不得我死是不是？"

大槐经常做梦，她梦到那只母豺狗奄奄一息，豺狗崽在它的身边嗷嗷待哺。大槐醒了，离天亮还有一段距离，她推卓九，正在打鼾的卓九翻了一个身，又呼呼大睡。

五

春节期间，屯县都要举行赛马活动。屯县是山区，之前选择比赛的赛道都弯弯曲曲，想看起点时的紧张场面，就看不到冲破终点时的激烈场面，很影响观感。县里和军马场协商，能否借用军马场的场地。建军马场的时候，选的地点本来就比较平坦，加上一些小山丘在建设时推平了，看上去一马平川，很适合赛马。场里答应了，唯一的要求是注明军马场是协办单位。这给了张队长很大启迪，既然场地可以借，比赛的用马也应该可以借。可不可以借不是张队长说了算，他旧事重提扣大槐四个月的工分问题，对赵牛倌说："除非卓九能帮西屯借到比赛用的军马。"

赵牛倌理亏在前，他给女婿下了死命令。卓九找到场长，以工作做担保，借两匹军马给西屯生产队。场长说："比赛结束，完璧归赵。"场长送个顺水人情，其实他也有此想法，既然比赛地在军马场，就该扬扬军马的威风。

卓九想到了为西屯配军马的事，如果配成，岳父家就会多得二十个月的工分。他回答场长："当然，如果不能完璧归赵，任由组织处理，但是为了确保获得好成绩，提前半个月送军马去做适应性训练。"

场长不耐烦了，说这些小事你们去定。卓九想到两匹又高又大的军种马，半个月的训练，没准就和西屯的土马搞上关系。大槐推荐"小河北"，它是她的最爱。卓九犟不过。想着"小河北"和妈妈形影不离，大槐把"小河北"的妈妈也推荐了。

比赛分无障碍赛和障碍赛，都是五公里，听号令后起跑，谁先撞线谁胜。西屯生产队参赛的人员是向会计和二槐，向会计参加过抗美援朝，勇敢。二槐经常替父亲放牧，学会并很在行骑马。因为有了大槐的成功经验，赵牛倌又动了小脑筋，如果二槐能获得好名次，众目睽睽下，二槐就出名了。牛倌开始为二槐的婚姻做准备。

第一场是无障碍赛，别看"小河北"没有完全成年，还很矮小，但迈出的频率快，一马当先到了终点。第二场是障碍赛，障碍是一米二高的横木，共十个。"小河北"腿短，跨横木吃力，过最后一个障碍的时候竟然摔倒了。向会计胜利在望，但无论他怎么抽鞭，骑的母军马不仅不跑，还回过头蹭"小河北"的脸，打响鼻，"小河北"在后面的赛马快追上来的时候站起来了，冲过终点。两个冠军，张队长抽着纸烟十分得意。东屯这次比赛得了一个第三名，一个第四名，得惯了冠军的他们很不服气，他们的队长过来喝倒彩，说："西屯有军马了？"

张队长嘿嘿嘿地笑："规则上没有说比赛一定要用自己的马啊。"

东屯的队长说："你这不是张冠李戴吗？"

把还没有抽完的纸烟狠狠甩在地上，张队长说："等着瞧，西屯会有军马的。"

六

队长再提配军马的事是快一年过去了。

这年天旱，队长思考的大事是队上的粮食，如果只是人吃，估计还勉强接上趟。队长打听到县化肥厂愿意拿化肥换猪肉。化肥是国家统购统销的物资，分到队上已经很少了；猪肉也是国家统购统销的物资，分到厂里也很少。厂长的意思是多开一两天机，多生产的化肥换成猪肉改善职工的福利。

张队长和向会计一合计，得出的结论是，粮食给了猪吃，人就要挨饿。队长说："把猪杀了换化肥吧。"

全队都觉得在理，大人象征性地给缺少油水的小孩晓之以理后，把家里的肥猪都杀了。赵牛倌负责掌称；向会计负责记账，还要负责把猪肉折算成工分。一共收了八千多斤肉，按和厂里确定的优惠价格折算，一斤猪肉换三斤硝酸铵加两斤尿素。也就是队上的猪肉可以换四万多斤化肥。猪肉收好后，问题又来了。西屯东北面有个寨子叫蔡家屯，再往北有个六枝矿务局，生产煤，这个局也和县化肥厂的想法一样，拉着煤到蔡家屯换猪肉，被北屯大队的民兵把煤和猪肉都扣下来了。西屯到县化肥厂有四十多公里，北屯是必经之地，也可能会遇到同样的问题。

队长想来想去，叫赵牛倌找卓九，希望军马场出台车。军马场有两台吉普车和四台解放牌货车。在卓九的陪同下，赵牛倌去找谭副场长，如果军马场肯出车，车费以猪肉折价，想必军马场也缺猪肉吃。谭副场长带着赵牛倌去找场长，场长满口答应，但军马场不要猪肉，要化肥，军马场的化肥由上级军区后勤部拨付，也不够用。军马场也种有许多庄稼，还栽有专供军马吃的三叶草。军马场看起来是平地，有些地方一层薄土下面都是石头，三叶草没有肥料就长不好。

张队长说："只要换成了，那还不好说。"

场长为了万无一失，表示军马场可以派人押送。走的是军马场的这条毛马路，正好绕开北屯大队，况且有军车和部队的人运送，途经东屯、头铺、二铺等大队也很顺利。事成后军马场提出要三千斤化肥，扣除运费后的部分用钱折算。

张队长说："算了，钱就不要了。"这就又提起配军马的事。

场长说："只要想配，随时来都可以。"

正好生产队的一匹白马和一匹黄马发情了，队长叫来向会计，说："路已经给你们铺好，就看你们的了。"

有人附和："向会计的本事大，就看母马要告他不。"这是一个笑话，向会计老婆有天找到队长，要生产队解决她和老向离婚的事情。队长就做工作，会计老婆怎么都不说话，被队长问急了，冷不丁一句："天天要干那事，哪个受得了？"队长为这事批评向会计，说："什么都不能太急，实现共产主义，也还得先经过社会主义嘛。"队长当场骂插话的人："老子讲的是正事，你还有闲心讲这些无聊倒怪的。"

向会计赶着两匹母马找卓九，有了在草地上配不上的经验，卓九把白色的母土马和白色的军种马关在一起，把黄色的母土马和黄色的军种马关在一起。卓九说："在草地上马多不好意思，现在孤男寡女的，不信你们不干。"又说："白的和白的，黄的和黄的，都披一样的皮，哪个会瞧不起哪个？"

场长给卓九是下了任务的，军马场和西屯是友好邻邦，无论花多少代价都要帮其配上军马。卓九和向会计先在暗处观察白色的那对。配种的马厩有六十平方米，正方形。如果土母马站在东南角，军种马就站在西北角；土母马站累了，会转头，到了东北角，军种马也转头，转向西南角。折腾了几天都一个样，卓九想霸王硬上弓，硬把军种马拉过来骑土母马。门刚打开，土母马一箭步跑了出来，朝着西屯的方向去了。白色的土母马一跑，白色的军种马扬起头，打了一个响鼻。

卓九想，如果黄色的军种马和黄色的母土马配上，也算是完成任务。哪知都是一样。向会计铩羽而归，垂头丧气地对队长说："可能是成分不同，怎么都搞不上。"

七

一九七九年自卫还击战，军马场上上下下都认为养兵千日，终于到了用兵一时的时候了。事实上，到当年三月战争结束，军马也没有用武之地。一九八〇年，军马场改制，完全移交地方，变成了畜牧场，当兵的全部转业。大槐晚上去找秦皇岛，问："现在你不是当兵的了。"

秦皇岛情绪不高，说："从今天开始，已经不是了。"

大槐说："你带我去北京？"

秦皇岛说："去北京能做什么，喝西北风吗？"

大槐说："只要你敢，我就和你去北京喝西北风。"

秦皇岛闷了半天，没有说话，他是清醒的，农村兵不包分配，但回秦皇岛老家，至少可以在公社谋个一官半职。

大槐扭头要走，秦皇岛把手表摘下来，送她做纪念，大槐没有要，说："再好的表也回不到五年前的冬天了。"

军马场改制后，以前的场长离休，谭副场长接任。

谭场长有记日记的习惯，转正后，又有了忆往昔峥嵘岁月的习惯，就是看旧日记。这天，他在一本发黄的日记本上看到西屯生产队的王宝才帮军马场修水泵的事。前段时间为改制的事情搞得焦头烂额，谭场长已经想不起这个人了。不重要的一个人怎么会写进日记呢？他继续翻看，总共有两篇日记与王宝才有关，看着看着，谭场长终于想起了这个个头矮小但很精灵的小伙子。有一则是关于配军马的，军马场从来没有帮周边村寨配过军马，他很好奇地想看自己当时是怎样处理这件事的，原来自己竟然答应过王宝才，只要自己说话能算数的时候，一定帮其解决。

谭场长要打听一个叫王宝才的人，他叫人事部门查一下单位里谁和西屯有联系，一查就查到了卓九，现在在畜牧场新设立的养猪场上班，他的老婆叫大槐，就是西屯人，是养猪场的临时工。卓九和大槐这些年经常吵架，卓九的说法是没有共同语言，大槐的说法也是没有共同语言。他们都还住在结婚时的两间寒碜的住房里，大槐把厨房用一条布帘一分为二，布帘后面成了晚上睡觉的卧室；卓九也把以前的卧室用一条布帘一分为二，前面改成厨房。两人分食分居。因为两间屋都要做吃的，小便就不能在屋里拉了，大槐当然也不再往公共厕所倒尿了。

从秦皇岛的单身宿舍回到家，大槐就去卓九的房间，她要去拿镜框后面的信。卓九说："你就是犟，早该回心转意了。"

大槐取下信后说："我要去北京。"

卓九问："去北京做哪样？"

大槐说："找王宝才。"

卓九大骂："你这个不要脸的，嫁给我了还想着别的男人。"

大槐说："我就是想他了也不关你的事了。"在大槐看来，从不再往公共厕所倒尿的那天起，她和卓九的婚姻就已经名存实亡。卓九动了手，第一次打了大槐。这一顿打斗，更坚定了大槐的决心，第二天，她骑上自行车去了东边的场部，从场部坐中巴车去了市里。现在离王宝才给她写信的时间已经过去五年多了，到哪里去寻找呢？大槐想了又想，想明白了，她其实不一定就是寻找王宝才，而是寻找自己的生活，然后就坐上了去省城的火车。

谭场长也不是非要找叫王宝才的人，他现在是一把手，要履行一言九鼎的承诺，帮西屯配上军马。他要卓九回趟西屯，说军马都不用配了，直接用土马来换就行。卓九去西屯给岳父说了，赵牛倌又去请示张队长。张队长召集又开了一次小会。

西屯自从和化肥厂建立关系后，每年都用猪肉换回化肥，庄稼在化肥的催生下收成就好，猪就喂得肥，良性循环，西屯已经是整个大队最富裕的生产队。除了配军马这事，张队长已经认为没有什么他做不成的事了，得意的心情具体体现在一些细微变化上，他的腰挺得更直了，喜欢背着手走路。只有向会计最懂，张队长的头发更少了，挺胸走路是为了保持可怜的发型。向会计去县里出差，给张队长买了一瓶定型摩丝，队长用后很满意，每天起床，打摩丝成了必做的功课。那时候已经有消息，说所有生产队的班子都要重新选举，发扬民主。张队长志得意满，认为自己和头上定型了的头发一样，一定岿然不动。但他替媳妇曾经闹过离婚的向会计担心。他对向会计说："天意啊，换军马的事你去办，办好了哪个还敢说闲话？"

卓九回西屯还有一个目的，就是要找大槐，他认为岳父一定知道大槐的下落。张队长说："你帮向会计把换军马的事做成，我帮你把大槐找回来，就不信她会跑到外国去？"二槐也想去省城，队长认为，两姊妹一丘之貉，管住二槐，顺藤摸瓜，就能找到大槐。队长手里有公章，那是权力的象征，已经改革开放，出门其实不需要队长出具盖着红章的证明了。

西屯当时已经有了四十三匹土马，向会计家喂有两匹马，有一头小马驹，畜牧场也同意换。畜牧场的军马一共四十九匹，换剩下的六匹，张队长提出买，谭场长答应用土马的价格卖。四十九头军马蹚过屯水的时候，队上组织唢呐班去迎接，跟随唢呐声，社员高唱《今年胜旧年》：

> 百鸟枝上和鸣，
> 万花争秀竞艳。
> 预祝今年胜旧年，
> 家家喜上天……

受社员高涨的情绪影响，张队长天马行空地想，既然军马场成了畜牧场，何不在西屯生产队建一个新的军马场？四十九匹军马，公军马和母军马交配，下军马崽，军马崽长大了下更多的军马崽。张队长的嘴合不拢了，他习惯性地摸一下头，稀疏的几根头发很硬气，心想，国家之间的摩擦不断，哪有不需要军马的道理？真有那么一天，西屯发挥的作用就不是一般的生产队可以比拟的。

新军马场就建在屯山，那里海拔高，周边生产队都能看到。就在这一年，土地下户，大家都关心的是自己家的土地和收成，张队长遗憾地看着建设中的新军马场烂尾。四十九匹军马也被迫分给各家各户。"小河北"早已长大，健硕，常常扬起前腿，轻而易举地骑在母马身上，威风八面。全队都说它是一匹流氓马，没有人要，最后向会计要了。向会计老婆说："没有比你还笨的，都捡别人的不要货。"

向会计说："冠军马嘛。"

老婆说："冠军可以当饭吃？"

全队四十八户人家，每家一匹，还剩下一匹。张队长说："向会计家换军马时花了两匹土马，而且换军马有功。"意思很明显，分剩下的最后一匹也给了向会计家。

向会计力气大，用在老婆身上的同时，也用在自己家的土地上。多一匹马，就多制造了一份农家肥，向会计要把这些农家肥都驮到地里，把土地打理得更肥。抬坨子的时候，"小河北"高大，向会计老婆矮小，抬不上去；换另一匹马，也抬不上去，抬了几次就崴了脚，闪了腰。她去找张队长论理："为什么只有我家得两匹军马？不公平。"

队长说："多一匹不好吗？"

她说："好看不中用。"

队长说："拿一匹给我好了。"

她说："拿给你可以，但得还回我家小马驹。"会计老婆已经盘算好，小马驹一岁多了，翻年就可以驮东西。

队长说："不可能，哪有出尔反尔的道理。"

她说："是你怂恿老向去换的，你应该负责。"

向会计觉得老婆的无理取闹很伤面子，去拉她，老婆又泼又闹，还滚地，向会计送给她一巴掌，老婆清醒过来，说："这次和你非离不可了。"

其他人家不认为会计老婆是无理取闹，也要求把军马换回土马，呼声很高，张队长勉为其难地去场部找谭场长。因为有些灰溜溜，去场部之前，他不好意思打定型摩丝，风一吹，稀疏的几根头发乱跑，他准备找寨上的剃头匠把几根形式上的头发剃了，走到院坝边又回来，想剃头匠剃一次头要收三角钱，很划不来，就拿起剃刀，照着镜子自己给自己剃了。

从场部回来的路上，风吹在光头上，有些凉，张队长抱着双手，想起谭场长的话，腰又弯下去了一些。谭场长说："我们现在是畜牧场，又不是军马场。"土马是换不回来了，张队长很闹心。

剪刀 锤子 布

　　憨兔趴在窗台上，数马路上过往的车辆。因为长期摩擦，窗玻璃最下面的木边框被磨得油亮，憨兔的眼睫毛都已经搓脱，两弯睫毛成了向下弯曲的麻将二条，这是小区胖保安打得最得意的比方。马路叫琼花巷，是一条连接市西路的单行线，有少量车辆从市西高架桥拐过来，驶向该去的地方。巷子极窄，尽管如此，路的两旁立了喷有黄油漆的水泥桩，防止不守规矩的驾驶员乱停乱放。

　　憨兔的时间是随着车辆一起流走的，好几年了，一直未变。他先瞟向市西路的方向，看到有车打右转弯灯，他说："来了。"然后目送车辆到眼光所视极限，再瞟回市西路的方向，等待又一辆车的到来。也有打着右转弯灯而不途经他家窗前的车辆。憨兔所在的小区下面就是停车场，有些车辆从市西路拐进来，立马钻到地下，这让憨兔十分失望。憨兔喊"来了"，车辆果真就来了的时候，憨兔会很高兴。有时候喊"来了"，会有几辆车同时来，他会欢呼，哈哈，哈哈，哈哈哈。笑声单调，在客厅有细微回响。车辆经过窗前，因为激动，他会使劲用头蹭窗玻璃。憨兔就这样把时间从早上数到中午。琼花巷的人逐渐多了，说明一个上午已经结束，在附近工作的人开始下班，憨兔从沙发上退下来，转到另一侧的窗子边。

另一侧的窗外是小区的广场，依稀可以窥见曾经的繁华模样。广场中间是喷泉。这个小区叫纺织小区，再后面是棉纺织厂，就像大家判断的，该厂在国有企业改革的大潮中苟延残喘了几年，和大部分制造业一样，先后改制，喷泉就在改制时停止喷射。喷泉正中，形象高大的石膏纺织女工早已蒙尘，洁白成了灰黑，周围的储水槽、钢管、喷头、水泵等喷泉装置跟着部分职工一起下岗，成了纳污藏垢的去处，塑料袋、小孩用过的尿不湿、女人用过的卫生巾，应有尽有。除了宿舍楼这侧的另外三侧属于绿化部分，银杏树、樱花树、李子树已经掉完最后一片叶子，常绿的桂花和香樟树没精打采，地上枯黄的杂草东倒西歪。

憨兔家挨着小区这一侧的客厅放有一条木凳。憨兔跪在木凳上，透过窗户盯着进入小区的每一个人，红发的、黑发的、卷发的、长头发的，络绎不绝，他都认识，但叫不出他们的名字。每进来一个人，眼光就随走过的人影移动。窗台的木框上钉有一颗钉子，挂有一把剪刀。剪刀就挨在憨兔的右肘上，他每一次移动，剪刀就会左右摇晃，又碰着窗框，叮当，叮当，叮当。这种不锈钢剪刀是厂里最红火的时候发放的福利。那时候厂里经常发福利，传统节日发厂里生产的毛巾、浴巾、布料，也发油辣椒、水豆豉、油盐酱醋等生活必需品，用最实际的方式祝职工节日快乐。平时也发福利，发检测不过关的次品。次品就是做工上达不到规范的，剪刀就有了更大的用处，剪毛巾上不该脱出来的线、布料上突然鼓出来的疙瘩。次品生产越多，发福利的时候就越多，棉纺织厂的职工不缺修剪纺织品的能力，稍做加工，并不影响使用，所以小区里，每家都需要剪刀。时过境迁，剪刀的用途发生了很大变化，现在局限在剪葱蒜、干辣椒、装米的蛇皮口袋之类。小区老旧，有实力的人家买了新房，乔迁新居后，把用旧的剪刀丢弃，保安捡起来，以图方便，很不讲究地用来剪手指甲、脚指甲。常红艳家的剪刀，还保持以前的功能。常红艳在市西路开店，专营各种纺织品。剪刀右下方，还有一台缝纫机，这都是常红艳经营店铺必要的机器设备。为了减少成本，她买来各种颜色和图案的布匹，用剪刀裁剪，用缝纫机锁眼、缝补、锁边，贴上商标，就成了床单、被套、枕套。

憨兔每次碰着剪刀，都会把它取下来。他不知道剪刀的用处，胡乱对着防护栏剪上几下，差不多这个时候，母亲常红艳就会走进小区。常红艳四十不到，头发已经花白，胖保安给她取了一个外号，叫白板，显然言过其实。小区里的保安有两位，另一个瘦，可能是营养不良，上班就打瞌睡。胖保安年纪大一些，上班和打麻将之余，经常发挥充分的想象力给小区里的每一个人取外号，以显示自己的睿智和幽默。小区里还有很多白头发，每一个白头发进入小区，憨兔都目不转睛，他怕弄错。当然，他的害怕显得多余。

就像数过往车辆一样，憨兔说："来了。"常红艳提着塑料袋从喷泉边走过来，憨兔下凳，等在门边的鞋柜旁。

钥匙在锁孔里转了两圈，门开了，进屋的是两个人，除了妈妈常红艳，还有一个男人。常红艳对憨兔说："喊叔叔。"这是礼数，她知道他不会喊。憨兔跑到靠琼花巷的那边，爬上沙发，下巴靠在窗台上，又开始看过往的车辆。

常红艳把塑料袋里的蔬菜拿出来，去厨房做饭，回头对男人说："家就这样，你别介意。"

常红艳和刁大梁结婚是十多年前。从镇上能嫁到省城，可以想象当年常红艳还是非常俊俏的，也可以想象，那时候的省棉纺织厂的效益走势——每况愈下，除了荣誉室里大大小小的奖牌，所有的一切只能证明，荣光早已不在。常红艳跟着介绍人第一次到省城，刁大梁陪同在琼花巷周边逛了一圈，与棉纺织厂的日暮西山不同，那时候的市西路是全省最热闹的小商品市场，许多县城和乡街上卖的产品都来自这里。

刁大梁说："如果可以，以后就在市西路盘个店铺。"刁大梁看着介绍人说这话，其实是说给常红艳听的。

回到镇上，介绍人征询常红艳意见，她说："随便。"这句可有可无的话，正好说明常红艳同意了，当初介绍人来提这门亲事的时候，她是死活不答应的。不是说省城这位有工作、有住房的男人不好，常红艳已经和镇小学的代课老师钱明亮谈上了。他们谈了三年恋爱，本该谈婚论嫁了，代课老师有限的转正名额让他们的婚期一再推迟。

从省城回到镇上的那晚，常红艳试探钱老师，她说："我们可不可以先把证办了？"意思是结婚酒可以晚一些再办，在镇上，结婚与否的标志是办酒，亲朋酒足饭饱，见证一对新人点花烛、进洞房，这事才算办结。

钱老师的心思在转正上，他反问："早晚有差别吗？"面无表情的生硬，是老师对学生的口气。

　　这个回答让常红艳很不满意，之前就有朋友提醒常红艳："先结为妙。"她们认为，钱老师勤奋好学，考上正式老师是铁板钉钉的事。她们替常红艳担心，人心隔肚皮，转正后，钱老师还会不会是以前的钱老师？

　　常红艳又试探："以后结婚了，也不知道自己能干啥。"这也是她担心的，自己会不会成为一个吃闲饭的女人？况且，一个老师的工资，根本就养不活一家人。

　　钱老师继续复习他的功课，没有回答。钱老师读书的时候其实成绩平平，高考连中专都没有考上，能到法那小学当代课老师，还是托了不少关系，所以非常珍惜这次难得的也可能是唯一能摆脱农饭碗的机会。

　　常红艳从镇小学回到家，介绍人就问她对刁大梁的看法，她想了一下，说"随便"，她是真犹豫了，她认为钱明亮就没有刁大梁诚恳。刁大梁已经考虑了她今后的出路，能在市西路开一个铺子，确实是一个很有诱惑的选择。

　　常红艳与刁大梁属于闪婚，那会儿，省棉纺织厂已经难以为继，靠裁员减少亏损，"下岗"成了热词，年轻男女职工分别用胆量和姿色评估前途，提前奔赴沿海，为下半生做准备。刁大梁是一个胆小的人，不敢辞职，父母好不容易抚养他从纺织学校毕业，就是希望他有个工作，不再如父辈面朝黄土背朝天。刁大梁最大的目标，就是娶一个厂里的工人，成为老家人人羡慕的对象。刁大梁知道，建设一个双职工家庭已经没有可能，识时务者为俊杰，他担心夜长梦多，催促介绍人热炒热卖。

　　常红艳是夏天结婚的，学校正好放假，转正考试的成绩也在此时公布，钱明亮出人意料地没有考上。按教育系统出台的政策，逆水行舟，不进则退，考不上就连代课老师也当不成了。结婚的前一晚，常红艳过意不去，去镇小学看望收拾行囊的钱明亮，他的被子都已捆好了，常红艳解开，重新铺在床上，他们第一次接了吻，接到高潮处，她解自己衬衣的扣子，说："今晚我就给你吧。"

夏天镇上很热，心灰意冷的钱明亮也觉得常红艳该有所表示，以弥补他的青春损失。常红艳主动把钱明亮拉在身上，死劲抱着他的脖子。钱明亮确实是想把她做了，甚至掐死她的心都有，就是常红艳和他吹了的这段时间，复习功课的效果很不好，思想经常开小差，所以没有考好，前途耽误了。也许是缺少经验，也许是没有考上正式老师后的自卑作祟，就在钱明亮大汗淋漓去脱自己衬衣的时候，下面就像吃了钉子的轮胎，软了。两次关键时刻掉链子，钱明亮悲伤透顶，他一把推开她："我不能害了你。"

常红艳没有察觉钱明亮的身体变化，倒是他的话让她感动，也让她感到愧疚。她和刁大梁谈恋爱的这一小段时间里，在刁大梁的死缠烂打下，她已经把身体交给了刁大梁，说到底，她对钱明亮的感情也没有那么坚定。甚至，从省城回来后，她更多想起的还是刁大梁。

常红艳结婚当天，钱明亮并没有急着回家，他的家在更远更偏僻的乡村，回家前，需要对自己的情绪进行一些调整。他在镇上闲逛，头是空的，也不知道该干啥。刁大梁横空夺爱，谈了三年恋爱的女友就要成为别人的新娘，钱明亮觉得自己被侮辱了，走着走着就到了铁匠铺。铁匠正在打铁，在风箱的鼓吹下，煤火燃得很旺。助手夹出烧红的铁，放在铁盘上，铁匠把锤子扬起来，砸下去，又扬起来，再砸下去。铁匠穿一件牛皮围裙，可以看见他的汗水从古铜色的皮肤往下面流，胸肌左右滚。钱明亮想起头一晚压在常红艳身上的情形。法那人把男人的东西也叫锤子，铁匠的锤子是无穷的力量，自己的锤子竟然是软蛋，钱明亮很受刺激。铁匠捶打的是农村家庭常用品，各种型号的犁铧、锄头对钱明亮也是刺激，想自己马上就是地地道道的农民了，他恨常红艳，也想常红艳，然后就看到了铁匠铺里的剪刀，此时的心情很适合送她一把。

钱明亮选了又选，自负的铁匠说："不用选来选去，我这里的剪刀什么都能剪断。"

钱明亮有些生气，心里说，吹你妈的牛 ×，感情也能剪断？

钱明亮还是选了一把最结实的，用牛皮信封封好，请镇小学曾经的同事带给常红艳，然后一个人在法那河边走来走去，走去走来。镇上成片的鸡叫声迎来天空的鱼肚白，送亲的唢呐响起，他才慢慢走回宿舍。

法那镇上姑娘出嫁，时兴陪嫁木箱。木箱上有铁扣，能上锁，用来给出嫁的姑娘装私密物品。钱明亮送给常红艳的剪刀被她放在木箱底。

常红艳嫁到省城，钱明亮回到农村，两件事合在一起讲，就有了鲜明的对比，好像一个去了天上人间，一个下到十八层地狱。镇上的姑娘每到了找婆家的年龄，大人们又把常红艳拿出来说事。钱明亮还在镇小当代课老师的时候，喜欢练习毛笔字，把政府要求订阅又没有人看的各种报刊收集起来，写正楷，练行书。春节期间，镇文化馆送文化下乡，钱明亮被邀请给村民书写对联，如此几次，钱老师信心提振，把工资的一小部分买了宣纸，用竹片划成条幅后，写上"书山有路勤为径，学海无涯苦作舟"，或者"上善若水""厚德载物"之类，他单身宿舍的墙上也贴了一幅，内容叫"好好学习，天天向上"，是为了勉励自己，当时离转正考试的时间越来越近。"好好学习，天天向上"的下面是一张课桌代替的办公桌，复习功课到很晚，上眼皮碰下眼皮，或者头碰着课桌，揉揉眼，摸摸头，看到墙上的书法，精气神又来了。钱明亮回农村后，有学生把这幅书法撕下来，玩弄一番确信没太多价值后，丢弃在镇街上的垃圾桶，成了段子，凡是有媒人到镇上提亲，大人就说"好好学习，天天向上"，意思是向常红艳学习，往高处走。镇街上嫁得好的，最多也只是嫁到县城，常红艳是好中之好，是待嫁女孩的楷模和榜样。

常红艳结婚的第二天，钱明亮又去铁匠铺。这会儿头脑清醒了，既然常红艳已经成了省城职工刁大梁的菜，就不可能再回锅，自己就安安心心去做农民吧。背回家里的东西除了棉被，就还应该有犁和锄。他还是选了又选，铁匠说："没有说错吧，我打的铁货没有什么不好使的。"

钱明亮也鼓励自己，既然老师都能当，还不会当一个四肢发达头脑简单的农民？钱明亮在老家干了两年农活，自始至终都在证明一个事实：只要没有足够强壮的身体，再多的知识也很难转换成一个成功的犁牛锄地的好把式。他犁地，扶不稳犁头，驯不服怨气十足的水牛。他薅草，把草锄断的同时，也经常把长势良好的玉米或黄豆一起锄断。父亲一声叹息："儿啊，你不是干农活的料。"那晚，借着月光，他跑到他家旁边的田坎上，听着蛙鸣，痛痛快快哭了一场。每次亲戚不识时务地给他介绍对象，他都会想起压住常红艳那晚的沮丧，没敢答应。再后来，钱明亮被同村年轻人勉为其难地带到深圳，这些人都是砌砖头拌灰浆的好手。

市西高架桥开通，原先热闹的市西路一分为二，变成两条小巷，小商品市场搬迁至观山湖的西南商贸城，那里是省城开发的主战场。大部分店主跟着搬迁，因为憨兔的原因，常红艳不能走。憨兔三岁的时候，刁大梁和常红艳的担心终于得到证实，儿子就是一个傻子。棉纺织厂从国营改制成民营后依然没有摆脱要死不活的命运，经常拖欠工资让技术工人心寒走人，刁大梁说："我也想出去闯闯。"

收入的减少和不稳定，难以维系家庭的刚性支出，常红艳说："你就该出去闯闯！"

刁大梁从此杳无音信，常红艳在左盼右盼中才知道他是以打工做幌子离家出走。

钱明亮走进店铺的时候，常红艳并没有认出他来，她说："随便看，价廉物美。"

钱明亮说："常红艳。"常红艳的变化很大，不仅头发白了，皮肤黑了，人也瘦了。

常红艳也认出钱明亮，他的变化不大，只是胖了，肚子大了。她说："想不到十二年后还能见到你。"

钱明亮说："我就相信一定能见到你。"

知识不一定能把一个人变成成功的农民，但在城里混，有没有知识还是天差地别的。当同村年轻人还在靠力气挣可怜的生活费的时候，钱明亮先后成了房开公司的出纳、会计、领班、人事部门负责人。在镇小的时候，钱明亮教语文，也教数学，相比较而言，他更喜欢语文，经常把所见所闻写成小诗，念给当时最忠实的读者常红艳听。经历生活的一番折磨后，屈服于现实，他知道了数学许多时候比语文更重要。在建筑工地，只有他能把账算得又快又准。就在成为房开公司的会计后，他才发现，原来自己的身体没有颓废，知识也没有颓废。在部门一个女生的主动要求下，他在接近三十岁的年纪，成功从一个男生变成了一个男人。这次神奇的经历，是他人生的转折点，铁匠扬起又砸下来的锤子和熊熊燃烧的炉火的画面，切换来切换去，他主动向那女生又要了一次，得出结论：只要心是坚强的，裤裆就不会脆弱。他努力忘掉那个让他自卑的常红艳，越是这样想，记忆反而越清晰。

建筑行业民工多，流动大，钱明亮发明一种"剪刀考核法"：把员工工资提高，先吸引最优质的人才，再把每月工资发放的百分之三十递延至次年，美其名曰提高忠诚度，其实不忠诚不行，提前走人，递延部分清零。这些内容的实质就是数学，换一种算法，得另一种思路。房开是资金密集型企业，缺的就是钱，表面上工资提高了，但因为有部分递延，每月实际发放的比原来还少了。这种考核实质也可以说成是语文，员工与公司、留下来或走出去的想法，剪不断，理还乱。

常红艳说："这些年过得好吧？"

钱明亮说："马马虎虎，你呢？"

常红艳说："你都看到了，就这样咯。"她的生意惨淡，好长一段时间了都还没有新的顾客。

钱明亮说:"小孩快读初中了吧?"

常红艳说:"嘿,十一岁了。"

钱明亮是带着新处的一个外省女孩荣归故里的,那时正值城镇化建设的高峰,他用积蓄在县城买了地,修了两层楼房,二层自住,一层开店。开什么店呢?他和带回来的女人想了又想,"就卖纺织品吧",钱明亮最后说。他再次出山,亲自题写店名——明亮家纺生活馆。回到老家所在的县城修房子,有出于落叶归根的考虑,也有不愿永远做一个打工仔的考虑。钱明亮的店铺就要装修好了,专门经营婚庆、乔迁、居家生活用品,他来省城做开业前的调研。钱明亮一打听,知道常红艳还在市西路。

钱明亮说:"晚上一起吃个饭吧?"从常红艳的穿着,就知道她过得并不怎么样。

常红艳说:"你来了,应该我请你吃。"

钱明亮说:"那好啊。"

常红艳说:"就中午,去我家。"

钱明亮说:"你先生呢?"他觉得去她家还是不太方便。

常红艳说:"死了。"

又说:"七八年了,连个音信都没有,不是死了是什么?"

钱明亮说:"哦。"

时间尚早,钱明亮说先出去逛逛,中午就跟着常红艳去了她家。

常红艳刚打开的电视没有看头,钱明亮坐在短沙发上逗在长沙发上的憨兔:"看叔叔给你带什么来了。"

上午钱明亮闲逛的时候，凭感觉给憨兔买了一套衣服，他猜想他正读五六年级，就给他买了一套学生都喜欢穿的运动服。

憨兔伸手接了，退下沙发，递给在厨房做饭的常红艳。

常红艳一边炒菜，一边回头对钱明亮说："他穿什么都没有用，何必破费。"

钱明亮说："一点点心意。你现在不常回法那咯？"

常红艳说："这种情况，怎么回？中午、晚上都要照顾这个讨债鬼。"

晚上，把憨兔哄睡后，常红艳想起在法那生活的一去不复返的日子，那些快乐的回忆，部分被装进陪嫁的木箱里。夜深人静，常红艳开始翻找，木箱里都是一些废旧衣服，翻到底层，有和同学一起照的各种照片，有考上学校的同学寄来的信件，有结婚时朋友送的小纪念品，然后就翻到了那把笨重的剪刀，这些年来，一直放在底层的绒布下面。装剪刀的牛皮信封已经发霉，剪刀已经生锈。常红艳想，第二天去把剪刀的铁锈除掉。每天中午，常红艳会去菜场买菜，菜场就挨着市西路，那里有磨刀师傅，磨一把剪刀两块钱。刁大梁离家出走后，常红艳什么都能干，家里就有砂轮。何必请人呢？常红艳想，然后就开始磨。法那街上铁匠铺打造的这种剪刀，厚实，磨好后，刀口泛白，刀背和把手泛青，还能看到铁锤捶打的痕迹。

这就是钱明亮送给她的剪刀，常红艳结婚那天，一直注意来客，钱明亮没有到，她不明白他送她剪刀的用意。既然现在他还能来看望她，他当初送给她的就一定不是"一刀两断"的意思。不知不觉地，常红艳把墙上那把不锈钢剪刀取下来，把磨好的铁剪刀挂上去。不锈钢剪刀也老旧了，两个把手上用于保护手指的塑料已经脱落，是该换一换了。

每天早上，常红艳都起得很早，市西路的店铺总是最早开门，她想做一些营业时间上的弥补。因为别的店铺中午不关门，这个时候她得回家做饭给憨兔吃。常红艳做好早餐，叫醒憨兔。睡眼惺忪的憨兔不想吃早餐，只想穿新衣服。钱明亮买的运动服就放在沙发的茶几上，昨天已经试过，合身。

常红艳说："待过年再穿。"其实离过年也就十多天的时间了。

憨兔不依，采取的方式是在地上打滚，冬季的地面极冷，常红艳拗不过，依了他。憨兔平时很少穿新衣，都是捡亲戚剩下的穿。在常红艳看来，憨兔穿什么都一样，所有衣裤无非就是一块布的功能。穿上衣还好一些，穿裤子得改，因为他不会脱裤子，拉屎拉尿只会蹲和站，裤子的裆都要剪开，成叉叉裤。

昨晚磨的剪刀第一次派上用场，常红艳开始剪运动裤的裆，刀很快，极好使，又用缝纫机重新锁边。由于这些耽误，今天常红艳去店里的时间较晚，心里急，走得匆忙，就忘了反锁房门。常红艳不在家的日子，她家的房门长年累月反锁着，憨兔的活动仅局限在房屋七十来平方米的范围。

常红艳一出门，憨兔会习惯性地去扭一扭门把手，这天一扭，门就开了。憨兔笑，哈哈，哈哈，哈哈哈，跟看到很多车辆一起穿过琼花巷一样兴奋。正准备下班的胖保安往眉毛上一横，对憨兔说："憨兔，二条。"

憨兔双手靠在肚子上说："新衣服。"

把双手靠在裤子上，又说："新衣服。"

　　胖保安就看到了憨兔被冷空气冻得缩成一小点的小雀，他说："你的锤子呢？"

　　想到憨兔还是小孩，说锤子似乎夸大了，胖保安又说："你的小幺鸡呢？"

　　胖保安下班后都去娱乐室打麻将，最近手气不好，他突发奇想，把童子娃娃的小幺鸡逗翘起来，可能运气就会坚挺。

　　"让我看看，好像不在了。"胖保安一边说，一边弯下腰去看。

　　憨兔不许，双手捂住裆。

　　瘦保安已经做完交接签字手续，来了精神，也凑热闹，说："傻子也知道害羞呢。"

　　憨兔不捂裆了，一泡热尿对着两个保安甩。

　　胖保安说："看到幺鸡了，幺鸡翘起来了。"

　　憨兔的尿已撒完，又捂着裆，跑回了家。一进家门，就看到挂在墙上的剪刀，这会儿他知道剪刀的用途了，跑出来，追着两个保安刺杀。十一岁的憨兔杀不了保安，他追朝东，两个保安分别从他的左右往西跑，憨兔又追向西，两个保安又分别从他的左右往东跑。如此几回，憨兔泄气了。

　　胖保安准备去娱乐室了，他说："快回家去，小幺鸡冻坏了以后就找不到媳妇咯。"

　　憨兔一手拿着剪刀，另一只手去捂裆，他摸到了自己的小雀，他说："我让你看，我让你看。"然后一剪刀剪下去。

　　两个保安听到一声惨叫，回过头就见憨兔倒在干涸的喷泉水池边。被迅速叫回来的常红艳抱着憨兔往市西高架桥跑，那里才是打出租车去各医院的最近位置，她的身材瘦小，跑得蹒跚。胖保安特别内疚，去娱乐室的路上，他安慰自己：好在这是一个傻子，他什么都不会讲。琼花巷的人逐渐多了，又一个上午结束，在附近工作的人开始下班，他们走进纺织小区，看到喷泉边有一把铁剪刀，剪刀上有一小坨变了色的肉。太阳已经当顶，天气依然很凉。